銀二貫

高田 郁

時代小説文庫

角川春樹事務所

目次

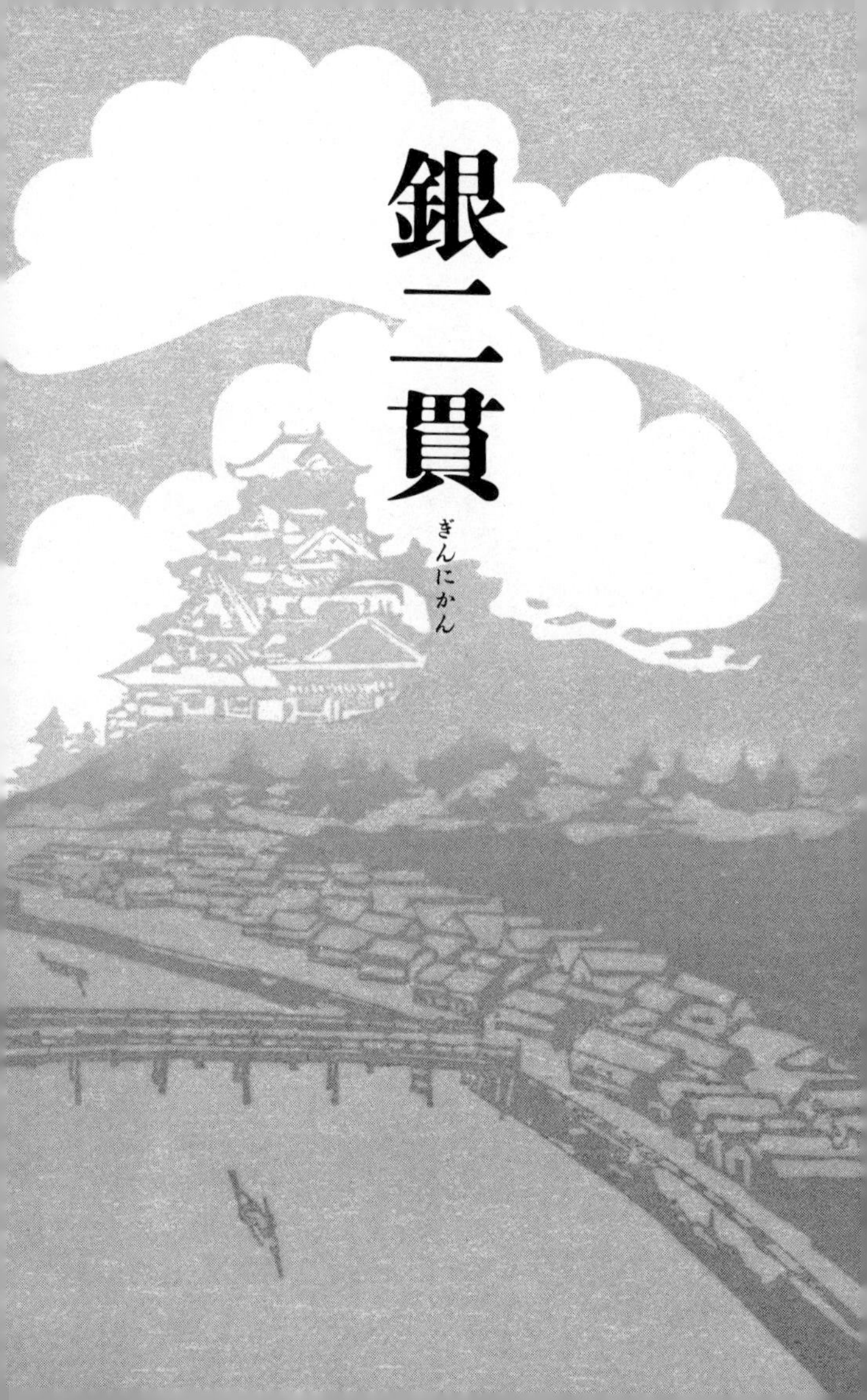

銀二貫

ぎんにかん

第一章　仇討ち買い

安永《あんえい》七年（一七七八年）、睦月《むつき》。

早朝から降り出した雨が雪に変わり、深草郷《ふかくさごう》を白一色に染めていた。

伏見町《ふしみまち》に抜ける細道には、左手に杖《つえ》を持ち、右足を引き摺《ず》って歩く和助《わすけ》の他に通行人の姿は無い。持病の右膝《みぎひざ》の疼痛《とうつう》は、冷えが応《こた》えて一層痛みを増している。だが、それさえも今の彼には大した問題ではなかった。和助は、幾たびか立ち止まると、懐《ふところ》に腕を突っ込んでは中のものを確かめる仕草を繰り返す。そしてその度に、重い吐息をつくのだった。

「旦《だん》那さん、井川屋《いかわや》の旦那さんやおへんか？」

道筋にある茶屋の女将《おかみ》が、目ざとく和助を認めて声をかける。

「どうぞ寄っていっておくれやす。旦那さんの好物の羊羹《ようかん》が、丁度いま、蒸し上がったとこやさかい」

羊羹、というひと言が、僅《わず》かに和助の心を動かした。

彼は、竹の皮に包んで蒸した羊羹、それも蒸したての、ぬくぬくと湯気が上がったものに目が無かった。一風変わった老人の好みを、この茶屋の女将はよく覚えていたのである。

そう言えば、昨日からろくに食べ物を口にしていない。三十石《こく》船の船着場に向かう前にここで腹に入れて行くのもええやろか、と考え、和助は女将に頷《うなず》いてみせた。

道に面した床几《しょうぎ》に腰を下ろすと、女将が直《す》ぐに火鉢を足元に置いてくれる。

「難儀な雪どすなあ。ほんに酷なこと」

女将は、熱い茶と湯気の立つ蒸し羊羹を盆ごと床几に置くと、恨めしそうに空を見上げた。じきに和助に視線を戻して、明るい口調でこう言い添える。

「けんど、暮れからの凍ては容赦おへんかったさかい、きっと今年の寒天の出来もよろしおすやろ」

京都伏見は寒天発祥の地であり、そこから裾《すそ》野を広げた「寒天場」に並ぶ寒天が、この時期の京の風物詩でもあった。大坂の寒天問屋の主《あるじ》である和助が今年の寒天の出来栄えを調べに来たのだろう、と踏んだ女将だったが、老人の沈んだ表情に何かを読み取ったらしく、「どうぞごゆっくり」という言葉を残して奥へ引っ込んだ。

和助は、またも懐に右手を差し入れ、銭袋の粗い麻布の感触を確かめると、がっくりと両肩を落とした。そこに入っているのは、先刻、美濃志摩屋《みのしまや》から取り立てたばかりの銀銭《ぜに》だった。寒天製造元の美濃志摩屋は和助が若い日に修業をさせてもらった店で、代は替われど和助にとって恩義を感じていることに変わりは無い。

幾度か借財を頼まれ、言われるままに融通してきたが、子が親に用立てたようなもので、もとより返してもらう気の無い銀銭のはずであった。だが、ここに来て取り立てる羽目になった。

およそひと月前に、大坂は天満《てんま》で起きた大火に端を発することは、

天満焼け、と呼ばれたそれは罹災《りさい》数四十八町、五千六百軒にのぼり、大坂町民の心の拠《よ》り所である天満天神宮までをも焼失させた。川崎《かわさき》寄りにあった寒天問屋、井川屋は既《すんで》のところで類焼を免れたが、周囲がそのような状況では商いの先行きは暗い。事情を汲《く》み、美濃志摩屋もあちこちを走り回って返済の算段をしてくれたのだ。だが、和助にしてみれば、自らの商いのことでならば美濃志摩屋にそのような無理を強《し》いる必要など無かった。已《や》むに已まれぬ事情で銀銭が要るのだ。

――美濃志摩屋のご先代に申し訳が立たん

懐の銭袋が一層重さを増した気がして、和助は頭《こうべ》を垂れた。これまでは歳《とし》のことな

ど忘れて商いに精を出してきたのだが、罹災の後始末が骨身に応えた。今となっては還暦まで一年というこの老いた身が情けなく、心細かった。

いかん、いかん、と和助は頭《かぶり》を振る。

――弱気は損気や、せめて気ぃだけでも張って生きなあかん
思い直して、彼は顔を上げると背筋を伸ばし、冷え始めた蒸し羊羹に手をかけた。

竹の皮の包みを開くと、べったりと小豆《あずき》色の羊羹が張り付いている。それを剝《は》がして口に含むと、竹の皮の芳香が鼻に抜け、餡《あん》の甘さが舌の上で躍った。

この茶店の蒸し羊羹は葛粉《くずこ》を用いているらしく、もちもちした噛《か》み心地が何とも好ましい。

こんな時かて美味《うま》いもんは美味いんやなあ、と和助が苦笑いした丁度その時。積雪を蹴散《けち》らしてこちらに向かって来る侍の姿が目に入った。

笠《かさ》を深く被《かぶ》っており、表情は窺《うかが》えない。すぐ後ろを、その息子だろうか、九つか十ほどの袴《はかま》姿の少年が小走りで追いかけていた。

よほど急ぐ旅なのか、侍は瞬く間に和助の前を通り過ぎる。

後を追う少年の目が、茶屋の和助を捉《とら》えた。否、和助が口に運ぼうとしている蒸し羊羹を捉えた。一瞬、少年の喉仏《のどぼとけ》が大きく上下して、生唾《なまつば》を飲み込んだのがわかった。

少年は、大きく眼《め》を見張った後、恥じるように頬《ほお》を染めた。そしてさっと顔を背けると、和助の前を駆け抜けて行く。

可哀想《かわいそう》に、腹が減ってたまらんのやろなぁ、と和助が不憫《ふびん》に思ってその小さな背中を見送っていた矢先に、異変が起きた。先を急ぐ父子の前に、ふいに、抜刀した武士が立ちはだかったのである。

笠で顔は見えないが、小柄な身体《からだ》全体に殺気が漲《みなぎ》っていた。斬《き》るつもりや、と和助は思わず床几から腰を浮かせた。

「貴様、何者だ」

息子を背後に庇《かば》い、侍は押し殺した声で尋ねた。

それには答えず、男は、下から上へ掬《すく》い上げるように太刀《たち》を払った。侍の笠が真っ二つに切れ、左右に飛ぶ。その顔を検《あらた》め、男は初めて口を開いた。

「美濃《みの》国苗村《なえむら》藩藩士、彦坂数馬《ひこさかかずま》に相違ない」

自らも笠を外した男は、歳の頃、二十二、三。眦《まなじり》が吊り上がっている。

「某《それがし》は建部《たてべ》源《げん》エ門《もん》が一子、建部玄武《げんぶ》だ。これは父の仇《あだ》討ちである」

言い放つや、相手に刀を抜く隙《すき》を与えず、玄武は鋭く太刀を振り下ろした。

瞬時に、噴き出した血が周辺の雪を深紅に染める。彦坂数馬と呼ばれた侍は、我が身に起きたことが理解出来ぬ顔で背後の息子を振り返った。父の姿に、少年は腰を抜かす。肩から胸にかけて柘榴《ざくろ》のように肉が割れていた。

数馬はおろおろと両手で胸を押さえ、どうにもならぬことを悟ると、天を仰いだ。そして膝から崩れるように倒れた。刹那《せつな》、尻餅《しりもち》をついていた少年が弾《はじ》かれたようにその身に取りすがる。

「父上！　父上！」

「そこを退《ど》くのだ。止《とど》めが刺せぬ」

掠《かす》れた声で玄武が言うのに、少年は、わなわなと震えながら両の腕を広げ、自らの身体を盾に刺客から父を守ろうとした。

彦坂数馬は、全身をびくびくと痙攣《けいれん》させながら、

「鶴之輔《つるのすけ》……鶴之輔……」

と、それが息子の名なのだろう、切れ切れの声で少年を呼ぶ。

「退けと言うに。えい、退かぬか」

玄武は構えを解かずに、苛立《いらだ》った声を上げた。おそらくその手で人を斬ったのは生まれて初めてだったのだろう、構えた太刀が震えている。

切っ先を向けられても、鶴之輔は広げた両腕をおろさず、必死で堪《こら》えていた。

玄武は刀を構えたまま、数馬ではなく、むしろ鶴之輔に言い聞かせるように、一昨日、藩の情勢を巡って両名が対立し、数馬が源エ門を挑発、刀を抜かせての斬り合いとなり、結果、数馬が源エ門を殺害した、という事実をとつとつと告げた。

「我が父を斬殺《ざんさつ》して逃げた許せぬ仇は、彦坂数馬ひとりきり。その子息まで斬るつもりはない。しかし、邪魔だていたすならば斬らねばならぬ」

それでも鶴之輔は退くことは勿論《もちろん》、姿勢を崩そうともしない。

こらあかん、と和助は思わず声を上げた。

「そこらで堪忍《かんにん》したっておくんなはれ」

玄武も鶴之輔も、ぎょっとした顔で和助を見た。

彼は右膝を庇いながら、ゆっくりと立ち上がる。身に纏《まと》う褪《あ》せた藍色《あいいろ》の布子が、彼を一層くたびれた老人に見せていた。

「無礼な。町人ごときが武士の作法に口を出すものではない。下がっていろ」

気色《けしき》ばんで玄武は叫び、刀を向けてみせた。が、和助は少しも臆《おく》することなく、右足を引き摺りながらもゆったりとした足取りで近付いて行く。そうして玄武と鶴之輔の間に割って入るかたちで、積雪に両膝をつき深々と頭を下げた。

「大坂は天満の寒天問屋、井川屋の主で和助と申す者でおます。見るに見かねての差し出口でおました。何とぞご勘弁のほどを」

年寄りの柔らかな浪花《なにわ》言葉とその平伏した姿が、青年の刺々《とげとげ》しい怒りを和らげたらしく、玄武は一旦《いったん》、構えを解いた。

「貴様、商人か。ならば、このようなことに首を突っ込まず、己の商いに精を出すが良かろう」

「へえ、ほんにありがとうさんでございます。ほな、早速に、商談に入らせて頂きとうおます」

「何？　商談？」

「へえ、商談でおます」

この時、初めて和助は顔を上げて真っ直ぐに玄武を見た。

齢《よわい》六十の老体ながら眼力がある。たじろぐ玄武から視線を外さず、和助は懐に手を入れ、中から厳重に巻いた麻布を取り出した。件《くだん》の銭袋である。和助に迷いはなかった。両手で捧げるようにして、銭袋を玄武に差し出す。

訝《いぶか》しげにそれを左手で受け取った玄武だが、あまりの重さに取り落としそうになった。仕方なく刀の柄《つか》を脇《わき》に挟み、持ち重りする包みをくるくると解《ほど》いた。

袋の中を覗《のぞ》いた途端、玄武ははっと息を呑む。無理もない。苗村藩など何処《どこ》に在るかも知れぬような小藩、そこで禄《ろく》を食《は》む彼がおそらくは一生かかっても拝むことのない数の銀貨が、大小取り混ぜて入っているのだから。玄武は震える手を銭袋に差し入れて、中身が確かに銀であることを確かめると、戸惑った顔を和助に向けた。

「これは一体……」

「全部で銀二貫、おます」

和助は温和な口調で続けた。

「建部さまの仇討ち、私《わたい》にその銀二貫で買わせて頂きとうおます」

「な、なにを馬鹿な！　仇討ちを銀銭で買うなど、愚弄《ぐろう》するにも程がある！」

声を荒らげ、玄武は脇に挟んでいた刀を、和助の喉元に突きつける。

「このような無礼、決して許さぬ」

だが、そう言い放ちながらも玄武、左脇に抱え込んだ銭袋を手放す気配が無い。それを見逃さず、和助は勝算を確信した。ほんの少しの間でよろしおます、この老い耄《ぼ》れの話を聞いとくなはれ、と前置きの上で和助は話し始めた。

「そのお銀銭《あし》は、この間の大火で焼けてしもた天満宮の再建に用立てて頂く心づもりで、これまで貸し付けてあった先に頭を下げて、今日、ようやっと返してもろたもんでおます」

「天満の天神さん」が身を以《もっ》て助けてくれはった、そう信じた和助は、同じく類焼を免れた他の商店主らと共に、天満宮再建のために出来うる限りの寄進をしようと決めた。だが、「天下の台所」などと呼ばれたのも今は昔。幕府失政のつけが重なり、安永に入ってからの大坂は不況の風が吹き荒《すさ》び、どの店もかつかつの商いを余儀なくされていた。そこへこの大火である。

寒天問屋、井川屋の主の和助にしても、寄進は、大恩ある美濃志摩屋に大変な苦労を強いてまで調達したこの銀二貫がやっとだった。金に直せばざっと三十三両。

解《げ》せん、と玄武は首を捻《ひね》って呻《うめ》いた。

「商いのためではなく、寄進に用いるというのか。この銀二貫全《すべ》てを」

「へえ、天満の天神さんは、私ら商人の気持ちの拠り所でおます。何もかも丸焼けになったのならいざ知らず、この度の火事では、店も私も命を存《なが》らえさしてもろたんだす。助けてもろた者が焼けてしもた天神さんを何とかするんは、氏子として当たり前のことだす」

和助の返答に、玄武は眉根《まゆね》を寄せた。

「ならば、ますますもって解せぬわ。さような事情の銀銭で仇討ちを買うなど、以ての外ではないか」

「それは逆でおます」

　和助は、首を横に振ってみせる。

「この銀二貫が私の懐に有る折りも折り、建部さまの仇討ちの場ぁに出くわしてしもたんだす。これもきっと、天神さんの結ばはったご縁ですやろ。私には、天神さんが『その仇討ち、あんさんが買いなはれ』と仰《おつしや》ってなはるように思えてならしまへん」

　和助の言葉に、玄武は考え込む。視線を銭袋に落とし、それから改めて自分が斬った仇を見た。当初痙攣していた数馬の身体も今はだらりと伸び、すがる息子に応える力もない。顎《あご》の浅い動きで辛《かろ》うじて息をしているのがわかるが、最早、わざわざ止めを刺すまでもない状態だと見て取れた。

「そこまでしてあの父子を助けたいのか？」

　玄武は刀を鞘《さや》に納め、しかし銭袋は左腕に抱えたまま、和助の傍《そば》に身を屈《かが》めた。

「大坂商人は何でも商売にすると聞いたが、銀銭で命まで買うとはな」

「お言葉ですが、建部さま」

　和助の目が、真っ直ぐに玄武を捉えた。

「私が買わして頂くんは、命やおまへん。仇討ちだけだす。また、お父上を斬殺された建部さまの恨みの念まで銀銭で消そうとも思てまへん。ただ、仇討ち、いうもんをその銀二貫で私に譲って頂きたいだけでおます」

「それはつまり、どういうことなのだ？」

戸惑う玄武の問いかけに、和助は声を落として、

「へえ、今後、たとえ何処ぞでこのお武家さまとすれ違うことがあっても――まあ、こないな有《あ》り様《さま》では万が一にもあらしまへんやろけど――仮にそうなっても仇討ちはせん。こちらの坊に出くわすことがあっても、仇討ち相手の息子ということは忘れる。ただそれだけでおます」

と答え、更に一段と低い声でこう言い添えた。

「承知して頂けましたら、あとのことは一切、この私が味様《あんじょう》しますよって」

それは言外に、玄武のなした仇討ちがおかみの許可を得た正式なものではないと、和助が見抜いていることを匂《にお》わせていた。

本来、仇討ちは幕府に届け出て赦《ゆる》し状をもらい、当日は立会人を立てるなどの厳しい手続きが要求されていた。だが一昨日に父を殺された玄武は、その若さもあって逆上し、逃げた数馬を追ってこの地で力任せに斬ったのだ。ことが発覚すれば彼とて罪人となる。

玄武は徐《おもむろ》に立ち上がると、手にした銭袋の重さを確かめるように二、三度握り締め

た。そうして、迷いを振り切るような口調で、

「よかろう、この仇討ち、お前に売った」

とだけ言い、くるりと和助に背を向けた。

「へえ、確かに銀二貫でお売り頂きました。おおきに、ありがとうさんでございました」

白銀の細道を遠ざかる青年の背中に、和助はそう声をかけて丁寧に頭を下げた。

「ほな旦那《だん》さん、そのお侍のお子を、この井川屋に引き取りなはるおつもりで？」

大坂は天満、井川屋の帳場。和助から話を聞き終えた番頭の善次郎《ぜんじろう》が、暫《しば》く黙り込んだ後、掠れた声を何とか絞り出して尋ねた。

膝に置いた両の拳《こぶし》がぶるぶると大きく震えている。銀二貫で仇討ちを買うような馬鹿な真似《まね》をしでかした主を、思いきり罵倒《ばとう》したいに違いない。その気持ちを無理にも押し殺しているのが、ありありと見て取れた。だが和助は知らぬ振りを決め込み、ぬるくなった茶をずずっと啜《すす》ってから、のんびりと返答した。

「あほ言いな、侍の子を養うほど私かて酔狂と違いまっせ。迎えるんやったら、丁稚《でっち》としてや」

「丁稚やったら、今の井川屋にはこれ以上は要りまへん」

番頭の自分、手代一人に丁稚が二人、それに女衆《おなごし》一人。店の規模から言ってそれで充分賄《まかな》えているし、今の状態で新しい奉公人を雇い入れることにも賛成しかねる。ましてやそれが役にも立たない武家の出となれば尚更《なおさら》、という旨のことを、善次郎はぼそぼそと告げる。番頭の諫言《かんげん》を、和助は尤《もっと》もらしい面持ちで聞いていた。

今年四十五になった善次郎は、和助にとっては長年苦楽を共にしてきた古女房に似て、口煩《くちうるさ》くも上手《うま》く添いたい相手であった。

「役に立たんかどうか、まだわからんやないか」

「立ってたまりますかいな！　お武家が算盤《そろばん》いれられますのか？　お客はんに頭、下げられますのんか？　旦那さん、そら無茶だすで」

「まあまあ、そないに怒りないな。うちの丁稚にするかどうか、美濃志摩屋の仕込み次第やがな」

「美濃志摩屋はん？」

「ああ、弔いを済ませたあと、伏見の天場——寒天場に預けてきたんや」

あの後、和助の気転で「旅人が辻斬《つじぎ》りに遭《あ》った」ことにして、茶店に運び医者を呼んだが、時を置かず、数馬は息子鶴之輔に看取《みと》られて事切れた。簡素な弔いを済ませたのち、美濃志摩屋に戻って事情を話し、鶴之輔を託したのである。

「父親が辻斬りで殺された、いうことにしたら、えらい同情してくれはってなあ。美濃志摩屋の先代は、その名の通り美濃国の出ぇ。鶴之輔の父親も美濃の侍。美濃つながり、いうことで取り敢《あ》えずひと月ほど預かってもらうことにした。勿論、客扱いやないで。天場に住み込んで、寒天作りをひと通り、仕込んでもらうことになってますのや」

「何や、それやったら、気ぃ揉《も》まんかてよろしおますわ」

善次郎が、やれやれ、と安堵《あんど》の息を吐いた。

「何せ天場は大人でも辛《つら》いとこでっさかい、じきに逃げ出しますやろ」

極寒の季節にのみ行われる寒天作りは、大の男でも音《ね》を上げる重労働。おまけに細やかな仕事振りも要求される極めて厳しい職人技なのだ。竹刀《しない》よりも重いものを持ったことのない武家の子に務まるとは思えない、というのが善次郎の言い分だった。

「さあ、それはどやろか」

和助は短く言い、腕を組んで考え込んだ。

鶴之輔には父親以外に身内はない、と聞いた。ましてやその父親があういう死に方をしたのだ。今さら国許《くにもと》には戻れまい。あの歳で天涯孤独、何の頼りも無くこの世を渡って行かねばならぬのだ。

だが、と和助は思う。

玄武に刃物を突き付けられながらも、身体を張って父を守り通そうとした。弔いの場でも、握り拳を震わせながら、涙を零《こぼ》すまいと歯を食いしばっていた。幼いながら、鶴之輔には土性骨《どしょうぼね》が据わっているに違いなかった。

寒天場でのひと月の労働は、世間での一年にも相当する。それほどまでに過酷なのだ。

——せやからこそ、たとえひと月でも厳しい天場での暮らしに耐えられるなら、商人として仕込む甲斐《かい》があるやも知れん
淀屋《よどや》、住友《すみとも》、鴻池《こうのいけ》、それに三井《みつい》。この大坂で財をなした大店《おおだな》には、すべて武家の血が流れている。井川屋はそうした大店とは程遠いが、それでも天神さんのお膝もとに店を開いて三十年、こつこつと地道に真っ当な商いを通してきたという自負が和助にはあった。

妻帯せず跡継ぎの居ない和助にとって、ひょっとしたら鶴之輔が店を託す存在になるやも知れない。自分限りと思っていた井川屋が、のちのち、大店の仲間入りをする日が来るやも知れぬのだ。

「まあ、どやろかなあ」

和助は、今度は善次郎に聞こえぬように小さく呟《つぶや》いた。

暖簾《のれん》の向こう側から風に乗って削りたての木の香が漂ってくる。大火を乗り越えて、あちこちで普請《ふしん》が始まっていた。


同年、如月《きさらぎ》。

その日は出来上がった寒天の荷が、過書船《かしょぶね》を利用して伏見《ふしみ》から天満の八軒家《はちけんや》の船着場に届けられることになっていた。外はまだ暗い。井川屋の奥では女衆が朝餉《あさげ》の仕度を始めたらしく、茶粥《ちゃがゆ》を煮る匂いがしている。和助は神棚の水を新しいものに取り替えてお参りを済ませると、ふと思い立った。

「善次郎、今日の荷受けな、久しぶりに私が行って来るよってに」

結界の内に座って帳簿を整えている善次郎に声をかけ、和助は店の表に出た。直ぐに主を追って、番頭が転がり出て来る。

「旦那さん、せめて丁稚ふたり連れて、べか車で行っておくれやす」

べか車というのは、道幅の狭い大坂で荷物を運ぶために考案された荷車のことで、前後二人、前で引っ張り、後ろで押して進む。

「そんな大層な真似せんかてよろし」

和助は、軽く片手を振ってこれを拒んだ。

店を持つ前は寒天の荷売《にない》りで身を立てていた和助にとって、わざわざべか車を使うことは恥ずかしいことだった。また、べか車で大切な橋を傷めてはならない。

「けんど、その足では……」

「大丈夫や、寒ないさかい、今日は何とのう痛まへんのや」

和助は言って、杖を握る。早朝の船便が到着する刻限が迫っていた。

弓形《ゆみなり》に反った天神橋《てんじん》が、大川《おおかわ》に架かっている。その反り、一丈四尺（約四・二メートル）あまり。勾配《こうばい》のきつい橋は、袂《たもと》から見るとそのまま天《そら》に続いているようだ。

杖を頼りに勾配をのぼる。長い長い天神橋の中ほど、最も天に近い場所まで来た時、和助は立ち止まって東天に目を転じた。明け六つ（午前六時）過ぎ、お天道《てんとう》さまが丁度、顔を出すところだった。和助は杖を脇に挟むと、日の出に向かって両の手を合わせる。橋の上のあちこちで皆、同じように立ち止まって、お天道さまに手を合わせ頭を垂れていた。暫《しば》し、全てを天に委ねて、その日の安全と商売の繁盛を祈る。こうして大坂の町の一日は始まるのであった。

八軒家周辺は、もとより旅籠《はたご》や船宿、酒屋に飯屋が軒を連ねる賑《にぎ》やかな地所ではあるが、三十石船が着くとそれが一気に活気づく。人足らの怒号、荷受けする者の催促の声、合い間に客引きをする旅籠やら飯盛り女やらの嬌声《きようせい》が混じる。

和助は、船着場にある柳の木の下に立って、船頭から声がかかるのを待っていた。

「井川屋はん！　井川屋の旦那さん！」

陸に荷を盛大に降ろしていた馴染《なじ》みの船頭が、目ざとく和助を見つけて呼んだ。

「美濃志摩屋はんから荷ぃが届いてまっせ。それと、預かりもんや」

「預かりもん？」

首を傾《かし》げながら、和助は船頭の指差す方へ足を向ける。と、油紙を何重にも巻いた荷の山に隠れるように、千草色の木綿のお仕着せを纏った少年が緊張した面持ちで立っていた。紛れも無く鶴之輔であった。彼は和助を認めると、両手を膝の前で重ねて腰を落とし、深く一礼した。その所作《しよさ》は、最早武家のものではなかった。

さすが美濃志摩屋の仕込みや、と和助は内心感嘆しながらも表情には出さず、

「お前《ま》はん、口上はどないしたんや？」

と、わざと厳しい口調で問うた。

口上の意味がわからないらしく、鶴之輔は少しの間、目を泳がせて、それからやっと、父のことではお世話になりました、とおどおどと言った。

「違う違う」

和助は首を横に振り、きつい声で続けた。

「商人にとっての口上いうんは、商いの用件を要領よう先方に伝える挨拶《あいさつ》のことや。親の生き死には関係あらへん。何処から何をどんだけ持って来たんか、言うとぉみ」

急《せ》かされて漸《ようや》く、鶴之輔は美濃志摩屋から寒天と送り状を託されたことを痞《つか》えながら言い、懐から書き付けを取り出した。

和助に書き付けを渡すその手が、しもやけで真っ赤に膨れ上がっている。指のあちこちに出来たあかぎれが、まるで餌《えさ》をねだる巣の中の雛鳥《ひなどり》の如《ごと》く、ぱっくりと口を開く。和助の双眸《そうぼう》が、ふっと和んだ。大の大人も音を上げる厳しい寒天場で、鶴之輔は逃げ出すこともなく、ひと月の間、励み暮らしたのだ。その事実が和助の胸に温かい灯《とも》を点す。

彼は鶴之輔の目の高さまで屈むと、その顔を覗き込み、

「どや、井川屋の丁稚になるか？　侍を捨てて、商人になって生きるか？」

と問うた。そうする以外、彼に生きていく術《すべ》は無い、と重々承知の上での問いかけだった。案の定、一瞬の迷いも見せず、はい、と鶴之輔は頷いてみせた。

「よっしゃ」

初めて満面に笑みを浮かべて、和助は深く頷いた。

鶴之輔から受け取った書き付けには、送り状とは別に、和助に宛《あ》てた店主からの私信が添えられていた。文《ふみ》を懐にしまい、送り状を開くと、その場で荷と照合する。そうして寒天の山を二つに分け、少ない方を荷《にな》い紐《ひも》で括《くく》り、井川屋の商号を染め抜いた藍色の風呂敷《ふろしき》に包んで鶴之輔に背負わせた。自分も背中に大きな束を負うと、

「寒天は軽いけんど嵩張《かさば》るよって、歩く時は他所《よそ》さんの迷惑にならんように、大事な寒天を傷つけんように、気ぃつけますのやで」

と、注意を忘れなかった。

ほな、ついて来なはれ、と和助は杖を突き突き、先に立って歩き出した。人通りの絶えない道を、鶴之輔は、主人にはぐれぬよう必死の形相でついて行く。落とすまい、と風呂敷の端をきつく握り締めるその手が痛々しかった。天神橋に差しかかり、暫く歩いた後、和助は、ひょいと足を止めて腰をのばした。

「どや、長い橋やろ?」

言われて初めて気付いたのか、鶴之輔は前を見、後ろを見た。長さ百二十二間三尺（約二百二十メートル）、幅三間半（約六・三メートル）。随分な距離を歩いたように思っていたのだろうが、まだ橋なかばなのだ。おまけに一番高い位置から見おろす形に

なるため、前後に広がる町並みを遥か彼方《かなた》まで見通すことが出来た。その小さな口から感嘆の息が漏れたのを知り、和助はにやりと笑った。

右の手で西側を指し「あれが難波橋《なにわ》」、東側を指して「あっちが天満橋や」と教える。滔々《とうとう》と流れる大川、その広い川幅に合わせ、並んで架けられた三つの橋は、この地に暮らす者の誇りでもあった。

和助は鶴之輔を東側の欄干まで連れて行き、北の方角を示した。

「あれが天満の青物市場や。見てみ、大根を仰山《ぎようさん》積んだ船が行くやろ？　天満の大根、天王寺《てんのうじ》の蕪《かぶら》、難波の干瓢《かんぴよう》、吹田《すいた》の慈姑《くわい》……大坂中の美味い青物が集まる場所なんやで。そのまままずっと東に行って、天満橋の高札場《こうさつば》。井川屋はあっちの方角や」

和助の言葉に、鶴之輔は先刻の八軒家の船着場を振り返って、首を傾げた。八軒家から店に戻るのには天満橋を使った方がより近いことに、即座に気付いたからに違いなかった。

和助は苦笑しながら、指したゆびを天神橋から真っ直ぐ北向きに戻す。

「ここを真っ直ぐ抜けたところに、天満天神社がおますのや。地元の者は『天満の天神さん』いうて気安うに呼ばしてもろてる。この天神橋は、今でこそ公儀橋やけんど、もとはあの天満宮が管理してはったんだすで。せやから天神さんの橋で、『天神橋』

なんだす」

店からは天満橋の方が近いが、天満橋を渡りきったところには東町奉行所が控える。そこから東側に広がるのは大坂城。自然、天満橋には武士の往来も多い。

淀屋の闕所《けっしょ》以後、侍と係《かか》わるとろくなことはない、と考える大坂の商人は少なくなく、例えば井川屋の番頭の善次郎なども、そうした理由で天満橋を避けるひとりだった。しかし、それには触れずに、和助はただ、

「お前《ま》はんもな、盛大にこの橋を渡らしてもらいますのやで」

とだけ言って、また足を引き摺りながら歩き始めたのだった。


井川屋の朝餉は、茶粥に香々《こうこ》と決まっていた。茶粥は、昨夜の飲み残しの茶殻を水で煮出し、そこに同じく、ゆうべの残りの飯を入れてぐつぐつと煮たものである。香々は、天満名産の大根を軒先に吊るして干し、塩漬けにしたものであった。

通常、商家では主は座敷、奉公人は台所脇の板敷で食事を摂《と》るのだが、井川屋では主、奉公人ともどもが台所で簡素な食事を摂るのを慣《なら》わしとしていた。今、各々の箱膳《はこぜん》を前に、主の和助、番頭の善次郎、少し離れて若い手代と二人の丁稚、末席に鶴之輔が緊張した面持ちで座っている。

鶴之輔は美濃志摩屋のお仕着せを脱ぎ、井川屋の藍色のそれに着替えていた。この店では、主以下、全員が揃《そろ》いの藍色の木綿のお仕着せだった。

旦那さん、引き合わせをお頼もうします、と小声で言う善次郎に、和助は頷いて、一同を見回した。

「今日からうちに奉公に上がった鶴之輔だす。呼び名はまあ、後で考えるよって。皆もよろしゅう頼みますで」

主の言葉に、全員が、へえ、と頭を下げる。和助は、鶴之輔の隣りの丁稚に目を留めた。

「梅吉《うめきち》、お前はんは歳も近いよって、色々と教えたんなはれ」

梅吉と呼ばれた丁稚は、へえ、と主に頭を下げたあと、鶴之輔を見て、にっと歯を見せた。摘《つま》んだように上を向いた鼻が何とも愛らしい。救われた思いで、鶴之輔は彼に向かって頬を緩めてみせた。

よっしゃ、と和助は満足げに呟くと、鶴之輔へ視線を戻した。

「鶴之輔、お前はんは、店の掃除、使い走り、台所の手伝い一切、とにかく言われたことは手ぇ抜かんと、しっかり働きますのやで」

はい、と板敷に手をついて鶴之輔は答えた。途端に、善次郎が目を吊り上げる。

「何だす、その返事の仕方は。丁稚の返事は『へえ』だすで！」

口調の激しさに、新入りの丁稚は青ざめて震え上がった。

口煩いことは口煩いのだが、善次郎がこうして声を荒らげることは珍しかった。

武家嫌いの番頭の脳裏に、主がつぎ込んだ銀二貫がぐるぐると廻《めぐ》っているのだろう。

和助は、内心でやれやれ、と溜《た》め息をついた。

早速に、新米丁稚の鶴之輔は、梅吉に掃除を習い、そのあと女衆を手伝って水廻《みずまわ》りの仕事に精を出した。

「あかんあかん！　飯《まま》炊くのに井戸水使うあほが居てますかいな！」

奥座敷まで女衆の叱《しか》りつける声が響いて、和助は、ああ、盛大に躾《しつ》けられてるなあ、とにんまりする。

とはいえ、やはり気がかりで、こっそりと廊下に出て台所を覗いた。既に女衆の姿はなく、梅吉が井戸水を汲み上げて、鶴之輔に飲めと勧めているところだった。

両手で水を掬って口を付けた鶴之輔は、たちまち顔を歪《ゆが》めた。それを見て、梅吉が楽しそうに、けらけらと声を立てて笑う。

「どや、鉄気《かなけ》臭《くそ》うて飲めたもんやないやろ？　けど、これでも船場《せんば》あたりに比べたら、なんぼかましな方なんやで。ここらの井戸はどれもこんなんで、せやから洗い物にしか使われへんのや」

「それなら飲み水は？」

鶴之輔の問いかけに、梅吉は台所の隅の大きな壺《つぼ》を指した。

「大川の水を水売りから買うんや。あっこの水壺に入ってるわ。昔は丁稚が川まで汲みに行かされてたんやけど、旦那さんが『危ない』言わはって。それから買うようになった、て聞いてる。水壺の水は大事やさかい、無駄に使うと、番頭はんが恐《こわ》いで」

梅吉が最後のひと言を声を落として言うのを聞いて、和助は、思わず吹き出しそうになり、慌てて口を押さえるのだった。

炊き立てご飯に青菜の煮びたしの昼餉、冷や飯に若布《わかめ》の味噌汁《みそしる》の夕餉も、鶴之輔は残さず美味そうに食べていた。まずまずの初日だった。

夜、奉公人たちが丁稚部屋に引っ込んだ後の帳場で、善次郎は、その日、幾度目かの溜め息をついていた。手にしているのは、美濃志摩屋の主から和助に宛てた文である。同じく結界の内側で帳簿に目を通していた和助は、番頭が溜め息をつく度に行灯《あんどん》の明かりが揺らぐので、迷惑そうに顔を上げた。

「善次郎、そう何遍も溜め息つきないな。何やこっちまで辛気臭うなる」

「旦那さん、私にはどうにもこうにも得心がいけしまへんのだす。今、この井川屋に新しい丁稚を入れる余裕はおまへん」

「丁稚は、賃銀なしのただ働きやで。食べる量かて知れてる。商いの余裕は関係あらへん」

番頭のもたらした陰気な雰囲気を払うように、店主は大袈裟《おおげさ》に手を振ってみせた。対して番頭は、けんど旦那さん、と不服そうに口を尖《とが》らせる。

「美濃志摩屋の旦那さんも、あれが釜炊《かまた》きの際、天草《てんぐさ》を煮る匂いを嗅《か》いで戻した、と書いてはりますで。天草の匂いを嗅いで戻すようなもんに井川屋の丁稚が務まりますやろか？」

「井川屋は問屋やで。もう天場に立つこともないやろ」

「私は、心がけのことを申してますのや」

番頭の刺々しい物言いに、和助は苦く笑った。

「そら、無理もない話や。鶴之輔は美濃国の山育ち、海藻を煮る匂いは初めてやったはずだす。天草を煮る匂いはお前はんも知っての通りで、戻すのは仕方ないやろ。要は慣れや。それより、その文には、鶴之輔が夜通しの凍て作業にも音を上げず、身を粉《こ》にしてよう働いた、と書いてある。仕込みに厳しい美濃志摩屋でさえ、『見所あり』いうてくれてはりますのやで。うちで育てる。これは私の決めたことや」

主人にそうまで言われては、番頭は黙るしかない。彼は唇をぐっと噛んで暫く俯《うつむ》いていた。やがて顔を上げると、善次郎は畳に両手をついた。

「そしたら旦那さん、ひとつだけお頼もうします。天神さんへの銀二貫、何とか……何とか一日でも早うに」

そう言って、額を畳に擦《こす》り付ける。

善次郎は、天満宮に厚い信仰心を抱《いだ》いていた。これまで幾度も大火に遭いながら命を存えたこと、この度の天満焼けでも守られたことを、彼はひとえに天神さんのお陰と信じて疑わないのだ。だからこそ、寄進をふいにした主の短慮が許せないのだろう。

「善次郎、堪忍やで」

和助は、十五歳下の番頭の肩をそっと叩いて詫《わ》びた。

「お前はんの気持ち、私は忘れたことはおまへん。銀二貫を貯《た》めるんは容易やないやろが、これからまた商いに精だして、必ず、寄進さしてもらうよってに。せや、今から天神さんに、そない言うて来るさかい」

えっ、と番頭は面を上げた。和助はすでに、よっこらしょと立ち上がっている。

「旦那さん、今からて」

「今からは今からや。誰ぞ、丁稚部屋行って、鶴之輔を起こしてんか」

和助の声を聞きつけた女衆が、鶴之輔を起こして店の方へ連れて来た。寝入りばなを起こされた鶴之輔は、朦朧《もうろう》とした様子で主人の前に座る。

「ほな、ちょっとこの子ぉ連れて天神さんにお参りして来るよって、善次郎、後は頼むで」

「ですが旦那さん、じきに五つ半（午後九時）だすで。今時分からお参りて」

「そないなこと、言うてられるかいな」

和助はそう言って、閉じていた店の戸を開けさせた。女衆が提灯《ちょうちん》に火を入れたのを鶴之輔に持たせる。少年はそれで主人の足元を照らしながら腰を屈めて歩き出した。

善次郎は諦《あきら》めて戸口で二人を見送った。

淡い月の夜だった。

青物市場を抜け、北に折れて高崎《たかさき》藩蔵屋敷を抜けると天満天神社はじきだ。銀二貫を寄進し損ねた後ろめたさから、このところつい、お参りの足が遠のいていたことを悔やむ和助だった。久々に見る天満宮の境内《けいだい》には、建前に用いるための白木が何本か横たえられたまま放置されており、それが月明かりでぽっと浮き上がって見える。中々寄進が集まらず、作業が進まぬのだろう。そう悟ると和助は申し訳なさで胸が潰《つぶ》れそうになる。鶴之輔は、主に寄り添い、無言で荒れた境内を眺めていた。

ふと見ると、本殿のあった手前に、一本だけ老松が焼け残っていた。和助はその老松のところで立ち止まると、深く一礼した。

声には出さず、まずはこの度の感謝とお詫びを伝える。さらには、どれほど時がかかろうと必ず銀二貫の寄進をさせてもらうこと、横に居る鶴之輔を天神さんからの預かりものとして一人前の商人に育て上げることという二つの誓いを立てた。主人の祈る姿を見て、自然に鶴之輔も頭を垂れて手を合わせた。長い祈りの刻《とき》を終え、主が顔を上げた気配に、丁稚も合わせていた両の手を離す。

「天神さんに、ようお願いしたか?」

「はい、いえ、へえ」

返事を言い直す鶴之輔に、和助がほろりと笑った。お参りを済ませての帰り道、和助は、順慶町《じゅんけいまち》の夜見世に行くことを思いついた。この地には定時に木戸を閉める決まりはまだ無く、夜歩きは庶民の楽しみでもあった。

「せや、お前はんに一遍、大坂の町を教えといたろ。眠たいやろが、まあ辛抱してついて来なはれ」

この深夜に町を歩いて一体、何がわかるのだろう――訝《いぶか》しげに、鶴之輔は和助を見上げた。それには構わず、和助は杖を突き突き、先に歩き出した。

天神橋を渡り、東横堀川《ひがしよこぼり》に沿って南に下る。絶えず、擦れ違う者や追い越して行く者が居た。山育ちの少年にはそれが不思議なのか、度々、首を捻って周囲を見回した。いよいよ順慶町の通りに入ると、途端に鶴之輔は両目を剝《む》いた。

一帯が、人、人、人、で溢《あふ》れている。両側に明々と掲げられた提灯。その明かりの下の屋台見世で売られているのは、魚や野菜、衣類や仏具、下駄に家具に鍋《なべ》に釜、傘に茶碗に櫛《くし》に神棚、等々。日用の品であれ年中行事の仕度であれ、揃わないものは無いほどの品揃えだ。それればかりか、髪結いやら易者やら見世物、飴《あめ》屋に蕎麦《そば》屋まで出ていて、どこも大変な人だかりだった。昼日中と変わらぬ繁盛振りに思われたが、江戸ならば木戸が閉じ、美濃の苗村ならば人々が深い眠りの中にある刻限であった。

「旦那《だんな》さま、今日は祭りか何かなのですか？」

零れそうなほどに見開いた目で問う鶴之輔に、和助は、はっはっはっと楽しげに声を上げた。

「違う違う、ここらはいっつも、こうなんや。けんど見てみ、どの店も繁盛してるようで、実はそうでもない。客は、どないしても買わなあかんもん以外は、冷やかしてるだけだす」

大坂では庶民は日中は自分たちの仕事に励み、それが片付いた夜に、日常品などの買い物をするのだ、と和助は鶴之輔に語った。つまるところ大坂は、朝から夜まで終日が商いの町なのだ。見世仕舞いを前に、値引きを始める売り手。それを求める職人風の男や堅気《かたぎ》の女房。庶民の売り買いの様子を、鶴之輔は夢見心地で眺める。

中に物乞《ものご》いの少女の姿を見つけた。鶴之輔と同年くらいだろうか、剝き出しの手足が垢《あか》に塗《まみ》れている。先の天満焼けで孤児になったことをか細い声で訴えて、買い物客に銭を乞う。鶴之輔は唇を結んで、そっと視線を外した。

和助は、人ごみから鶴之輔を庇うように歩きながら、彼の丁稚としての名前を考えていた。大坂の商家では、奉公人が本名で呼ばれることはない。大概、丁稚の間は後ろに「吉」、手代になると「七」、番頭で「助」がつく。それゆえ、本名が鶴之輔ならば、丁稚の間は「鶴吉《つるきち》」、手代になって「鶴七《つるしち》」、番頭になれば「鶴助《つるすけ》」というのが順当な呼び名であった。だが、井川屋には、以前にも「鶴吉」と名付けた丁稚が居て、それがどうにもこうにも役に立たず、暇を取らせた、という苦い経緯があった。

――同じ「鶴吉」では不味《まず》かろう

――否《いや》、せやさかいに、その名をつけて験直《げんなお》しをさせるべきかも知れへん

和助が、二つの思いで逡巡《しゅんじゅん》していた時だ。

突然、鶴之輔が足を止めて身体を強張《こわば》らせた。彼の視線の先にあるのは、夜見世の

中でも鳥肉を専《もっぱ》らに扱う店。その軒先に、長い脚を荒縄で縛られて吊るされているのは、和助には親しみ深い、大きな野鳥であった。

「だ、旦那さま」

揺れる声で鶴之輔は、言った。

「あれは鶴に見えますが……」

「せや、あれは鶴や」

「大坂では鶴を食べるのですか？」

「ああ、食べる食べる。あれがまた、えらい人気で。丸々一羽は高うて手が出んのやが、脚だけ買うて船場煮にするんが、私らのたまの贅沢《ぜいたく》なんだす」

途端に鶴之輔は震え上がった。

鶴の中には、将軍様にしか捕獲が許されぬものもある。そうでなくとも、吉兆の証《あかし》でもある鶴を食用にするなど、そもそも苗村では考えられないことだ。だが、ここではその鶴を、しかも庶民が口にするという。何と罰当《ばち》たりで恐ろしい、と彼は心底慄《おのの》いた。そんな少年の怯《おび》えにも気付かず、和助は首を捻った。

――せやな、鶴は人に食われてしまうさかい、鶴吉ではやはり縁起が悪い。ほんなら何がええやろか夜見世見物を終えても、和助には良い命名が思いつかなかった。
急に元気の無くなった鶴之輔を連れて、大川の風に吹かれながら天神橋を渡ってい
た時、ふいに、先刻お参りした際に見た老松の姿を思い出した。幹が焼かれてなお、
すっくと立つ老松の姿を。
「せや、松や。松がええ」
両の掌《てのひら》を音高く打ち鳴らした後、和助は鶴之輔の両肩に手を置いて言った。
「ええか、鶴之輔。あんさんの名ぁは今日から松吉《まつきち》や。井川屋丁稚、松吉。それがお
前はんなんだすで」
否も応もなかった。この町で食われてしまう鶴よりは、松の方がまだまし、と鶴之
輔は自分に言い聞かせるよりない。
こうして、その日を境に、十歳の彦坂鶴之輔は、「松吉」という新しい名前で、生
きていくこととなったのである。苗村藩士の子息としてではない、天満の寒天問屋の
丁稚として。

第二章　商人の矜持

江戸では、夏になると心太《ところてん》売りが、通りを「心太二文、寒天四文」と流して歩いた。江戸庶民は、これに醬油《しょうゆ》もしくは砂糖をかけてその涼味を楽しんだと聞く。だがこれでは需要が知れる上、心太とは異なる寒天独特の嚙《か》み心地や、臭みのない上品な味わいを生かしきれない。

荷売《にない》り時代、和助は飛び込みで料理屋の板場を借り、寒天の刺身や酢の物、それに寒天で野菜の炊き合わせなどを固める調理法を紹介。徐々に得意先を増やし、十年かかって寒天問屋、井川屋の暖簾《のれん》を掲げるまでになった。創業当時、三十歳。今、和助は六十二歳の夏を迎えようとしていた。

「おいでやす」

「毎度おおきにありがとうさんでございます」

井川屋に客の出入りがある度に、奉公人たちの元気な声がかかる。中でも気持ちのこもった、良い声を出す丁稚《でっち》がいた。松吉である。

井川屋に来てから二年の月日が経《た》ち、浪花言葉も板についた。藍色《あいいろ》のお仕着せで、くるくると独楽《こま》のように働くさまは、見ていて心地よかった。

——思た通りや、物覚えも早いし、あれはええ商人《あきんど》に育つ
帳場から目を細めて最年少の丁稚を眺める和助の横で、善次郎が忌々《いまいま》しそうに舌を打つ。

「ほんに何でっしゃろ、あの黄色い声は。店に雀《すずめ》を飼《こ》うてるみたいだすがな。おまけに、あの格好」

独り言だけでは我慢ならないらしく、善次郎は尖《とが》った声で、これ松吉、ちょっとこっちゃおいなはれ、と丁稚を呼びつけた。

「松吉、何遍言うたらわかりますのんや？　そないに背筋をぴんしゃんと伸ばすもんと違いまっせ。それはお侍の格好や。姿勢は低うに、前屈《まえかが》み。商人は猫背で丁度ええんだす」

口煩《くちうるさ》い番頭に叱《しか》られて、松吉は青菜に塩を振った如《ごと》くになった。へえ、すんまへん、と頭《こうべ》を下げて、暫《しばら》くは不自然な猫背でいるのだが、働き始めるとまた直《す》ぐに元の良い姿勢に戻る。それを目にして、善次郎が再び眉根《まゆね》を寄せた。

声が黄色いのは声変わり前ゆえで、姿勢が良いのも決して悪いことではない。だが、こういう時に松吉の肩を持てば、却《かえ》って風当たりが強くなるだろうことを、和助は心得ていた。

「善次郎、『浮舟《うきふね》』はんの方、味様《あんじよう》いってるか？」

主《あるじ》にそう話しかけられた途端、善次郎はぱっと眉を開いた。そして、よくぞ聞いてくださった、といわんばかりに身を乗り出すのである。

「へえ、旦《だん》那さん、喜んでおくれやす。浮舟はんに卸さしてもろてます品、評判も上々で、来月から注文を増やして頂けるかも知れんのだす」

島之内《しまのうち》にある老舗《しにせ》高級料理屋「浮舟」から、今夏、新規に寒天の注文を受けたことが、何よりも自慢の善次郎なのだ。その話になると、元は低く潰《つぶ》れた鼻がぐんぐん高く伸びるようだ、と店の者が陰口を叩《たた》くほどに、善次郎には嬉《うれ》しい話題だった。

「ほんに誉れなことだすなあ。何を言うても『天下の浮舟』だすで、旦那さん。あのご城代さまかて、お忍びで行きなはったと噂《うわさ》のある」

武家嫌いのはずが、こんな時にだけ大坂城代を引き合いに出す番頭が可笑《おか》しくて、和助はにやにやと笑う。しかし、和助にとっても浮舟の話題は、心がうきうきと浮き立つことに変わりが無かった。上質な寒天を良心的な値で商ってきたことが、実を結んだ証《あかし》のように思われて、何とも誇らしい。

「聞いた話によると、浮舟では、鮑《あわび》の殻を皿に見立てて、そこにうちの寒天を薄切りにしたもんを鮑の肝《きも》と和《あ》えて出さはるそうやで。一遍、私らも食べに行ってみよか」

弾む声で提案する主人に、しかし、番頭はすっと居住まいを正し、厳しい面持ちで頭を振ってみせた。

「あきまへん、旦那さん。そないな贅沢《ぜいたく》は、天神さんへ約束の寄進を済ませてからにして頂きまひょ」

あいた、と和助は額をぴしゃんと叩いた。善次郎のこうした性根が、創業から今日《こんにち》まで店を支えてくれていることを、和助自身が誰《だれ》よりもよく知っていたのだった。

水無月《みなづき》に入った。
連日の猛暑のために、寒天の売れ行きは好調で、井川屋では手代から丁稚の松吉に至るまで、風呂敷《ふろしき》包みを背中に負って品を届けに行かされる。まだ十二歳の松吉は、ごく近場の小店《こだな》への使いを命じられた。
——こないなもん、ほんまに美味《うま》いんやろか
この頃《ごろ》は、夢の中まで浪花言葉になっている松吉が、背中でかさかさ音を立ててい

る寒天に、後ろ手でひょいと触れた。井川屋では、美濃志摩屋からその冬、最初に届いた寒天を奉公人に振舞う習慣がある。善次郎から味を覚えるように、と言われても、「味」と呼べるものが無いように思えてならない松吉であった。

二年前に伏見の寒天場で過ごしたひと月あまりの日々、それを思い返す度にまず蘇《よみがえ》ってくるのが、天草《てんぐさ》を大鍋《おおなべ》で半日かけて煮熟《しゃじゅく》する時の強烈な臭《にお》いだった。

山育ちの彼は、海藻の臭いそのものに慣れていない。その上、天草が煮溶ける時に放つ臭いは想像を絶した。最初の頃は、目を開けていることさえ出来ず、嘔吐《おうと》するばかりだったのだ。

寒天場で松吉に兄のように優しく接してくれた半兵衛《はんべえ》、という気の好《よ》い職人が言うには、煮る間に臭みが抜けるから、出来上がったものは臭くないのだそうな。

〈ええか、鶴之輔、こないしてどろどろになった天草を、布で漉《こ》して置いといたら、自然に固まる。これが心太《ところてん》や。寒天は、この心太を寒空に干して乾燥させたもんなんや。『寒晒《かんざら》しのところてん』で、寒天なんやで〉

そう丁寧に教えてくれたのも、半兵衛だった。

――半兵衛はんやったら、教えてくれはるやろか？　寒天の味て何なんやろ

美味いと思えないのは自分の舌が劣っているせいだろうか、と、松吉は、首を振り

振り、青物市場を抜けていくのだった。

「ごめんやす、井川屋だす」

小商いの乾物商、山城屋《やましろや》は通いなれた店だ。松吉は、店の奉公人に品物を渡して、受け取りをもらう。

「井川屋はん、お前《ま》はんとこ、あの浮舟へも品物を卸してるそやないか」

顔馴染《かおなじ》みの主が、松吉に、気安く話しかけてきた。四十を幾つか過ぎた、厳《いか》つい風《ふう》貌《ぼう》の男だ。

「相手は天下の浮舟や、えらい評判やで」

「ありがとうさんでございます。私は丁稚ですさかい、よう知らへんのだす」

「さよか。ほな、帰ったら旦那さんに言うといてんか。水臭い、てな。幾ら扱うてるもんが寒天やからて、長い付き合いの山城屋を差し置いて、浮舟ばっかし大事にせんでほしい、てなぁ」

朗らかな物言いながら言葉に棘《とげ》が混じっているのを敏感に感じ取って、松吉は困惑した顔で店主を見た。二人の遣《や》り取りを聞いていたのだろう、奥からご寮《りょん》さん（店主の妻）が顔を出す。主《あるじ》より六つ七つ下で、くりくりとした目もとに愛嬌《あいきょう》があった。

「あんさん、何もそない小さい子ぉ相手にいけず言わんかて」

そう取り成すと、ご寮さんは、松吉の目の高さまで屈んだ。

「うちの人が言うてんのは、井川屋はんでは店によって卸す寒天の手ぇを変えてはるんやないか、いうことだす。上店には質のええもんを、うちとこみたいな店にはそこそこのもんを卸してはるんやないか、て」

松吉の顔からさっと血の気が引く。

「井川屋はそんなん、せえしまへん」

「まあ、丁稚のあんさんには、わからしまへんやろけど」

ふう、っと、ご寮さんは小さく溜《た》め息をついたあと、こう続けた。

「伊豆《いず》の天草で作った寒天、いうのがあるそうだすな。何でも、伊豆の海で採れる天草は味も濃うて、腰の強いええ寒天がでける、とか。浮舟はんでは、それを出してはるそうだすで。けど、『伊豆の寒天』てなもんがあるて、私《あて》らちっとも知りませなんだ」

「浮舟に寒天を卸してんのは、お前はんとこやろ」

脇《わき》から、店主が口を挟んだ。

「そんなええ寒天があるんやったら、何で教えてくれんのや。何で、こっちなと回してくれへんのや。長い付き合いやのに」

「伊豆の寒天やなんて、井川屋にはおまへん。ほんまだす」

松吉は、必死で訴える。

「井川屋の寒天は、京は伏見の美濃志摩屋はんに作ってもろてるもんだけだす。そこの寒天場では、丹後《たんご》で採れた天草を使てます。美濃志摩屋の旦那さんが、若い衆を競わせて、若狭《わかさ》街道を通って伏見まで天草を運ばしてはりました。私も、そうやって運ばれて来た天草を洗うことから仕込まれたんだす。せやから、伊豆の天草を使た寒天て、美濃志摩屋はんでも作ってはらしまへんし、井川屋でも扱《あつか》うてまへん」

店主とご寮さんが互いに顔を見合わせた。松吉の言葉には実《じつ》があり、それが二人を感心させていた。

「あんた、天場に……寒天場に居ったんか？」

ご寮さんが、優しい声で松吉に問うた。

松吉が、へえ、と頷《うなず》くと、女の双眸《そうぼう》がふっと潤んだ。

「私の亡《あて》のうなった父親も、昔、伏見の天場で働いてたんだす。あんた、柄も小さいのに、よう頑張らはったなあ」

ご寮さんは、よう頑張らはった、と滲《にじ》む声で繰り返す。実際に寒天場で働いたのはひと月だけなのだが、そのことを伝えられずに、松吉は俯《うつむ》いた。

「店で扱うてる品を、丁稚がそこまでちゃんと説明でけるとは、流石《さすが》、井川屋はんや。うちとこもそうやが、今時、奉公人をそないな風に仕込む店はあらへん」

同じ主として恥ずかしい、と山城屋は感じ入った口調で言う。

「お前はんみたいな丁稚を育てる店が、そない殺生な商いをするわけが無い。こないなことが井川屋の旦那さんの耳に入ったら、因縁つけたと思われてしまう。済まなんだなあ、この話、忘れてんか。ほんま済まなんだ。この通りや」

主人に頭を下げられて、松吉はうろたえ、どうして良いかわからぬまま、お辞儀を繰り返した。

井川屋に戻った松吉は、山城屋との約束通り、この一件を誰にも漏らさなかった。


事が起こったのは、大暑の翌日であった。

うだるような暑さの中を、乾物商松葉屋《まつばや》の主人が、頭から湯気を立てて井川屋へやって来た。おいでやす、と奉公人たちが一斉に挨拶《あいさつ》したが、むっとした表情を崩さない。善次郎が腰低く、挨拶に現れた。

「これはこれは、松葉屋の大旦那さん、ようお越しで。さ、お座布《ざぶ》でもあてておくれやす」

「この暑いのに、お座布なんぞ要りますかいな。和助はんを、ここへ呼んでもらいまひょか」

常は如何《いか》にも大店《おおだな》の主人らしく鷹揚《おうよう》な松葉屋が、まるで人が違って見えた。

折悪しく、和助は店を空けている。善次郎は、両手をついて深く一礼した。

「ほんに申し訳ございまへん。店主は生憎《あいにく》、用足しに出ております」

「はあ、さよか。さては浮舟に、弁茶羅《べんちゃら》（お世辞）でも並べに行かはったんかいな」

主は、まさにその浮舟に呼ばれて出ていた。それを気取《けど》られぬように、番頭は額に浮いた汗を拭《ふ》き拭き、懇願する。

「大旦那さん、番頭の私がご用の向きを伺わせて頂いても、宜《よろ》しゅうございますか？」

「いや、あんさんでは埒《らち》が明かしまへん」

松葉屋は、井川屋にとって長年の上客である。一体、何が起きたというのか。手代以下、固唾《かたず》を呑《の》んで成り行きを見守っていた。そこへ、松吉が恐る恐る冷茶を運んで、松葉屋の前に置く。松葉屋は目もくれない。善次郎が一層身を低くした。

「でしたら、主、和助が戻り次第、お店の方へ伺わせて頂きます」

ほんなら、と松葉屋が口を開きかけた時、ごめんやす、と暖簾を捲《まく》る者が居た。

「井川屋はん、ごめんやす。浮舟だす」

間が悪いことに、暖簾を潜《くぐ》って入って来たのは、浮舟からの使いだった。和助と浮舟の店主との話し合いが長引くのを伝えると、手代と思《おぼ》しき男はさっと引き上げた。

蒸し暑い店内が、一瞬にして凍りつく。

松葉屋が、ゆっくりと立ち上がった。言葉を探しあぐねた善次郎の額から汗が噴いて出て、板敷にぽたぽたと落ちた。腕組みをして、そんな番頭を暫《しばら》く見下ろしていた松葉屋の大旦那が、漸《ようや》く、口を開いた。

「和助はんが戻らはっても、わざわざ松葉屋へお運び頂かんで結構。もう話すこともおまへん。取り引きも、これで仕舞い、いうことにしてもらいまひょ」

「待っとくれやす、大旦那さん」

善次郎が転がるように土間へ下りて、松葉屋の袖《そで》に縋《すが》った。

「一体、どないなわけでおますのやろ。私どもに何ぞ落ち度がおましたのなら、重々お詫《わ》び申します。どうぞ、わけを、わけを教えておくれやす」

「そないに引っ張られては、袖が千切《ちぎ》れてしまいますがな」

相手の手をすげなく振り払うと、松葉屋は、善次郎に向き直った。

「井川屋はん、あんさんとこでは、浮舟に卸す寒天と、他に卸す寒天とで、中身を分けてはるんやてなあ」

善次郎が、ぽかんとして松葉屋を見上げる。思いがけない物言いに虚《きょ》を衝《つ》かれ、内容が摑《つか》めなかったのだ。

「商人にとって一番大事なんは信用――そんな当たり前のことさえ守られんのなら、暖簾は下ろさはった方がよろしおます。店主にそない言うときなはれ」

言い捨てて、松葉屋は暖簾を乱暴に捲って出て行った。

夜更けに、和助は上機嫌で戻って来た。振舞い酒を口にしたのか、珍しくほろ酔い加減であった。

「善次郎、喜んでや。浮舟の旦那さん直々《じきじき》に、うちの寒天を褒めてもらいましたで。来月から、大きな商いになりそうや」

あれほどまでに肩入れしていた浮舟相手のことである。常ならば「旦那さん、そら宜《よろ》しおましたな」と手放しで喜ぶはずが、番頭からは何の応《こた》えもない。怪訝《けげん》に思いながら、和助は善次郎の前に座った。途端、善次郎が畳に額を擦《こす》り付けて、

「旦那さん、申し訳ございまへん」

と、声を絞る。

あの時、松葉屋に即座に弁明して、誤解をとかなかったことを、善次郎は悔やみに

悔やんでいたのだ。

善次郎から事の次第を聞いた和助は、直《ただ》ちに休んでいた奉公人を起こし、全員を店に集めた。そして、再度、松葉屋の所作について詳しく尋ねて、首を捻《ひね》った。

「一体、どういうことや？　浮舟と他の店とで卸す寒天を違《たが》えてる、て。あの松葉屋はんが、つまらん言いがかりをつけてはるとも思われへんし」

お前はんら、何ぞ心当たりはないか？　と和助は手代と丁稚、四人の顔をゆっくりと見渡した。

松吉は、主人の視線が自分で止まるのを感じて、ぎゅっと身を縮めた。

「松吉、お前はん、何ぞ知ってなはるんか？」

名前を呼ばれて、おずおずと松吉は主人を見た。

一旦《いったん》、口を開きかけたが、脳裏に、丁稚の自分に頭を下げてみせた山城屋の店主の姿が蘇《よみがえ》り、ぐっと唇を結び直す。隣りに座っている梅吉が、肘《ひじ》で松吉の脇腹をそっと突《つつ》いて促したが、松吉は口を噤《つぐ》んだままだ。

「ちゃっちゃと答えなはれ」

善次郎が、忌々しげに叱った。

それでも、じっと俯いている松吉に、和助が声をかける。

「松葉屋はんの言わはる通り、商人にとって一番大事なんは信用や。お前はんが知ってるんは、この井川屋の信用に係《かか》わることかも知れん。話してんか」

主の言葉に、松吉は漸く意を決して面を上げた。

「さよか、山城屋はんでそないなことが……」

松吉から話を聞き終えた和助は、難しい顔で天井を睨《にら》んで、呻《うめ》いた。

「伊豆の天草……。確かに、江戸では評判やと聞いてる。特に南伊豆で採れた天草は、将軍さんの覚えもめでたいとか。けどな、寒天作りは天草と水の相性が大事なんや。丹後の天草やからこそ、伏見の水との相性もええ。せやさかい、美味い寒天になるんだす」

さようでおます、と善次郎が脇から口を挟む。

「伊豆の天草をはるばる伏見まで運んで寒天を作るとしたら、それこそ法外な値ぇを付けな、算盤《そろばん》に合わしまへん。そないな高い寒天、どこが買《こ》うてくれますやろ」

番頭の言葉に、和助は大きく頷いた。

「うちは美濃志摩屋の寒天場で作る寒天一手しか扱うてへんさかい、お代はどれも一緒。せやのに、その材料が、片や丹後、片や伊豆て。そらぁ、浮舟はんだけに伊豆の天草で作った寒天を回してるとしたら、他所《よそ》が怒って当然や。松葉屋の大旦那さんが怒らはったのも、そこやろ」

「けんど、旦那さん。何処《どこ》からそんな話が出て来たんだすやろ？」

さあ、それや、と番頭に言いかけて、和助は止めた。それから手代以下奉公人に、

「夜遅うまで済まなんだなあ。これで大体のことはわかったし、後は私らの仕事や。あんさんらは、早よ、お休み」

と労《ねぎら》いの言葉をかけた。

お先だす、と手代から順に店の奥へ引いて行く。最後に松吉が、同様に挨拶して奥に行こうとした時、待ちなはれ、と善次郎の切りつけるような声が飛んだ。

「山城屋はんでのことを、何でその日のうちに言わんかったんや。そしたら松葉屋はんのことかて、早めに手ぇが打てたはずやないか」

激昂《げっこう》して、善次郎は年少の丁稚を怒鳴りつける。番頭の激しい怒りに、松吉は震え上がって、畳に平伏した。

「お前はんのお陰で、井川屋は大事な取り引きを無くしてしもたんだすで」

「善次郎、もうええ。そこまでにしとき」

珍しく、和助が番頭を止めて、丁稚の方に向き直った。

「松吉、言わんかったのには、何ぞ理由があるんやろ？　何でや？」

何で言わんかったんや？　と重ねて優しく問われ、松吉は半ば泣きそうになりながら顔を上げた。

「約束を……約束をしたからだす。山城屋の旦那さんと。忘れる、言わへん、て」

「なるほど、ほな、お前はんは山城屋はんとの約束を守るため、山城屋はんのお前はんに対する信用を守るために、黙ってよと思たんやな」

へえ、と松吉は震えながら首を縦に振った。

実を守って違《たが》わぬことを信という──「近思録《きんしろく》」の一節である。

幼少の頃、そう、彼がまだ鶴之輔だった時に、父から「近思録」を叩き込まれていた。父、彦坂数馬は、感情の行き違いから同僚藩士を斬《き》り殺すほどの短慮な人物ではあったが、反面、幼い息子の教育に力を注いでもいたのだ。そしてその教えは、侍の子息から問屋の丁稚となった今も、松吉の記憶から消えることはなかった。それ故、彼は、山城屋との約束を違《たが》えることが出来なかったのである。

「なあ、松吉」

和助が、松吉の方へにじり寄り、その顔を覗き込んだ。

「商人が何よりも大事にせなあかんのは、他人さんの自分に対する信用とは違う。暖簾に対する信用なんだす。奉公人が己の信用を守るために実を通して暖簾に傷がつくのんと、己の信用は無《の》うなっても、暖簾に対する信用が揺るがんのと、どっちが商人として真っ当か、よう考えとぉみ」

主の言葉は、丁稚の心に重く響いた。なるほど、商人としての信とはそうだったのか、と胸を突かれる思いだった。

「わかったらもうええから、あんさんも早うお休み」

そう言われて、項垂《うなだ》れながら松吉は店の奥の丁稚部屋へと向かった。背後で、善次郎と和助の話し合う声が聞こえていた。

「ほなら旦那さん、明日の朝一番に松葉屋さんへ行きはりますやろ？　私もご一緒させて頂きますよってに」

「いや、その前に、ちょっと調べてみなあかんことがある。あ、済まんが明日、松吉を借りますで」

自分の名前が出たので、松吉は立ち止まってつい耳を澄ました。しかし二人とも声の調子を落としたらしく、あとの会話は聞こえてこなかった。

「何だすて？」

山城屋の奥座敷にて、店主が戸惑った顔で和助を見た。お茶を出しかけたご寮さんの手も止まったままだ。

「私ら夫婦に浮舟へ行け、て。井川屋はん、それは一体、どういうことだすのや」

「こない仕様事無《しようことな》しなお願いも、山城屋はんを見込んでのこと。お二人だけで浮舟の料理を食べに行って頂きたいんだす。お代の方は一切、うちで持たせてもらいますよって、どうか、お頼もうします」

和助は懐《ふところ》から銀銭《ぜに》の入った袱紗《ふくさ》を取り出すと、店主の前に差し出し、深く頭を下げた。後ろで、松吉も慌ててお辞儀をする。

その日、松吉を伴って山城屋を訪れた和助は、店主から、天草の話をどういう経緯《いきさつ》で耳にしたかを聞き出した。店主の言うには、浮舟で食事をした客からの話が元になっているとのこと。何でも、浮舟の寒天料理の美味さに感動した客のひとりが、寒天について尋ねたところ、伊豆の天草を使用したものだ、との返答を得たというのだ。

やはり、と和助は呻いた。

「浮舟はんに寒天を納めさしてもろてるんは、うちとこだけと聞いてます。けんど、他で伊豆の寒天を仕入れてはるんやも知れまへん。もし、うちとこの寒天やったとしても、それを店側が、ほんまに伊豆のもんやと言わはったかどうか。何より厄介なんは……」

ふいに口を噤《つぐ》んだ和助の代わりに、山城屋が重い声で言った。

「浮舟はんが、わざとそう言わはったとしたら——いうことでんなぁ」

浮舟が、丹後産の天草で作った寒天を、伊豆産と偽って客に供していたら。

後ろに控えていた松吉にも、和助が何を一番気にかけているか、漸くわかった。

山城屋は女房と視線を交わして頷き合うと、和助に向き直った。

「私は乾物屋で長年、井川屋はんの寒天を扱わさしてもろてます。それにうちの嫁はんは、伏見の寒天場で働いてた男の娘だ。寒天の味はようわかってます。実際に浮舟で供されてる寒天がどないなもんか、確かめるんやったら、私ら夫婦が適役でっしゃろな」

「さいだす。顔の知れてる私が行って尋ねても、ほんまのことはわかりまへんやろ。どうですやろ、お頼みしても」

和助の懇願に、山城屋がひとつ、ぽんと胸を叩いてみせた。

「よろしおます。ほな、早速、今日、行って参じます。なあに、夫婦二人のこっちゃ、隅でも何でも、無理言うて捻《ね》じ込んでもらいまひょ」

心強い言葉に、和助はほっと安堵《あんど》の息を吐き、改めて夫婦に深く一礼する。松吉も、これに倣《なら》った。

「井川屋はん、顔を上げておくれやす。お礼を言うのは私らの方だす。こんなことでも無かったら、私らみたいなもんが、夫婦揃《そろ》ってあないな高級料理屋に出かけることもおまへんやろ。おおきに、おおきに」

山城屋は、嬉しそうに笑った。

江戸の庶民は、概《おおむ》ね、飯は朝炊いて、炊き立てをおひつに移し、朝餉《あさげ》にぬくぬくのご飯、昼餉と夕餉には冷や飯を食べる。

大坂の商家では、飯を炊くのは昼である。一日のうち、昼餉に一番重きを置いて、炊き立てご飯に青物か魚の煮付けを添えて食す。夜は冷や飯に温かい汁物か、もしくはさらさらと茶漬けにして食べる。翌朝、残りの飯を茶粥《ちゃがゆ》にして食する。俗に「大坂の食い倒れ」と言われるが、普段の食事は、主人から奉公人に至るまで、このようにすこぶる倹《つま》しい内容であった。

その夜、井川屋では、夕餉の膳《ぜん》に茄子《なす》と胡瓜《きゅうり》の古漬けを細かく刻んだものが出た。主従とも気忙《きぜわ》しく茶漬けを腹に納めた頃、店の方から「ごめんやす」との声がかかった。

声の主は、待ち人の来訪を知り、山城屋の店主だった。和助は箸を置く。

善次郎が飛んで行って、店主を奥座敷に案内する。

台所前の廊下を通る山城屋が、奉公人たちの目にもちらりと映ったが、太縞《ふとじま》の上田《うえだ》紬《つむぎ》を品良く着こなして、見違えるようだった。浮舟での食事を終え、その足で例の報告に見えたのだ、と松吉は悟り、不安で一杯になる。

皆の懸念をよそに、奥では、山城屋と和助、それに善次郎の三人での密談が行われた。それは、松吉たちが丁稚部屋に引き上げる段になってもまだ続いていた。


翌朝。

和助は、奉公人全員を店に集めると、井川屋の寒天が、浮舟では伊豆産の天草で作った旨、吹聴されている事実を淡々と告げた。

「皆も知っての通り、うちで扱うてる寒天は、丹後の天草と伏見の水で作ったもんや。そして、そのことに誇りを持ってる。せやさかい、お客はんから尋ねられたら、胸張ってそれを伝えるんや。てんご（冗談）でも伊豆の名ぁなんぞ出したらあきまへんで」

ああ、やはり、と松吉は思った。

和助が恐れていた通り、浮舟は、天草の産地を偽った寒天を客に供していたのだ。

将軍様もご推奨の伊豆産の天草で作った寒天、ということになれば、大坂の客は珍しがるだろうし、料理にも箔《はく》がつく。しかしそれでは、客を騙《だま》していることに他ならないではないか。

何と卑怯《ひきよう》な、と松吉の小さな胸は、怒りの炎で燃え立つようだった。

「松吉、今日もお前はんについて来てもらおか」

和助に言われ、風呂敷包みを持たされて後をついて歩きながら、松吉の胸を怒りは去らない。天神橋を渡る。大暑を過ぎたのに、照りつける陽射《ひざ》しは、じりじりと肌を刺すようだった。店主はいつものように右足を引き摺《ず》りながら、黙って歩いている。

どこに行くのだろう、そう言えば行き先を聞かなかった。あとからあとから滴り落ちる汗を手の甲で拭《ぬぐ》って、松吉は黙々とついていく。

左手に久宝寺橋《きゆうほうじ》、安堂寺橋《あんどうじ》を見ながら東横堀川に沿って進めば、じきに島之内だ。

そこまで来て、松吉は、はっとした。主人の行き先がわかったのだ。

虫籠《むしこ》窓のある漆喰《しつくい》の白壁と、黒光りする出格子とが、その店の構えを清々《すがすが》しく見せている。こけら葺《ぶ》きの通り庇《ひさし》の下で、女衆《おなごし》が打ち水をしていた。撒《ま》かれた水が、通行人に一瞬の涼を送る。

「松吉、あの店を知ってなはるか？」

背後の丁稚を振り返って、主人が問うた。松吉は、へえ、と頷いた。訪ねたことはなくとも、その店がそこにあることは知っていた。

和助と松吉は、少し手前で足を止め、重厚な構えの店を見上げた。幾たびかの大火を潜り抜けたのだろう、本瓦葺《ほんかわらぶ》きの屋根には屋号を模《かたど》った鬼瓦が誇らしげに載っている。掲げられた看板には、「浮舟」の二文字が彫り込まれていた。

打ち水をしていた中年の女衆が、和助を認めて笑顔を向けた。

「井川屋の旦那さんやおまへんか。おいでやす」

愛嬌のある笑みだった。つられて、和助もにこにこと応える。

「ちょっと旦那さんと話をさしてもらいたいんやが」

「へえ、ただ今、ご案内を。ちょっと誰《だれ》ぞ」

奥に声をかけると、ぱたぱたと丁稚が軽い足音で駆けて来た。

取次ぎを待つ間、松吉は、しげしげと辺りを眺めた。店の入り口ばかりか、表もきちんと掃き清められている。建具も手入れが行き届いていた。料理屋らしい、白のたっぷりとした暖簾には染みひとつない。先の女衆の愛想の良さといい、なるほど世間で評判を取る老舗料理屋とはこういうものか、と感心した。

「松吉、お前はんもついて来なはれ」

漸く中に案内される段になって、和助は背後の丁稚を振り向いて言った。

商家では主人と同行する時、丁稚は外で待つものであったため、浮舟の奉公人も、松吉自身もぎょっとする。だが、結局は和助に命じられるまま、おどおどと、ついて上がった。

中庭を取り囲むように渡り廊下が続いている。角々に飾り棚が設《しつら》えられ、金水引《きんみずひき》や檜扇《ひおうぎ》菖蒲《あやめ》など野趣ゆたかな花が生けられていた。よく磨き込まれた廊下に、庭の松が映り込んで松吉の目を奪う。

「これ松吉、口はしっかり閉じときなはれ」

振り返った和助にそう言われて初めて、松吉は自分がぽかんと口を開けていることに気がつき、真っ赤になった。二人が通されたのは板場脇の小部屋で、仕込み中なのだろう、昆布出汁《だし》の良い香りが漂っていた。

「えらいお待たせしてしもて」

襖《ふすま》が開いて、でっぷりと肥えた体軀《たいく》を桝花色《ますはないろ》の結城紬《ゆうきつむぎ》で包んだ、歳《とし》の頃、四十代半ばの男が姿を現した。浮舟の四代目店主、宗八《そうはち》である。先代が亡くなり、跡を継いで三年になるが、その商才で浮舟を益々の繁盛店にした、と専《もっぱ》らの評判であった。

「浮舟の旦那さん、先日は色々とおおきにありがとうさんでございました」

また本日は突然に伺いまして、と和助は自分より遥《はる》かに歳若い店主に深々と頭を下げた。

和助の背後に丁稚の松吉が控えているのを見て、宗八は怪訝《けげん》そうな顔をしたが、着座すると鷹揚《おうよう》に和助に座布団を勧めた。

「で、今日はどないな用件で？」

へえ、と頷くと、和助は余分な前置きをせず、話を切り出した。

「旦那さん、井川屋がこちらに卸させてもろてます寒天は、丹後で採れた天草がもと、いうのはご存じですやろか」

途端、宗八の表情に緊張が走ったのを、和助も松吉も見逃さなかった。

しかし、それはほんの一瞬で、宗八は肉に埋もれた細い眼《め》を一層細めて、ころころと喉《のど》を鳴らすように笑ってみせた。

「何や、そないなことですかいな。勿論《もちろん》、重々存じておりますがな」

「ほなら、何で、伊豆の天草で作った、とお客はんに触れ回ってはるんだすやろ」

「何の話だす？　誰が誰に、何て言うた、言わはるんや」

一転、険しい目つきになった宗八が、身を乗り出して和助を見据える。その目つきの悪さに、松吉は僅《わず》かに身を震わせた。

「昨日、この店にお客として来やはったお人から伺いました。浮舟の寒天料理の感想を直《じか》に板場に伝えたい、と無理言うて板長と話をさせてもろたそうです。その際、『伊豆の天草で作った寒天』と、はっきり聞かはったそうでおます」

そう言って、和助は、宗八をじっと見つめ返す。注視されて宗八は、気まずく視線を外した。そして、苛立《いらだ》ったように両手を打つと、飛んできた女衆に、板長を呼ぶように命じた。

板場で仕込みの最中だった板長は、直ぐに姿を現した。三十五、六ほどか、思ったよりも若い。

襖《ふすま》の向こうで襷《たすき》を外し、素早く纏《まと》めて、和助に向かって一礼する。折り目正しい所作は、見ていて気持ちが良いものだった。

嘉平《かへい》、と宗八は板長を呼んだ。

「嘉平、お前はんか？　うちの寒天が伊豆の天草で出来てる、と吹聴してるんは」

問われて嘉平は、戸惑いの眼差しを主に向けた。

宗八は青筋を立てて嘉平を睨《にら》んでいる。

「お前はんなんやな？　伊豆産の天草の話を触れて回ったんは。私は今、そのことでこの井川屋の旦那から、えらい責められてますのやで」

板長の嘉平は、呆然《ぼうぜん》と主を見、和助を見た。そしてふいに何かを悟ったように、項垂れて畳に手をついた。今、まさに詫びようとする嘉平より先に、和助が口を開いた。

「浮舟はん、私が耳にしたところでは、板長だけや無うて、お運びはんやら丁稚に至るまで、ここで料理に使てる寒天を『伊豆産や』『将軍さんのお墨付きの天草や』言うてはるそうだすなあ」

「知らん知らん」

宗八の声は、驚くほどに大きかった。

「それは主の私のあずかり知らん話や。奉公人らが勝手に言うてますのやろ」

老舗料理屋店主の嘘《うそ》は、僅か十二歳の寒天問屋の丁稚にも見抜くことが出来た。奉公人が主人の指図無しにそのような言い回しをするはずがない。主でありながら、下の者に責任を擦《なす》り付けるその無様な姿に、松吉は腹が立ってならない。

しかし和助は宗八には目もくれず、板長の嘉平の方に身体《からだ》ごと向き直った。

「嘉平はん、この店に最初に寒天を卸さしてもらう時に、お話しさしてもらいましたなあ。うちとこの寒天は、丹後の天草と伏見の水とで、風味と嚙み心地の良い寒天に仕上げてます、て」

へえ、と悲痛な面持ちで頷く料理人に、和助は穏やかに語り続ける。

「伊豆の天草の評判は、この私も聞いてます。大坂のもんは、平素は将軍さんに気ぃも払わんかて、そのお墨付きがある、と聞いたら面白がりますやろ。けんど、寒天は天草だけで出来るもんと違う。そこには水との出合いや、天場で働くもんの気概が係わっているんだす。寒天作りに携わる者の誇りを踏みつけるんは、褒められたことやおまへんで」

和助の視線は嘉平に向けられているが、その言葉は、紛れもなく浮舟店主、宗八に向けてのものだということが、松吉にもわかった。

「申し訳ございまへん」

苦虫を嚙《か》み潰《つぶ》す宗八とは異なり、嘉平は畳に平伏して切なげに声を絞りだした。

和助は、いやいや、と首を横に振る。

「お前はんが謝らなあかん相手は、この寒天問屋とは違いますやろ。伊豆の天草、将軍さんのお墨付きの天草で作った寒天、と信じて料理を召し上がったお客はんやと思いますで。なあ、浮舟はん」

水を向けられたが、それには応えず、宗八は忌々しげに奉公人に言った。

「嘉平、もう下がってよろし」

項垂れた姿のまま嘉平が下がると、和助は改めて宗八に向き直った。

「浮舟はん、申し訳おまへんが、今日この時を以《もっ》て、井川屋は取り引きを打ち切らせて頂きとう存じます」

溜飲《りゅういん》が下がる、とはこういうことを言うのだろうか。

和助の後ろで松吉は、思わず歓声を上げそうになるのを辛《かろ》うじて堪《こら》えた。老いて弱々しい和助の背中が、途轍《とてつ》もなく広く、大きく、そして頑健なものに見える。

「えらい鼻息だすな、井川屋はん」

吐き捨てるように言い放って、宗八は立ち上がった。

「寒天を扱う問屋なら、この大坂には掃いて捨てるほどおます。それに、うちみたいな老舗料理屋と取り引きしたがる者も仰山いてますのやで。逃がした魚は大きい、いう言葉を思い知らはったらよろしおます。さ、もう引き取ってもらいまひょか。早う、早う、去《い》んなはれ」

追い立てられるようにして浮舟を出ると、和助は暫く、黙したままゆっくりと歩いた。そして長堀川《ながほりがわ》が見えてきたあたりで、唐突に立ち止まって松吉を振り返った。

「あーあ、やってしもた。善次郎に怒られてしまうわ」

しかし語調は全く悔いのない、明るいものだった。旦那さん、と言いかけて、松吉は、和助の背後に人影を認めた。先刻の嘉平が、心斎橋《しんさい》の袂《たもと》に立っていたのである。

「井川屋の旦那さん」

嘉平が和助に駆け寄って、膝《ひざ》に額がつくほどに身体を折り曲げた。

「この通りでおます。ほんに、お詫びの言葉もございまへん」

顔を上げなはれ、と和助は、浮舟の板長に柔らかく言った。

「もうええ、もうええ。大方、あんさんは私が承知の上でのことやと思てはったんだすやろ。ところで、嘉平はん、浮舟に入ってどれくらいにならはる?」

「かれこれ二十五年ほどになります」

「ほな、先代に仕込まれたんか?」

「先々代と先代、お二人によう仕込んでもらいました」

「さよか、やっぱりなあ。先代がまだご存命やったら、こないに不細工なことにはならんかったやろに。あんたも災難やった」

何もかも見通している和助の言葉に、嘉平は唇を噛んで俯いた。

「しかしな、嘉平はん。主人が間違うたことしてたら、それ諫《いさ》めるんも奉公人の務めだすで」

「諫めても」

思いあまった体《てい》で、嘉平は声を発する。

「諫めても、聞く耳を持たん主やったら、どないします」

言ってしまって、嘉平は耳まで真っ赤になった。

「あい済みまへん、忘れとくなはれ」

和助の返事を待たず、嘉平はさっと一礼すると、島之内の町並みに逃げるように駆けて行った。

殿様の出来が悪いと、家臣が苦労する。

店主の出来が悪いと、奉公人が苦労する。

武家も商家も、上次第で下が苦労するんは一緒なんやなあ、と嘉平の背中を見送りながら松吉は思った。

和助は和助の、松吉は松吉の、それぞれの物思いに耽《ふけ》りながらの帰り道であった。

天神橋を渡り、青物市場を抜けて、漸く井川屋に辿《たど》り着いた。店の前に立ってそわそわと和助の到着を待っていたらしい梅吉が、二人の姿を認めて、慌てて中へ駆け込む。入れ違いに、番頭が転がるように店から飛び出して来た。

「旦那さん」

「善次郎」

和助は、両手を合わせて番頭を拝むと、

「堪忍《かんにん》や、善次郎。私、浮舟の取り引きを断ってしもた」

と、まるで子どもが悪戯《いたずら》を親に詫びるように、打ち明けた。

それを聞いた善次郎、ぱん、と両手を打って、「さすが、旦那さん」と誇らしげに声を上げる。

「それでこそ、この井川屋の旦那さんだす。私の見込んだご主人だす」

「構へんのか？　また苦しいことになるんやで」

主が番頭にそう問いかけた時、一人の老人が井川屋の暖簾を捲って表に姿を現した。松葉屋の大旦那だった。

和助は一瞬、大きく目を見張り、だがゆっくりと腰を落とすと丁寧に頭を下げた。

「松葉屋の大旦那さん、お店の方へ、ようご挨拶にも伺わんと、申し訳のないことでございます」

「井川屋はん、頼むさかいに、顔を上げてんか。せやないと、私の方が恥ずかしいて、消え入りたなりますよってに」

来年古希を迎える松葉屋の大旦那は、和助の手を取ってその顔を上げさせた。

「この番頭はんが、うちの店に来て、何もかも全部、教えてくれはった」

今朝、和助が店を出た後、善次郎はひとり松葉屋を訪ね、渋る大旦那に強引に面会、山城屋から聞いたことを洗いざらい話したのだ。そしてその上で、

「井川屋の店主は、筋の通らん商いはせんお人だす。浮舟との縁もきっと自分で断ち切らはると存じます。せやさかい、大旦那さんがお疑いの件、これでけじめとさしておくれやす」

と、取り引きの再開を懇願したのだという。

「よもや、老舗の浮舟があないな真似《まね》をするとは思わなんだ。いや、これも術無《ずつな》い言い訳やなあ。井川屋はん、どうぞ堪忍しておくなはれ」

この通りだす、と松葉屋は白髪《しらが》頭を深々と下げた。

和助は、困惑した風に視線を天へ向けた。あたかも、

――どないしよ、また善次郎に助けられてしもた

と、呟いているようだった。

少し離れて松吉は、この光景を記憶に焼き付けておこう、と双眸を見開く。

大川からの風が表通りを吹き抜けて、じっとりした暑さを一時、持ち去ってくれた。

第三章　真帆

浮舟の一件から、瞬く間に三年の歳月が流れ、天明《てんめい》三年（一七八三年）、睦月《むつき》。松吉は、初春の陽光に目を細めながら、天神橋を渡っていた。井川屋に奉公に上がって五年、十五の春である。この三年で背はぐんと伸び、声も子どもから大人のそれに変わった。ただ、姿勢の良いのは相変わらずだった。

何処《どこ》からか、梅の香が流れてくる。

こないな橋の上で、と松吉は不思議に思い、きょろきょろと視線を廻《めぐ》らせた。直《す》ぐ前を歩く少女の髪に挿《さ》した、簪《かんざし》代わりの梅の一枝とわかって、松吉の頬《ほお》が緩む。女衆《おなごし》などのお供が居ないところを見ると、商家の嬢《いと》さんではないのかも知れないが、上質な鴇色《ときいろ》の紬《つむぎ》にさげ下結びの紅帯が良く似合っていた。何が嬉《うれ》しいのか、少女は、ぴょんぴょんと跳ねるように、勾配《こうばい》のある長い橋を渡って行く。

あ、と松吉の口から思わず声が漏れた。少女の髪から花簪がすとんと抜け落ちたのである。慌てて拾い上げて、呼びかけた。

「梅の枝を落としはりましたで」

あら、と振り向いたのは、くっきりと切れ長な目が涼やかで、雛《ひな》人形のように愛らしい少女だった。松吉よりも四つ五つ、幼く見えた。

「おおきに」

少女は、言って手を差し伸べた。

「高津《こうづ》さんの梅やの」

高津社は梅の名所で知られていた。誰《だれ》からか、一枝もらったものらしい。

「そうだすか。綺麗《きれい》だすな」

松吉から花枝を受け取ると、少女は左手でそっと銀杏《いちょう》に結った髪を探り、挿す位置を決める。一心に花簪を挿す少女の頰に、春の陽が優しく降り注ぐ。

松吉はつい、見とれてしまっていた。

「あ」

挿し方が甘いのか、簪はまた、いとも簡単に少女の足元に落ちた。彼女は急いで拾い上げると、少し考え、その梅の枝を帯の間に挟み込んだ。それならもう落とすことはないだろう。

少女は松吉に、ほんのりした笑顔を向けた。そして、もう一度、おおきに、と軽く会釈すると、くるりと前を向き、またぴょんぴょんと跳ねながら行ってしまった。

——髪に、挿したったら良かった
松吉は少し悔いて、暫《しばら》く、揺れながら遠ざかる紅帯を眺めていたが、

——せや、番頭はんが待ってはるんやった
はっと思い出して、天神橋をつんのめりそうになりながら駆けたのだった。

「遅い！」

店に戻ると、善次郎が眉《まゆ》を吊《つ》り上げて待っていた。

「何をのそのそしてるんや。日が暮れてしまいますで」

「へえ、済んまへん」

「お前はんの『済んまへん』は聞き飽いた。早う、この荷ぃを負いなはれ」

常にも増して、善次郎は苛立《いらだ》っていた。

昨年の暮れ、年長の丁稚《でっち》が逃げ出した。次いで、手代が店を引いてしまったのである。世は不況、扱うのは寒天という地味な品、店主は還暦を過ぎた老人。おまけに壮年の番頭が暖簾《のれんわ》分けもされずにいるのだ。このまま奉公を続けても、先行きに何の楽しみも抱《いだ》けない、と思ったが故らしかった。

年月をかけて仕込んだ奉公人二人に去られたことが、善次郎には痛手だった。彼は、丁稚の梅吉と松吉に混じって、自分も雑用をこなさねばならない立場に戻ってしまったのだ。

「次は船越町《ふなこしちょう》や。まだ付き合いの浅い店やさかい、私も一緒に行かなあかん」

善次郎は、草履《ぞうり》の鼻緒に足指をかけながら、ぶつぶつとこぼす。

松吉は、積み上げられていた寒天を風呂敷《ふろしき》に包むと、背中に負った。これからこの番頭と一緒に出かけねばならないのか、と思うと気が滅入《めい》る。その気持ちを振り払うように、松吉は勢いよく暖簾を捲《まく》って表に出た。

船越町は、井川屋からさほど遠くはない。天神橋を渡り、松屋町《まつやまち》筋を少し行けば直ぐの距離にある。

善次郎は天神橋を渡る前に、必ず天満宮の方へ向き直り、深々とお辞儀をする習慣があった。松吉も、善次郎と一緒の時にはこれに倣《なら》って頭を下げる。

二人並んで天満宮に手を合わせるその度に、松吉は、自分が番頭に許されていないことを痛切に思い知るのだ。

「松吉、『曾根崎心中《そねざきしんじゅう》』て知ってるか？」

天神橋を渡りながら、番頭がもったいぶった口調で言う。またその話か、とうんざりする気持ちを悟られぬよう、松吉は神妙な面持ちで「へえ」と頷《うなず》く。

「何や、言うてみ」

「へえ、近松門左衛門《ちかまつもんざえもん》、いうお人が作らはった浄瑠璃《じょうるり》だす」

「どんな筋や。言うてみなはれ」

急《せ》かされて、松吉はげんなりした顔を見せぬよう、わざと川面《かわも》の方へ首を向けて答えた。

「へえ、確か、借りた銀銭《ぜに》を返せんようになって、男と女が心中する話だす」

丁稚の松吉は、人形浄瑠璃など見たことも聞いたこともなかった。だから、それが遊女お初《はつ》と手代徳兵衛《とくべえ》の切ない物語というのも知らず、また「この世の名残り、夜も名残り」という美しい文体で語られていることも知らない。ただ、この五年の間、折りに触れて善次郎が先のように話していたのを聞き覚え、何と嫌な話だろう、と骨身に沁《し》みていた。

「せや、借りた銀銭は幾らやったんや？」

「へえ、銀二貫だす」

「せや、銀二貫。まさに銀二貫や」

善次郎は、重々しく頷いてみせる。それから松吉の眼を覗《のぞ》き込み、こう続けた。

「ええか、松吉。『曾根崎心中』は、ただの絵空事や無《の》うて、ほんまにこの大坂であった心中事件をもとにしてますのや。銀二貫いうのは、命かけなあかんほどの大金なんや。お前はん、それをわかってなはるのか」

きつい口調に、松吉はしおしおと項垂《うなだ》れた。そんな丁稚をじろりと睨《にら》んで、善次郎は、わざと大きく溜《た》め息をつく。これも、いつも必ずする仕草であった。

「ほんまに、何でうちの旦《だん》那さんは、あの時、大事な銀二貫、あないな使い方しやはったんか……」

善次郎はこの台詞《せりふ》は、彼に対する憎悪で胸が一杯になりそうな松吉を、引き戻す。そうだ、番頭の嘆きは尤《もつと》もだ、番頭が自分にあたるのも無理からぬ話なのだ、と。

始末、才覚、神信心——この三つは、大坂の地で商いをする者にとって、日々の要《かなめ》となる大切な心がけであった。

収支を計って身を慎み、知恵を絞るだけでは、ひとかどの商人とは呼べない。神仏に感謝する気持ちがあって初めて、真の大坂商人と呼べるのである。店が焼け残ったにも拘《かかわ》らず、天満宮再建のための寄進をしなかった和助は、仲間内でことあるごとに「恩知らず」と、陰口を叩《たた》かれていた。そのことで一番、胸を痛めていたのは番頭の善次郎だった。何とか一日でも早く、と思うものの、大店《おおだな》ではない井川屋にとって、銀二貫はそう容易《たやす》く貯《た》まる額ではなかった。

何とかせねば、とは思うものの、松吉にはまだ何の力も無い。彼は、愚痴を漏らして嘆く番頭に、ただ黙って頭を下げるしかなかった。

気がつくと、釣鐘《つりがね》屋敷の鐘が、昼八つ（午後二時）を告げている。

「早《は》よ、ついて来なはれ」

善次郎は命じて、すたすたと松屋町筋を左に折れて船越町に入った。その一角にある料理屋が、二人の訪ねる先だった。

老舗《しにせ》ではないが、美味《うま》い肴《さかな》を出すことで酒好きの客の気を引き、そこそこに繁盛している店だ。裏に回り、ごめんやす、と声をかけて板場に向かう。鰤《ぶり》を煮付ける甘辛い匂《にお》いが鼻をくすぐった。

善次郎が店主と話している間に、松吉は台の上で風呂敷の荷を解く。

「あ、ちょっとその寒天、見せてんか」

店主がふいに手を伸ばし、無造作に中の一本を引き抜いた。そして、端を千切ると口に含んで暫く咀嚼《そしやく》する。

「よっしゃ、いつもの寒天に間違いない」

頷いてみせる店主に、善次郎が僅《わず》かに顔色を変えた。それに気付いた店主が、

「そないに気ぃ悪うせんと。このご時世や、中には悪い品を混ぜて持ち込む問屋もあって、一遍、酷《ひど》い目に遭《お》うたんや。それで、抜き取りで調べさせてもろてる」

と、軽く頭を下げた。そら災難だしたなあ、と善次郎は同情を示してから、首を軽く振って、こう続けた。

「情けない世の中になったもんだす。商人にとって一番大事なもんは、信用だす。そないな真似《まね》してからに……。一遍落とした信用は、なかなか取り返せへんもんだす。それを弁《わきま》えてへん商人が増えましたなあ」

「何せこの不景気やろ。道理を守るより、生き残るので精一杯なんかも知れへんな」

仕様のないことかも知れへん、と店主は諦《あきら》めたように言った。

暫《しば》し会話が途切れた時、かんかん、と木槌《きづち》を振るう音が響いてきた。

善次郎は、おや、と顔を上げて耳を澄ませる。

「どこぞ、ご普請だすか?」

「いや、空き家やったとこに借り手がついてな。手ぇ入れて、こましな料理屋にするらしい。この、ほん先や」

店主は引き戸を開けて、外を指さした。

「どこぞの大店の板場に居たんが、自分の店を持つらしいわ。けど、言うたら気の毒やが、何もこないな時になあ」

昨年からすでに米の価格は上昇を続け、市中は腹を空《す》かせた庶民で溢《あふ》れている。近々、この大坂でも打ちこわしが起きるのではないか、起きても仕方がないのではないか、という状況だった。

「おおきに、ありがとうさんだした」

暇《いとま》を告げて外へ出ると、善次郎は来た道を戻らずに、木槌の音のする方へと足を向けた。

松吉は黙って、後に続く。進むにつれて、削りたての白木の芳香が強くなる。じきに、一軒の建物の前で、主《あるじ》らしい男がこちらに背中を向け、職人に看板を掲げる位置を指図しているのが、目に入った。

「もう少し手前。寄りすぎや、ちょっと戻してんか」

おや、と松吉は思った。その声に聞き覚えがあったような気がしたのだ。

「真帆家《まほのや》、か」

善次郎は、看板に書かれた屋号を声に出して読んで、ええ名ぁや、と大きく頷いた。

大川を、帆柱を立てた舟が真っ直ぐに進んで行く。そんな光景が目に浮かぶような名前だ、と松吉も思った。

「お前はんは、ここに居《お》んなはれ」

善次郎は松吉に小声で命じて、男の方へと歩き出した。料亭ならば、寒天の用があるやも知れん――そう考えたのだろう。

もうし、という善次郎の呼びかけに、男が振り返る。その顔を見て、松吉がはっと息を呑んだ。気配を感じたのか、男の視線が善次郎を飛び越えて、松吉に注がれる。

あれから三年経《た》ち、松吉はすでに大人の見目形《みめかたち》になっている。それでも、当時の面影は残っているはずであった。

はて、と一瞬、考え込んだあと、男は、ああ、と双眸《そうぼう》を見開いた。

「井川屋はん……お前《ま》はん、もしや、あの時の、井川屋はんの丁稚やないか？」

男は、浮舟の板長だった嘉平その人であった。


その夜、久々に井川屋の奥座敷に笑い声が響いた。店に挨拶《あいさつ》に来た嘉平を和助が引き留めて、急きょ、開店祝いのささやかな宴《うたげ》となった。

丁稚部屋の薄い布団に包《くる》まって、松吉は耳を澄ませる。漏れ聞こえる和助の笑い声が、しみじみ嬉《うれ》しかった。善次郎の笑い声が嫌ではなかった。嘉平の笑い声を、ああ、あんな声で笑いはるんや、と幸せな気持ちで聞いていた。

あの一件の後、浮舟の店主は「井川屋に騙《だま》された、伊豆産の天草《てんぐさ》を使っていると嘘《うそ》をつかれた。だから取り引きを止《や》めた」と吹聴して回ったが、真っ当な奉公人たちはそんな主人に愛想を尽かし、次々と店を引いていった。事の真相がそうした者の口から漏れて、四代続いた老舗料理屋の信用は地に落ち、客足も戻ることが無かった――と、噂《うわさ》では、そう聞いていた。浮舟の話が人の口にのぼる度、松吉は、嘉平のことが案じられてならなかった。

あの日、心斎橋の袂《たもと》で、

〈諌《いさ》めても、聞く耳を持たん主やったら、どないします〉

と、呻《うめ》くように言った声が、耳に付いて離れなかった。

――嘉平はんは、一体、どんな料理を作らはるんやろか

思えば粗食に慣れ親しんでいる松吉である。美味《おい》しい料理、というのがどのようなものかを知らなかった。

――いや、違う。昔、母上が生きてなはった頃《ころ》、苗村の小豆《あずき》でこさえてくれはった善哉《ぜんざい》は、美味《うま》かったなあ。口に入れた途端、小豆と砂糖の甘みがぱあっと広がって、あれはほんまに美味かった。それに、餡《あん》。母上の餡を餅《もち》にからめて食べるのがまた、美味《うも》うて美味うて

久しく思い出さなかった苗村のことや、母のことが思い出されて、松吉は切なくなり、深く布団に潜《もぐ》り込む。その時、いきなり丁稚部屋の襖が勢いよく開いた。

「梅吉、松吉、起きなはれ」

酒のせいだろう、常に無く上機嫌の善次郎が、二人の丁稚を揺り起こした。

「真帆家のご主人が帰らはる。ほれ、ちゃっちゃと起きて、お見送りしなはれ」

へえ、と答えて梅吉と二人、飛び起きて店の方へ回る。梅吉が客の草履を調《ととの》え、松吉が表の戸を開けた。

「ええ月夜だすなあ」

四人に送られて外に出た嘉平が、空を見上げた。九霄《きゆうしよう》に満月が輝いている。暫く天を振り仰いだ後、嘉平は姿勢を正して、和助と善次郎に丁寧に礼を言った。それから二人の丁稚の顔を覗いて、眠たいのに済まなんだなあ、と労《ねぎら》うことを忘れなかった。

「私には十になる娘が居ってな、お前はんらと歳《とし》も近いし、店に来た時は遊び相手になったってな」

そう言い残して、嘉平は夜道を帰って行く。

月の光に照らされ、天満の町並みがさっと掃き清められて見える。地面に、嘉平の影がくっきりと映り、それが徐々に遠ざかって行った。ええ門出やな、と和助がぽつんと呟《つぶや》いた。

初大師、初天神、初不動と初尽くしの睦月が終わり、如月《きさらぎ》を迎えた時のこと。

大坂史上、初めての打ちこわしが起きた。米の値上がりは止まず、天候は不順なまま で、先行きに明るい光は見えていなかった。そんな中で真帆家を開いた嘉平だが、周囲の予想に反して、じわじわと確実に客を摑《つか》みつつあった。

浮舟が高級料理屋で名を売ったのに対し、嘉平は、手頃な値段でとびきり美味しいものを供することに腐心した。値の張るものには手を出さず、その代わりに手間を加えることで凡庸な材料を逸品へと変える努力を惜しまなかった。そうした心意気が食通の人々の口の端《は》に上ったのだった。

「ごめんやす、井川屋だす」

松吉は、この日、初めて真帆家に寒天を届ける役を得た。開店当初は、律義者の嘉平がわざわざ自分で井川屋まで荷を受け取りに来ていたのだが、そろそろ手が足りなくなってきたのだろう。松吉は、寒天の入った風呂敷を背中に負った姿のまま、再度、裏口から板場に向かって、ごめんやす、と声をかけた。はあい、と間延びした子どもの返事が聞こえ、引き戸が開いた。

現れたのは丁稚ではなく、少女だった。飯事《ままごと》遊びの途中だったたか、頭から手拭《てぬぐ》いを被《かぶ》っていて、顔が見えない。

――ああ、これが、嘉平はんの言うてはった嬢さんなんやな

松吉は得心し、少女の背に合わせて腰を屈《かが》めた。

「毎度おおきにありがとうさんでございます。井川屋だす。寒天をお持ちしました」

「あ」

小さく少女が呟いた。

「私、あんたを知ってる」

彼女は言って、頭の被り物をさっと取る。そうして切れ長の美しい目で、松吉をじっと見つめた。

「ああ、梅の……」

松吉が驚いたように言い、

「そう、梅の」

少女は愛らしく笑いながら応《こた》える。

天神橋で梅の花簪を落とした、あの少女だった。少女は名を真帆《まほ》といい、嘉平の料理屋の屋号は娘の名から取ったものと知れた。

「寒天問屋の丁稚はんやったんや」

「へえ。あんさんは、こちらの嬢《いと》さんだったんだすなあ」

「お父はんは、『そないにお転婆《てんば》な嬢さんがあるか』て、いっつも怒らはるんよ」

真帆は、松吉が荷を解いている間も離れずに、何やかやと話しかける。真帆家には、嘉平の他には板場に料理人が一人と、若い衆が一人。それに嘉平の父親らしい老人が、帳場に座っている。真帆の話し相手になりそうな者は居ない。嘉平が真帆の世話を焼く女衆を雇い入れるのだが、真帆自身が何でも身の回りのことを片付けてしまうので、居つかないのだそうな。先の被り物も、掃除の手を止めて出て来たためらしく、箒《ほうき》と塵取《ちりと》りが三和土《たたき》の隅に立てかけられていた。

「松吉、済まんなあ。ちょっとの間、真帆の相手したってくれへんか」

板場で忙しく立ち働いていた嘉平が、済まなそうに言う。へえ、と返しながら松吉は、ちょっとの間てどのくらいなんやろ、と困っていた。

「嬢さん、あの、ご寮《りょん》さんは？」

母親の姿が見えないことに気付いた松吉がそう尋ねると、真帆は、ぷいとそっぽを向いて答えた。

「居てへん。私が三つの時に亡《の》うならはった」

顔も覚えてへん、と小さな声で、真帆は付け足す。

しまった、と松吉は思った。

済んまへん、と身を縮めて小声で詫《わ》びる丁稚に、真帆は頭を振ってみせる。

「かまへん、気にしいな。私にはお父はんが居ってやし、お祖父《じい》はんかて居ってや。寂しいことあらへん」

今度は真帆が、松吉に尋ねた。

「松吉、あんた、お父はんとお母はんは居てんのか」

居てまへん、と松吉は答える。

「母は私が七つの年に、父は十の年に亡うなりました」

「姉さんか兄さんは？」

「居てまへん」

「妹か弟は？」

「居てまへん。祖父も祖母も叔父も叔母も、私の他には、誰も居てしまへん」

「ひとりも？」

「へえ、ひとりも」

松吉がそう言うと、真帆は暫く黙ったまま、じいっと松吉の顔を見た。

その瞳《ひとみ》にみるみる涙が溜《た》まり、一杯になった。それが零《こぼ》れそうになった時、松吉の傍《そば》を離れて、ぱたぱたと板場から庭の井戸へと抜けて行った。

泣かしてしもた、と松吉はおろおろと真帆の後を追い駆ける。

井戸端で、真帆はざばざばと顔を洗っていた。水音に、時々、嗚咽《おえつ》が混じる。

「嬢さん、済んまへん」

「何でもあらへん。あっちゃ行って」

言いながら、真帆はしゃくり上げた。

この小さな少女が松吉の身の上を聞いて泣いているのだ。そう思うと、松吉はどうにも切なくてならなかった。自分にこんな妹が居れば、身を賭《と》しても守るだろう、とも思った。


「松吉、松吉は居てるか?」

和助が、丁稚を呼びながら店の間《ま》に現れた。

結界の内側で帳簿をつけていた善次郎が、主の声に腰を浮かす。

「旦那さん、何ぞおましたんか?」

「ああ、善次郎。せやない、ちょっと使いを頼もか、思てな」

「岩おこしやったら、止めといておくれやす。あれは旦那さんの歯ぁには固すぎます。それに、そうそう甘いもんばっかり召し上がっては、お身体《からだ》に障りますよって」

番頭に諌められて、和助は「また怒られた」と舌を出してみせた。

「善次郎、お前はん、すっかり私の古女房みたいになってしもたなあ」

「へえへえ、古女房でよろしおます。梅吉、梅吉、こっちゃ来てんか」

番頭に呼ばれて、梅吉が、へえ、と駆け寄った。

「梅吉、松吉はまだ真帆家はんから戻らんのか？」

「へえ、また向こうの嬢さんに捉《つか》まってんのと違いますやろか」

途端に、善次郎の眉が吊り上がる。

「子守りにやったんやないで。梅吉、もうこの次から、あんたが真帆家はんに行きなはれ」

へえ、と応えながら、梅吉の表情が陰《かげ》る。

「けんど、私が行きましたら、いっつも嬢さん、がっかりしはるんだす。そらもう慰める言葉も見つからんほど、何やこう、『世も末』みたいに両肩をがっくり落とさはって……。真帆家の旦那さんも、何や当てが外れたみたいな顔しはるし。私、そんなん見るの辛《つろ》おます」

途端に、ははは っ、と和助が腹の底から声を上げて笑う。

「そらええ、松吉もえらい見込まれたもんや」

主の言葉に、番頭の眉がさらに吊り上がった。

「旦那さん、笑い事やおまへん」

「まあええがな、善次郎。松吉かて嘉平はんには教わることも多いやろ。子守りはその謝儀やと思たらよろし」

井川屋で、そんな会話が交わされていた頃。

真帆家の板場脇《わき》の部屋で、松吉は嬢さんの飯事遊びの相手をさせられていた。

「ごくごくごく、ああ美味し。はい、松吉にも甘茶、上げまひょ」

真帆が、空《から》の茶碗《ちゃわん》を松吉の前に置く。

「へえ、おおきに」

空の茶碗を手に取って、松吉は、真帆に悟られぬよう溜め息を呑み込んだ。

――困ったなあ、早よ帰らな、また番頭はんに叱《しか》られてしまう
いつもなら、頃合いを見計らって嘉平が助け舟を出してくれるはずが、今日はそれが無い。

「何でもっと楽しい顔でけへんの？」

不服そうに言って、真帆が松吉から茶碗を取り上げる。それを機に、お暇《いとま》しようと立ち上がりかけた松吉に、真帆が話しかけた。

「なあ、松吉。寒天て、心太《ところてん》から出来るて、ほんま？」

話が商いに係《かか》わることだけに、松吉はまた座り直した。

「へえ、ほんまだす」

「どうやって作るん？　最初にそれ見つけたんは誰？」

ああ、それなら答えられる、と松吉は思わずにっこりと笑った。

「昔《むかし》、京都は伏見の旅籠《はたご》の旦那さんが、お客さんにお出しした後の心太を、そのまま外に出して置いとかはったそうだす。寒い寒い冬の夜のことで、心太は凍えてしもたんだす。そのまま更に置いとかはったら、今度はお天道さまの力で溶けて乾いたそうだす。そうやって、もとの心太から、かさかさに乾いた寒天が出来上がったそうなんだす。寒晒《かんざら》しのところてん、で寒天と名ぁがついたそうだす」

「ふうん。けどその旅籠の旦那さん、口に入れるもんを外に放《ほう》り出しとくて、えらい罰当たりやなあ」

料理屋の娘らしい感想に、松吉は思わず吹き出した。

「けんど、そのお陰で私らの商いが生まれたんだす。私ら寒天に係わる者にとっては恩人だす」

「ほうか、松吉が恩人や言うんやったら、私もそう思うことにする。寒天て美味しいし、面白いしなあ」

美味しいし、面白い――真帆の言葉に、松吉は目を見張った。

「そうだすか？　美味しおますか？　面白おますか？」

「うん。松吉もそう思うやろ？」

松吉は、返事が出来なかった。

確かに、初めて寒天が固まるのを見た時は、面白いとは思った。慣れてしまえば、そんなことは当たり前で、特に心が動くことはない。また、寒天そのものに味を覚えたことが無く、従って美味しいと思ったことも無かった。そんな自分が寒天を扱って良いものか、という気持ちが時々首をもたげることもあったが、生きていくためだ、という現実がいつも勝った。

相手の長い沈黙で、真帆は答えを察したのだろう、小さな声で、しんどいな、と呟いた。

松吉は驚いて、

「嬢さん、しんどおますか？　具合わるおますのか？」

と、おろおろと尋ねた。

真帆は、首を横に振って、すっと立ち上がる。そして板場へ通じる襖を開けると、父の嘉平を呼んだ。

「お父はん」

「おお、何や真帆。今、手ぇ離されへんのや」

へっついの前で屈んでいた嘉平が、立ち上がって応えた。真帆は、父の傍に駆け寄ると、精一杯に伸びをして、その耳元に何か囁《ささや》く。

「ええ？　寒天のことで、松吉に教えてやって欲しい、て？」

嘉平が言って、ちらりと松吉を見た。真帆のひそひそ話はまだ続いている。

最初は面倒そうだった嘉平の顔が、徐々に真剣になっていく。松吉は、はっと気付いた。

――もしや、さっきの「しんどいな」は、おのれの商う品を、面白いとも美味しいとも思われへん私のことを、それでは辛かろう、しんどかろう、いう意味で言わはったんと違うやろか
自分より五つも下の少女にそんな風に思わせたことを、松吉は情けなく思った。否、それよりも、寒天問屋の丁稚が、自分の扱う寒天に対してそんな考えでいることを知

られてしまった、その恥ずかしさが体中を巡る。松吉は、嘉平の叱責《しっせき》を覚悟した。

「松吉、手ぇ洗って、こっち来なはれ」

嘉平が松吉を呼んだ。穏やかで優しい声だった。

言われるまま井戸端で手を洗い、自分の前垂れで拭《ふ》こうとすると、真帆が清潔な手拭いを差し出した。それで手を拭って、嘉平の横に立つ。

嘉平は、今日、松吉が届けたばかりの寒天を少し千切り、三つに分けて、調理台に置いた。そしてその一つを口に入れた。真帆がそれに倣い、戸惑いながら松吉も真似た。筋ばかりで決して美味くはない。

「ゆっくり噛《か》んでみ。せや、ゆっくり、奥歯で噛み締めるように」

かすかに、海藻の味がした。海藻が苦手な松吉でも、耐えられる程度の淡い味。

「お父はん、溶けてしもた」

「せやな。どんな味やった？」

「海の味や。けど、甘いとかしょっぱいとかはない、はっきりせえへん」

娘の返事に、嘉平は笑顔になり、その頭を撫《な》でる。

「せや。味がでしゃばってけえへんやろ？　それが大事なんや」

えっ、と松吉が、訝しげな眼差しを嘉平に向けた。味が無いのが大事とは、一体どうしたわけなのか。

「松吉、これ、何かわかるか？」

へっついにかけた小鍋《こなべ》を示して、嘉平が尋ねる。中に、澄んだ出し汁のようなものが入っていて、ほかほかと湯気を立てていた。

「出汁《だし》だすか？」

「惜しい。これは昆布と鰹節《かつおぶし》で取った出汁に、酒と醤油《しょうゆ》を加えて、澄まし汁に仕立てたもんや。ほな、これは？」

嘉平が木桶《きおけ》に入ったものを、松吉に示した。

それは、松吉にも馴染《なじ》みのものであった。

「水に戻した寒天だす」

「せや。井川屋自慢の寒天や」

にっと笑うと、嘉平は寒天を水から引き上げてぎゅっと絞り、細かく千切って澄まし汁の中へ入れた。

「寒天を丁寧に煮溶かすんやが、これは松吉に任せよか。混ぜすぎたらあかんで、腰が無うなるさかい」

松吉にへらを手渡すと、今度は玉子を取り出した。台の上で、玉子の殻をこつんと音を立てて割り、器用に黄身と白身とを分ける。そして、それぞれを鉢に入れ、箸《はし》で手早く掻《か》き混ぜた。

「お父はん、玉子のおつゆ、作るん？」

「まあ見ててみ」

娘に優しく言って、嘉平は、松吉の鍋を脇から覗いた。

寒天は綺麗に溶けて無くなっていた。よし、と頷いて、松吉と交代すると、嘉平は、まず、溶いた黄身を箸先から垂らすように澄まし汁の中へ流し入れた。白身も同様に加えて、全体を大きく混ぜる。予《あらかじ》めたっぷりの水を張っていた大鍋に、その小鍋を浮かべて粗熱《あらねつ》を取りながら、更に大きく混ぜた。

とろとろの澄まし汁の中で、固まった卵黄と卵白がふわふわと泳いでいる。

「旦那さん、一体、何が出来るんだすか？」

好奇心を抑えきれずに、松吉は嘉平に尋ねた。

「松吉はいらちやなあ。固まるまで、待ちきれんのか？」

にやにやと笑う嘉平のことを、真帆が「お父はん、いけずはあかん」と叱る。彼女は、板場の涼しいところに布巾《ふきん》をかけて置かれている木箱を、自ら運んで来た。

「真帆には敵《かな》わんわ。これは今朝作っておいたもんや」

嘉平は布巾を取り、木箱の中を指で押して、固まっているか否かを確かめる。よし、と頷くと、慎重に中身をまな板へ取り出し、それを包丁で二寸（約六センチ）四方に切り分けると、朱塗りの器に載せて、松吉の前に差し出した。

「私が考えた料理で、この真帆家の看板のひと品にするつもりや。『琥珀寒《こはくかん》』と名付けよか思てる」

松吉は、思わずごくりと息を呑んだ。琥珀色の寒天生地の中に閉じ込められた黄身と白身。それが松吉の目には、風に舞う天女の羽衣のように映った。

「どうや？　松吉」

嘉平に問われても、松吉は、ただ、へぇ、と応えたのみで、器から目が離せない。

「構へん、食べてみ」

「そんな、滅相な」

驚きのあまり、松吉は、二、三歩、後ろへ飛び退《の》いた。

「料理は食べるためのもんや。お前はんとこの寒天が、どう化けたか、しっかりその舌で味おうてみ。それも大事な修業のひとつやで」

真帆が、塗りの匙《さじ》を持って来て、松吉の手に握らせる。松吉は気後れしながらも、皿に向かった。

ぶるぶると震える匙が、琥珀寒を捉える。息を詰めてひと口分、そっと掬《すく》い、やっとの思いで目の高さまで持ち上げた。明かり取りから差し込む光に翳《かざ》してみると、その名の通り、きらきらと琥珀色に輝いて見えた。

ほう、っと松吉は詰めていた息を漸《ようや》く吐き出した。

「早よ、食べ、早よ」

真帆に急《せ》かされて、松吉は匙に載せた琥珀寒をそっと口に運ぶ。つるりと口中に納まった途端、それはひやりと冷たくて柔らかな味を放った。

松吉は思わず瞳を閉じて、舌の上の味を探り尽くそうと試みる。

「松吉、ちゃんと嚙み」

松吉を揺さ振って、苛々と真帆が声を上げる。

驚いて、松吉はつい、大事な琥珀寒を嚙み締めてしまった。刹那、口一杯に、奥行きのある味わいが広がった。昆布と鰹、それに醬油。まろやかなこくは酒の技だろうか。玉子の甘みも残る。松吉はもう夢中だった。口の中のものをしっかりと咀嚼《そしやく》して飲み下すと、呆然《ぼうぜん》と嘉平を見た。

「どうや、松吉、わかるか?」

嘉平の問いかけに、松吉は、大きく目を見開いたまま、しかし、こっくりと首を縦に振ってみせた。

そうか、これが寒天の持つ力なのか。

松吉は今、己の中で閉ざしていたものが、次々と開いていくように感じていた。

よっしゃ、と嘉平は満足そうに頷く。

「寒天はでしゃばらへん。せやからこそ、それぞれの旨みを、喧嘩《けんか》させせんと上手《うま》いこと、ここまで見事に引き出してくれるんや。旨みを引き出して、しっかりと閉じ込める。これが寒天の技なんや。ええか、お前はんの商うてるのは、こないに凄《すご》いもんなんやで」

嘉平の言葉を、松吉は、しっかりと受け止めて頷く。胸の奥で長い間、わだかまっていた戸惑いや迷いは、すでに彼から去っていた。

真帆が、目を輝かせながら松吉を見上げている。

「真帆、おいで」

嘉平は、娘を引き寄せてその頭を抱くと、改めて松吉に向き直った。

「松吉、お前はんに恩を着せるつもりはない。けんど、料理人が自分で考えた料理を、お客はんに出す前に、他所《よそ》の丁稚に食べさせたり、ましてやその作り方を教えたりするんは、常には無いことや。いや、料理人として、それはやったらあかんことなんや。

ほな、私が何でそれをしたか——それはこの真帆に言われたからや。寒天を商うお前はんが、その寒天の良さに気付いてない。それやのに、寒天問屋で寒天を売らなあかんのはしんどいやろう、可哀想《かわいそう》や、と言われたからなんや」

そうした丁稚を置いていることが周囲に知れたら、井川屋の暖簾にも傷がつく。浮舟の例の一件で、自分は井川屋に大きな借りがある、だから余計に放っておけなかった、と嘉平は語った。

恥ずかしさのあまり、松吉は身を縮め、項垂れた。言葉も無かった。

「せやから、今日のことは、この娘のためにも忘れんで欲しい。お前はんが、この道を投げ出しそうになる度に、しっかりと思い出して欲しい」

嘉平の言葉の奥に、深い情を感じて、松吉は、目頭が潤むのを抑えられなかった。ぽたぽた、と涙が落ちて、板場の床を濡《ぬ》らす。

「松吉、何で泣くん？」

父親の手を解き、真帆が心配そうに松吉の顔を覗き込んでいた。

第四章　同月同日の大火

「えらいことだすで、旦那《だん》さん」

明日からは水無月《みなづき》、という日の下午《かご》のことだ。

外から戻った善次郎が、転がるように主人和助の元へ駆け寄った。

「真帆家はん、この昼日中から行列が出来てますのや。行列だすで。それも、例の琥《こ》珀寒《はくかん》めあてのお客だすがな」

「さよか。そら嘉平はん、お手柄やな。読みがあたったんや」

和助は嬉《うれ》しそうに、ぱん、と手を合わせた。

琥珀寒、と名付けられた寒天料理は、皐月《さつき》五日、端午《たんご》の節句から真帆家で供されるようになった。着物が袷《あわせ》から帷子《かたびら》になり、これから暑さに向かう中で、涼しげな琥珀寒は客の評判をさらった。また、持ち帰りを望む客も多く、嘉平は思いきって職人を増やし、これに対応したのだ。

「思うほど暑ならんかったさかい案じてたんやが、良かった良かった」

「何でも、『真帆家の琥珀寒を手土産《てみやげ》に新町《しんまち》に繰り出すと、遊女の覚えが良い』いう噂《うわさ》やそうでおますで、旦那さん」

「ほうほう、新町のなあ。ほな、一遍、ほんまかどうか試してみるか、善次郎」

主の浮ついた台詞《せりふ》に、番頭は居住まいを正し、それはあきまへん、と厳《おごそ》かに言う。

「銀二貫、天神さんに寄進さしてもろてからだす」

「あいた、またそれかいな」

和助は、額をぴしゃりと叩《たた》き、苦笑いした。

いつもの光景である。だが、今日に限って、少々事情が違った。ただし、と善次郎がいつになく笑みを浮かべて、こう続けたのである。

「真帆家はんが繁盛しはったら、井川屋も盛大に儲《もう》けさして頂けます。ほんなら、天神さんへの寄進も叶《かな》いますやろ。新町廓への道も、案外、近《ちこ》うおますかも知れまへんで、旦那さん」

番頭の常に無い反応に、和助はぶるっと身震いしてみせる。

「危ない危ない、何や寒気がするわ。新町行く前に、あの世に行くことのないようにせな」

和助は、よっこらしょ、と立ち上がって、右足を引き摺《ず》りながら、厠《かわや》へ行った。そして、排便のために屈《かが》みながら、ふと、真帆家の寒天が、色町で評判を取った、というのはまんざら根拠の無い話ではない、と思った。

体の砂おろしと呼ばれる蒟蒻《こんにゃく》同様、寒天には、通じを良くし肌のきめを整える力がある。長きにわたる寒天との付き合いで、和助はそのことをよく知っていた。

――おなごは糞詰《ふんづ》まりが多いさかい、寒天の良さに気付くんも早いやろ。琥珀寒、こらひょっとすると、大化けするかも知れんな

うふふふ、と笑いが込み上げてきた。胸をくすぐる笑いは、徐々に増幅していく。

――六十五年、生きてみたが、これから益々面白そうや

高らかに放屁《ほうひ》しながら、和助は、くくくっと声を漏らして笑う。

「旦那さん、出すか笑うか、どっちかひとつにしておくなはれ」

厠の外で、番頭が気味悪そうに言った。

和助の予想通り、真帆家の琥珀寒は大坂中の女たちの支持を集め、持ち帰りの品を求める行列は連日、船越町から平野《ひらの》橋に達するまで延々と続いた。

「何や琥珀寒、琥珀寒で夏が済んでしもた」

その行列を横目に、井川屋へ戻る松吉について表を歩きながら、真帆は、つまらなそうに零《こぼ》す。

「四天王寺《してんのうじ》さんの千日詣《せんにちまい》りにも、連れてってもらわれへんかったし」

「嬢《いと》さんひとりで行こうとしなはって、連れ戻されたて聞いてます」

真帆はひとりで何処《どこ》へでも行ってしまう、と嘉平が嘆いていたのを思い出して、松吉はくすりと笑った。

「さ、そろそろ戻りなはらんと、旦那さんもご心配だす」

「いやや。もうちょっと先まで」

「ほな、天神橋の袂《たもと》までだすで」

真帆がぷっと頬《ほお》を膨らませる。

「向こう岸まで行ってもええやろ?」

「あきまへん。風が出て、寒おますさかい」

水無月は日中の耐え難い暑さも、寝苦しい夜もなく、夏らしくない夏だった。文月《ふみづき》も末になり、通りを歩く者の中には、早くも袷を着込んでいる姿が目立つ。

「こんなんでお米、穫《と》れるんやろか」

袷姿の通行人に目をやって、真帆がぽつんと呟《つぶや》く。

「去年も一昨年《おととし》も、ここまで寒なかった。暑い時にちゃんと暑ないと、お米は出来へんて、お父はんが言うてはった」

琥珀寒は副菜であって、食生活の中においては「楽しみ」の部分を担う。あくまで「楽しみ」であって、それが無いと困るという質《たち》のものではない。

高い高い、と言いつつも米を買う余裕のある層によって、琥珀寒は支えられている。だが、もし凶作で米そのものが市場から姿を消したらどうなるのか。

十歳とはいえ、真帆は充分にそのことを理解し、恐れているのだった。

――何と聡《さと》い嬢さんやろ

松吉は、ふう、と溜《た》め息をついた。

ふと、真帆の不安そうな眼差《まなざ》しが、自分に注がれているのに気付いて、慌てて笑顔を作る。

「大丈夫だすて、嬢さん。この国は広おますやろ？　どこもかもがこの夏、寒かったわけやおまへん」

「そやろか？」

「そうだす」

松吉が強く頷《うなず》くのを見て、真帆は漸《よう》く安心したように、唇の両端をきゅっと上げて笑った。

実は、その月の八日に浅間山《あさまやま》が爆発し、直接間接の被害を合わせて、およそ二万人の死者を出したとされる。そればかりではない、その降灰が日照不足をもたらし、俗に呼ぶ「天明の大飢饉《だいききん》」に拍車をかけるのだが、天神橋に佇《たたず》む二人が、そのことを知る由もなかった。

夏が寒かったせいか、それぞれの季節の境目がはっきりしないまま、神無月《かんなづき》を迎えていた。

井川屋の帳場では、主《あるじ》の和助が火鉢を抱え込んで、痛む右膝《みぎひざ》を温めている。

「旦那さん、やはりその足では無理でおます」

善次郎が、きっぱりと首を横に振った。

「行きも三十石《こく》船を使わはるか、それとも、いっそ私に任せはるか、どっちかにしておくなはれ」

「大きい声だしないな。皆が起きる」

仕方なく、善次郎は主ににじり寄って、その耳に囁《ささや》いた。

「ええですか、伏見の美濃志摩屋へ行かはるのに、いつもは始末して帰り道だけ船を使わはりますが、この度は、行きも帰りも船にしておくれやす」

「そらあかん、勿体無《もったいな》い」

大坂と京都を結ぶ三十石船は、上りは大川を遡《さかのぼ》るため丸一日を要するが、下りはその半分で済む。従って、船賃も上りは下りの倍であった。

始末屋の和助は、往路は伏見まで歩き通し、復路のみ船を使った。若い頃《ころ》は、往復ともに徒歩であったが、膝を悪くして以来、泣く泣く帰りを船に頼ったのである。

「この夏頃から膝がますます悪なってはるんは、店の者みんな存じてます。今、無理しはって、歩けんようにならはったら、どないしはります」

番頭の言うのも尤《もっと》もであった。

考え込んだ主を見て、脈があると踏んだ善次郎、ずずいっと更に身を寄せた。

「取り敢《あ》えず今年は、私に任さはったらどないだす？　旦那さん」

ううむ、と和助は唸《うな》った。

その冬、美濃志摩屋から寒天をどれほど仕入れるか。逆に言えば、どれだけの量の寒天を作ってもらうか。毎年、この時期には伏見に行って取り決めをするのだ。

「けんどなあ、お前《ま》はんではまだ頼りない」

頼りないて、と善次郎はがっくりと肩を落としてみせた。

「旦那さん、私を幾つやとお思いだすか？　私、もう五十だすのやで」

「えぇっ、それほんまか？」

和助は瞠目《どうもく》した。

齢《よわい》十五から和助の片腕として働き続けてきた善次郎が、早《は》や五十歳、という事実に改めて驚愕《きょうがく》する。

「お前はん、もう三十五年も私の下で働いてくれてたんか」

今頃気がついたか、といった体《てい》で善次郎が頷く。

ほうか、と和助は腕組みして考え込んだ。

「そら悪かった。ほな、今回は、お前はんに任せる」

「へえ、おおきに。それで、仕入れの量はどないしまひょ。琥珀寒は、まだよう売れてるようだすし、予定通り、増やしてもらうよう頼みまひょか」

真帆家名物の琥珀寒は、相変わらずの人気だった。だが、和助は首を横に振る。

「いや、それは止《や》めとこ」

「何でだす？　今年は品薄になってから、美濃志摩屋はんに無理いうて掻《か》き集めてもろたんだすで。あない不細工なこと、もう出来しまへん」

「善次郎、お前はん、今、米が幾らしてるか知ってなはるやろ。今はまだええ。けんど、この秋の凶作で、これから先、米の値段は天井知らずや。琥珀寒買う銭を始末するようになるのは、じきのことやで」

井川屋でも、毎日炊く飯の量を減らした。減った分を補うために、朝の茶粥《ちゃがゆ》は水の量と煮込む刻《とき》とを倍にし、夜は具沢山の雑炊《ぞうすい》にして凌《しの》いでいるのだ。この先、もっと厳しい状況になるのは、目に見えていた。

仰《おつしや》る通りだす、と番頭は畳に手をついた。

よっしゃ、と店主は両の掌《てのひら》をぽん、と打ち鳴らす。

「ほな、そういうことで頼むわな。あ、お前はんなら健脚や。行きも帰りも、歩いてもらいまひょ」

「へえ、もとよりそのつもりだす」

「それと、帰りにほれ、私の好物の……」

「羊羹《ようかん》だすか？　このご時世だす、まずそこから始末さして頂きます」

きっぱりと断って、番頭は部屋に引き上げて行った。

「ごめんやす、井川屋だす」

吐く息を白くしながら、松吉が、裏口から板場の方へ声をかけた。

いつもなら、松吉の声を聞きつけた真帆が、引き戸を開けて真っ先に飛び出して来るのに、今日はそれが無かった。暫《しばら》く待って、やっと引き戸が力なく開き、嘉平が顔を出す。

「ああ、松吉、待たせて済まんな。入ってんか」

へえ、と応《こた》えて、松吉は板場に入った。荷を解きながら、つい、きょろきょろと辺りを見回してしまう。真帆は一体、どうしたのか？

「店中の者が風邪《かぜ》をもろてしもてな。今日は休みにした。ここ開いて初めてや」

嘉平自身も熱があるのだろう、ふらつく身体でやっと立っていた。

「大丈夫だすか？　旦那さん、私、ちゃんと荷を置いて帰りますさかい、どうぞ休んでおくれやす」

へっついに火が入り、鍋《なべ》がかけられている。それに気付いて松吉は「お粥《かい》さん作るんだすか？　私が作らさしてもらいまひょか？」と申し出た。

言われて嘉平、悪戯《いたずら》を見つかった子どものような顔になる。

「違うんや。店を休むと決めたら、何や色々試したなってなあ」

まな板の上に、慈姑《くわい》や里芋が載っている。脇《わき》の木桶《きおけ》には、水で戻した寒天。

「これからの季節に似合いそうな料理を作ろと思て」

立っているのが辛《つら》くなったのか、嘉平は続きの襖《ふすま》を開けて、そこに腰を下ろした。

「これからの季節に似合う料理、だすか」

「ああ、じきに正月を迎えるよってになぁ。新春に相応《ふさわ》しい料理にしたいと思てるんやが、中々難しい」

熱で潤んだ目を松吉に向けて、嘉平は苦く笑う。

「あほやと思うやろ？　このご時世にそないな料理考えたかて、誰《だれ》も振り向きもせんやろ。けどなあ、それでも考えたいんや。これは業かも知れん」

松吉は、おずおずと嘉平に歩み寄った。

「旦那さん。旦那さんは、どないなもんを作ろうと思てはるんだすか？　寒天をどう使おうとしてはるんだす？」

丁稚《でっち》の自分に手伝えることがあるとは思えない。けれど、万が一にでも役に立てるなら、との思いで松吉は問うた。

それが通じたのだろう、嘉平は、暫く考え込んで、真剣な眼差しで松吉を見た。

「例えば、茹《ゆ》でて潰《つぶ》した里芋を寒天で固められるか？　これまで何遍もやってみたが、無理なんや。そこまでのもんを固めるだけの力が、寒天には無い」

料理人の言葉に、松吉は、真っ青になった。

井川屋の寒天は、腰の強いのが何よりの自慢なのだ。それを打ち消されたことで、まるで松吉自身を否定された気がして、膝がガクガクと震えた。

それに気付いて、嘉平が両手を伸ばし、松吉の肩にそっと置く。

「済まん、済まん。私の言い方が悪かった。気ぃ悪せんといてくれ。ただ、私が言いたかったんは……」

嘉平は、木桶の方に目をやった。

「寒天は、工夫次第で幾らでも化けるものなんや。けんど、もし今の倍の腰の強さがあったら、もっと料理の幅も広がる」

その時、お父はん、と、か細い声がした。

嘉平と松吉ははっとして、同時に振り返る。廊下で、蹲《うずくま》っている真帆の姿が見えた。熱のために歩くことも出来ず、奥から這《は》ってそこまで来たようだった。

「起きて来たらあかんやろ、真帆」

嘉平が駆け上がって、さっと真帆を抱き上げる。

「松吉に、あやまろと思て」

「あやまる？　何をや？」

嘉平は娘を抱き上げると、三和土《たたき》に降りて松吉の傍《そば》まで行った。

父に抱かれたまま、真帆は、片手を伸ばすと松吉の頰を撫《な》でる。燃えそうに熱い掌だった。

「松吉、今日は遊んであげられんで堪忍《かんにん》」

松吉と嘉平は一瞬視線を交え、耐え切れず同時に吹き出した。

「聞いたか、松吉。どうやらお前はんは真帆に遊んでもろてるらしいな」

松吉は、二つ折れになって笑っていた。笑いすぎて涙が滲《にじ》んだ。

嘉平はそれが真帆によく見えるように抱き直す。

「見てみ、真帆。お前があんまり可笑《おか》しいこと言うから、松吉が笑いすぎて涙だしてるで」

「へえ、見ておくれやす、嬢さん、私、涙が出てしもたんだす」

松吉は笑いながら、真帆に涙を拭《ぬぐ》ってみせた。

けれど本当は顔を覆って泣きたいほどに、真帆が、いとおしくてならなかった。

その夜のこと。

一日が終わり、丁稚部屋へ引き上げると、松吉は梅吉の寝息を確かめてから、そっと天満宮の方に向かって手を合わせた。

銀二貫の負い目が、松吉に、何時《いつ》の間にかそのような習慣をつけさせていた。

——今日も一日、ありがとうさんでございました。まだ寄進が叶わず申し訳ございまへん。明日も精進しますよってに井川屋をお守りくださいいつもなら、それだけを祈るのだが、今日は、真帆家の皆の病平癒《やまい》を加えた。そうして薄い布団に潜《もぐ》り込むと、手足を縮めて布団が温かくなるのを待つ。

真帆のことが案じられた。大晦日《おおみそか》までにはすっきり治ると良いのだが、と思いながら、松吉は、今年の残りの日数を心の中で数える。

——今日は、十八日やから
何気なく胸のうちで呟いて、松吉はハッとする。

——明日は師走の十九日や。師走十九日いうたら……

思わず、がばと上体を起こした。

そうなのだ、六年前、天満焼けのあったのが、まさに師走十九日。天満宮が焼け落ち、和助が銀二貫の寄進を誓った、あの天満焼けの日だった。

「松吉、どないしたんや」

梅吉が、眠そうな声で隣りの布団から声を掛けた。動揺を悟られぬように、何でもあらへん、と答えて、松吉は撥《は》ねた布団を戻す。

六年と言えば、四季が六度巡る。十五歳の松吉には充分に長い歳月に思われた。それだけ経《た》っても、井川屋には銀二貫の用意が出来ないのだ。

無論、井川屋に力が無いわけではない、どこの商家も似たり寄ったりの事情だということも、松吉にはわかっていた。

天満宮の社殿は未《いま》だ再建されていない。家の無い辛さは、人間も神様も一緒やろなあ、と松吉は思い、胸が痛んだ。

──明日は、こっそり抜け出して、天神さんにお参りさしてもらおう

そう思いつくと、漸く胸の痛みが治まった。銀二貫と和助と善次郎とが三つ巴《どもえ》でぐるぐると脳裏を巡り、唸りながら松吉は眠りに落ちていった。

どのくらい眠っただろう。夢現《ゆめうつつ》に、半鐘の鳴るのを聞いたような気がした。横で眠る梅吉の歯軋《はぎし》りかと思いながらも、布団から顔を出し、耳を澄ませる。

遠くに聞こえるのは、確かに半鐘だ。それも切迫したような連打だ。

飛び起きて、枕元《まくらもと》のお仕着せに袖《そで》を通す。誰かが慌《あわただ》しく店の戸を開ける音がした。

松吉は丁稚部屋を飛び出して家の中を突っ切り、店の戸から表へ出た。店に大事が無いことを確認すると、そのまま川岸へ抜ける。

「ああ」

松吉の口から、勝手に声が洩れた。

川向こう、夜明け前の南の空が橙色《だいだいいろ》に輝き、遠目ながら火の粉が舞っているのが見える。

「松吉、起きたんか」

表通りを戻って来た和助から、声が掛かった。

後ろに善次郎も控えている。薄闇《うすやみ》の中でも二人の緊迫した様子がわかった。

「あっちの方角やったら、上町《うえまち》の、内平野《うちひらの》の辺りやな」

「内平野……近うおますな、旦那さん」

生まれて初めて火事を間近で見る松吉は、がたがたと震えが止まらない。

「ああ、けんど大川挟んでるさかい、ここらは大丈夫や」

丁稚を落ち着かせようとして言った声は、しかし暗かった。一度火が出れば、生きるも死ぬも地獄なのだ。和助はそのことをよく知っていた。

師走の乾きが災いし、また折りからの強風に煽《あお》られて、南の空を染めていた赤炎は瞬く間に広がっていく。川向こうから悲鳴が上がり、着の身着のままの人々が天満橋に押し寄せるのが、影絵のように映っていた。

真帆家。

そうや、真帆家や。

内平野と真帆家のある船越町とは目と鼻の先である。それに気付いた途端、松吉は走り出した。

「あ、松吉、何処へ行くんや」

背後で和助の叫び声が聞こえたが、彼は戻らなかった。

まず天満橋を渡ろうとしたが、向こうから命がけで走って来る人々の流れに逆行することが出来なかった。川岸を天神橋まで走り、そこから渡ろうとしたが、橋の途中で見知らぬ男に胸倉《むなぐら》を摑《つか》まれて、

「このど阿呆《あほ》！　そこまでして焼け死にたいんか！　とっとと戻らんかい！」

と、どやされた。

旦那さん！　嬢さん！　と叫ぶ松吉の声は、人々の怒声と悲鳴とに忽《たちま》ちのうちに掻き消される。そしてそのまま人波にのまれ、天満の方へと押し戻された。川向こうへ行くことが叶わぬ、と悟った松吉は、弾《はじ》かれたように天満宮へ向かった。そして人波を掻き分けて境内《けいだい》に駆け込むと、あの老松に縋《すが》った。

――どうぞ、真帆家を助けておくれやす。旦那さんと嬢さんを……嬢さんを助けておくれやす

老松の前に平伏し、根に額を擦《こす》り付けて、松吉は一心に祈った。今は、祈ることしか出来なかった。松吉だけではない、境内には、天神さまのご加護を求めて集まった被災者たちが、拝む社殿のない中、思い思いの姿で祈るのだった。

しかし、人々の祈りも空《むな》しく、内平野から出た火は、松屋町筋と谷町《たにまち》筋に挟まれた一帯を舐《な》め尽くし、町にして九町、千五百軒が灰となった。

夜明けを待って、漸く鎮火した町を松吉は彷徨《さまよ》った。物と人の焼ける臭《にお》いが充満していた。あちこちで埋もれ火がちろちろと燃え、焼け残った材木から白煙が立っている。壊された家屋で道がなくなり、土地勘が全く利かない。

大川と東横堀川の位置から大方の距離が測れるはずが、今は、それもかなわないのだ。松吉は焦った。

前日、立てないほどに衰弱していた真帆は、嘉平は、一体どこにいるのか。

早く、早く、捜しあてなくては。

「誰ぞ、真帆家を、真帆家を知りまへんか」

焼け跡で擦《す》れ違う人に、片っ端から声をかけた。しかし、足を止めて答える者は無い。松吉は、旦那さん、嬢さん、と呼んだ。声が嗄《か》れるまで叫んだ。だが、応える声は無かった。

夕刻、番頭の善次郎が、真っ暗な顔で帰って来た。そして、和助の前へ倒れるように座ると、あきまへなんだ、と声を絞った。

「真帆家の在った場所さえ定かや無《の》うて、嘉平はんの生死も知れまへなんだ」

「ほうか、松吉の言うてた通りなんやな」

和助が、沈痛な面持ちで呟く。主の口からその名前が出たのが気に障ったのだろう、番頭は板の間に控えている松吉をきっと睨んだ。その視線の鋭さに、傍らの梅吉が震え上がる。善次郎は、視線を丁稚から主に戻すと、悲痛な声で言った。

「よりにもよって、師走の十九日に上得意を大火で失う……旦那さん、これはやはり、ただ事やおまへん。例の因縁のせいだす。そうに決まってますのや」

懐《ふところ》から手拭《てぬぐ》いを出して眼《め》を拭い、善次郎は、再び鋭い一瞥《いちべつ》を松吉に投げると、言葉を続けた。

「銀二貫。天満宮に寄進するはずやった銀二貫を納めんかったさかい、こんな目に遭《お》うたんだす。何もかも、この松吉のせいでおます」

「善次郎、それは違う」

即座に、しかし穏やかな声で、和助は番頭の言い分を打ち消した。

「ご神仏が、寄進の有る無しで、火ぃ出したり出さんかったりしはるか？　人の命を取ったり取らんかったりしはるやろか？　お前はんの辛い気持ちは察して余りあるけんど、それと松吉とを結びつけるんは違う。そないな考えは捨てなはれ」

善次郎は顔を歪《ゆが》め、辛《かろ》うじて畳に両手をついて主人に頭を下げた。そしてそのまま、何の挨拶もせずに部屋を出た。忠義な番頭のそうした態度は、店の誰もが初めて経験するものだった。

「梅吉、茶碗《ちゃわん》に水を汲《く》んで、番頭はんの部屋まで持って行ってあげなはれ。色々あって、頭に血ぃ上ってはるのやろ」

和助に命じられて、梅吉は慌てて台所へ向かう。

松吉と二人きりになったところで、和助は、静かに口を開いた。

「ああ言うた番頭の気持ち、私にはわからいでない。いや、ようわかる、と言うた方が正しいかも知れん」

怯《おび》えた瞳《ひとみ》を向ける松吉に、和助は、頷いてみせた。丁稚を見るその眼差しは、しかし、とても温かいものだった。

「善次郎は齢七つで、順慶町の乾物問屋に奉公に出されたんや。けんど、そこが焼けてしもてなあ」

延享《えんきょう》三年（一七四六年）、俗に「南船場焼け」と呼ばれた大火であった。

河内《かわち》の百姓家から口減らしのため奉公に出された善次郎だが、奉公先では恵まれた。仕事の仕込みは厳しいながら、主人家族に可愛《かわい》がられたのだ。中でも歳《とし》の近い嬢さんは、「善次郎、善次郎」と彼を慕ったとか。

しかし、その大火で、彼は十三にして奉公先を失う。店で助かったのは、たまたま主人の使いで出ていた善次郎ただ一人。仕事を失うと同時に、生きる寄る辺《よるべ》を失ったに等しかった。神社仏閣に寄進をしていて類焼を免れた店もあった、と聞いた善次郎少年の心中は察するに余りあった。

「十三で焼け出されて、郷《さと》へは帰るに帰れん。十五で私と出会うまで、善次郎は伏見の寒天場で、身を粉《こ》にして働いてたんや。苦労したんやで」

松吉は、頭《こうべ》を垂れて、じっと主の話に聞き入っている。

「六年前の大火で井川屋が命拾いしてからこっち、善次郎は、毎月十九日になると、誰よりも早う起きだして、こっそり天満宮に参るんや。この六年、一遍も欠かしたことはない」

和助は、大きな溜め息をひとつ漏らして、言葉を続けた。

「始末、才覚、神信心――この三つのうち、どれひとつ欠けたかて、店を大きいにすることはおろか、保ていくことさえ難しい。『寄進さしてもらいます』と天神さんと約束を交わしながら、それを守らん私を、さぞや善次郎は責めたかったやろ。けんど主人に対してそれは許されん。その不満の捌《は》け口がお前はんに向いてしまうんやな。何もかも、この私の不徳の致すところなんや」

松吉の脳裏には、焼け跡で主や嬢さんを捜す、善次郎の姿が見えるようだった。それはまるで合わせ絵のごとく、今日の松吉自身と重なった。耐え難い悲しみとも痛みとも思うが、全く同じ思いを、善次郎はすでに体験していたのだ。

「なあ、松吉。これからも番頭にきつう当たられたかて、じっと堪《こら》えてくれるか?」

へえ、と頷いて、松吉は溢れ出る涙を、お仕着せの袖で拭った。

翌日も、翌々日も、そのまた次の日も、松吉は焼け跡を歩き、真帆家の消息を尋ね回った。

頭ではわかっていても、万が一、もしや、という淡い思いが胸を去らないのだ。善次郎ひとり助かったように、万が一、真帆だけでも助かっているのではないか。いつぞや順慶町の夜見世《よみせ》で見かけた、あの物乞《ものご》いの少女のように、もしや、真帆もまた同じ目に遭《あ》っているのではないか。

そう思うと、居ても立ってもいられない。今日だけ、今日一日だけ、と思いながら、年が明けても船越町へ足が向くのを止められなかった。丁稚の勝手な振舞いを知っているはずの善次郎が、しかし、今回だけは何も言わなかった。

真帆はもとより、嘉平やその父、奉公人に至るまでひとりとして見つかることのないまま、日々は過ぎていく。やがて、焼け跡に人々が戻り普請を始めた。真帆家のあった場所にも、家持ちが新たな家を建てる、という。その普請が始まった日、松吉は、高津社まで足を延ばし、境内の梅を一枝、折り取った。それを懐に大切にしまうと、天神橋をゆっくりと歩いて渡った。そして、松吉が真帆家跡へ行くことは、それきり無くなった。

第五章　再会

大火が町を焼き尽くす度、人々は店を普請し、商いを再開し、幾度となく立ち直る。殊《こと》に大坂商人は、そう簡単に諦《あきら》めぬ粘り強さがあった。

だが、その努力を嘲笑《あざわら》うかのように、翌天明四年（一七八四年）如月《きさらぎ》、今度は曾根《そね》崎新地《ざきしんち》から出た火が堂島川《どうじまがわ》以北の曾根崎を全焼、十三の町が灰となってしまう。これに凶作が重なり、誰《だれ》もが、青息吐息の暮らしを余儀なくされた。

しかし、そんな中にも喜びはあった。

天明六年（一七八六年）、天満宮の社殿が漸《ようや》く再建されたのである。被災から実に九年。天満宮を心の拠《よ》り所とする大坂の人々にとって、長い長い道のりであった。

その年の師走《しわす》、十九日。

夜明け前の井川屋の裏口を、そっと開けて出て行こうとする人物が居た。

番頭の善次郎である。十九日はいつもそうするように、誰よりも早く起きて、天満宮へ参るつもりのようだった。

「善次郎」

呼び止められて、ぎくりと善次郎は背後を振り返る。

「旦那《だん》さん、起きてなはったんだすか？」

ああ、と和助は頷《うなず》いた。左手に杖《つえ》を持ち、すでに出かける格好をしている。怪訝《けげん》な顔を向ける番頭に、店主は言った。

「なあ、善次郎。どやろ、今日だけは、店の者全員で、天神さんにお参りさしてもらわへんか？」

「店の者全員で？」

「せや。梅吉も松吉も、早うから表で待ってる」

主《あるじ》に引っ張られるように外へ出ると、提灯《ちょうちん》を手にした梅吉と松吉が立っている。齢《よわい》十八になった松吉は、梅吉より頭ひとつ大きく成長していた。梅吉が番頭の、そして松吉が主人の足元を、それぞれ提灯で照らしながら、夜道を天満宮へと向かう。

「済まんが、もそっとゆっくり歩いてんか」

右膝《みぎひざ》が痛むのだろう、和助が言い、四人はゆるりゆるりと刻をかけて歩く。徐々に空が白み始め、朝星が名残り惜しそうに霞《かす》んでいく。

「大坂商人いうんは、律義者が多いなあ」

白い息を吐きながら、和助が、誰に聞かせるともなく、ぼそりと言った。

「『天下の台所』と呼ばれた大坂が、ずっと火の車や。天満宮の社殿の再建なんぞ、昔やったら何でもないことやったやろ。豪商と呼ばれた者が、いとも容易《たやす》うに、ぽんと金銀を出しよった。けんど、今、この大坂の何処《どこ》を見回したかて、そないな者は居てへん。皆、自分の商いを慎ましい守って、始末に始末を重ねて……。九年。九年かけて、社殿再建への道を拓《ひら》いたんやなあ。まあ勿論《もちろん》、一番には、宮司はんらのご精進があればこそやが」

ありがたいことだすなあ、と善次郎が鼻声で応《こた》える。

「社殿が整うまで、私は辛《つろ》うおました。天神さんに申し訳ない、そう思て過ごした九年だした。けんど、今は……」

善次郎が言葉を切って、立ち止まった。

目の前、視界が開け、朝靄《あさもや》の中に真新しい社殿が浮かび上がってみえた。

四人は、暫《しばら》く声もなくその姿を見つめる。

境内《けいだい》に、ちらほらとお参りする信者の姿がある。師走十九日、その日を忘れぬ者たちだろう。誰もが一心に本殿に向かって手を合わせていた。

「ええ景色だすなあ、旦那さん」

涙声で善次郎が言い、ああ、と和助が頷く。

「この度のことには間に合わんかったけんど、天神さんとの約束は約束だす。なんぼ時がかかったかて、銀二貫、必ず寄進さしてもらいまひょ。皆も、頼みますで」

井川屋店主のこの言葉に、三人の奉公人は、へえ、と声を揃《そろ》えて応えた。

四人はゆっくりと本殿へ向かう。足の悪い主を気遣いながら、脇《わき》に控えていた松吉は、ふと、視線を感じてそちらに目を向けた。

少し離れた位置に、頭から手拭《てぬぐ》いを被《かぶ》った少女が立っていた。その姿が一瞬、昔の真帆に重なる。

似ている、と思った瞬間、焼き鏝《ごて》を心の臓にあてられたような激しい痛みが走る。松吉は、お仕着せの胸の辺りをぎゅっと摑《つか》むことで耐えた。

色褪《あ》せた藍《あい》の小袖《こそで》に身を包んだ少女は、しかし手拭いのせいで顔が見えない。歳《とし》の頃は、十三、四あたりか。松吉の知る真帆よりも、少し年長に思われた。

「松吉、何をよそ見してますのや。行きますで」

「へえ」

和助に言われて、松吉は慌てて前を向く。その時、境内の一角で女の悲鳴が上がった。和助たちがぎょっとして後ろを振り返る。

「おてつ！　おてつ！　どこや！」

それが子どもの名前なのだろうか、おてつという名を呼びながら、女が髪を振り乱し、境内を突っ切ってこちらに走って来る。

帯は半ば解け、着物の前は襦袢《じゅばん》まではだけて乳が覗《のぞ》く。中年女の取り乱し方は、尋常ではなかった。女は、参拝客の中にひとりの少女を見つけると、おてつ、と金切り声を上げて駆け寄る。おてつと呼ばれたのは、先の手拭いの少女だった。

「おてつ、ひとりで出たらあかんて、あれほど言うたやろ。心配させないな」

女は、泣きながら言うと、幾度も幾度も確かめるように、少女を抱き締め直す。そうして娘を背中に負ぶうと、社殿に参りもせずに境内を去った。

小柄な中年女が十三、四にもなろうかという子どもを背負う姿は、周囲の者に、見てはならないものを見てしまった、という気にさせた。

「何だすやろ、あれ」

薄気味悪そうに、梅吉が言う。

「迷子を捜すにしては、えらい大層だすなあ」

せやろか、と善次郎が呟《つぶや》いた。暗い声だった。

「焼け跡で、あないして我が子を捜す親を、私は何人も見ましたで。一遍でも火事で我が子を見失《みうしの》うたことがある親なら、無理も無いのや」

善次郎の言葉に、梅吉が俯《うつむ》いた。

松吉は、遠ざかっていく母親の姿を目で追いながら、あれから三年、嬢《いと》さんも生きてはったらあれくらいやろか、と思うのだった。

天明八年（一七八八年）、如月一日。

その報は、最初、過書船《かしよぶね》の船頭によってもたらされた。

美濃志摩屋からの荷を受けるために早朝、八軒家で待機していた梅吉がその報を聞いて、転がるように店に帰った。

「旦那さん、番頭はん、大変だす！」

息せき切って飛び込んで来た梅吉に、何ごとか、と井川屋の全員が駆け寄る。

「京、京で大火事だすて」

荒い息を整えながら、梅吉が声を絞り出す。

「昨日の朝から出た火ぃが、まだ治まらんて」

「何やて」

和助と善次郎の顔色が変わった。

「京の、何処や？」

善次郎が梅吉に詰め寄った。

「京の何処が火事なんや？」

「宮川町《みやがわちょう》あたりが火元らしおます」

四条《しじょう》と五条《ごじょう》の中ほどやな、と和助が大きく息を吐く。

美濃志摩屋は、伏見深草に寒天場が、そして七条《しちじょう》に店がある。火元からはまだ大分と距離があった。

「けど、旦那さん、この時期の火事は恐おますで」

善次郎の言葉を、梅吉が緊迫した語勢で補う。

「船頭の話やと、京はえらい風やそうでおます。火ぃが出たんは昨日の朝、過書船が伏見を発《た》ったんは夜で、まだ火ぃの治まる気配はなかったそうだす」

そう聞いて、居ても立ってもいられなくなったのだろう。和助は、善次郎に、

「京へ行く。すぐに仕度しなはれ」

と、震える声で命じた。だが、善次郎は、首を縦には振らない。

「旦那さん、お気持ちは重々。けんど、今はあきまへん。どんな様子かわからしまへ

んのに、大事な主人をそないなとこに送る奉公人は、大坂中探したかて、何処にも居てまへんよってに」

和助の肩が、がっくりと落ちた。思わず、松吉が口を開く。

「旦那さん、番頭はん。そのお役目、私にお任せ頂けませんやろか」

二人が、えっ、と顔を上げた。

「美濃志摩屋はんやったら、昔、ひと月だけだすけど、寒天場に居ったことがおます。あの辺りの土地も大体わかります。まず、私が行って、美濃志摩屋はんがどないな具合か、確かめてみる、いうのはどないだすやろ？」

今年二十歳《はたち》を迎えた松吉は、粗食ゆえに身体《からだ》つきこそ細いが、背丈と脚力に恵まれた頼もしい青年に育っていた。松吉の提案は、主にとっても番頭にとっても、最も良い策に思われた。

「そないしてくれるか。すぐに路銀を用意するさかい」

和助より早く、善次郎が応えた。

あとを梅吉に託して、松吉は慌ただしく身仕度を整え、店を飛びだした。

大火の報を受けて、八軒家から伏見に向かう船には人々が殺到し、町方が出張《でば》って乗船は叶《かな》わない。仕方なく、松吉は陸路を取った。

守口《もりぐち》、枚方《ひらかた》、淀《よど》と歩き通し、伏見に着く頃にはすでに日はとっぷりと暮れていた。伏見の町は、京大火の報を受けて駆けつけた者と、焼け出されて逃げて来た者とが入り乱れ、平素の活気とは違い、殺気立った気配に包まれていた。何とか深草の方へ進もうと思うのだが、人の流れに阻まれて果たせない。松吉は、伏見街道を避け、高瀬《たかせ》川沿《がわ》いに北へ向かう道を選んだ。

宮川町から出た火は、四条、三条《さんじょう》、あるいは五条、六条《ろくじょう》と舐《な》め尽くし、片や賀茂川《かもがわ》を越え、片や山に向かい、京の市中を縦横無尽に駆けて治まるところを知らぬようだった。闇夜というのに北の空は不気味に赤い。東に目を凝らし、深草郷に火が及んでいないことを確認すると、松吉は美濃志摩屋の店のある七条へと急いだ。

七条通りを過ぎると、熱風で目が開けていられない。まさに火の手が間近に上がるのが見えた。松吉は咄嗟《とっさ》に着物を脱ぎ、水を求めて高瀬川に入ろうとするも、水深の浅い川は被災者で溢《あふ》れていた。松吉は咄嗟に着物を脱ぎ、人を掻《か》き分けて、生地にたっぷりと水を吸わせる。身に纏《まと》った瞬間、炎が上から舐めるように襲いかかってきた。

川では人々が将棋倒しになり、そこに火の粉が降り注ぐ。髪が燃え、背中の荷が、子どもが燃えている。阿鼻叫喚《あびきょうかん》の地獄絵のようであった。その時、初めて松吉は、死ぬかも知れない、と思った。

火に追われるとはこういうことなのか。真帆は、嘉平は、このような思いをして死んでいったのか。真帆はどれほど恐ろしかったことだろう、と松吉は薄れゆく意識の中で思った。

松吉、松吉、と耳元で真帆の声がしたような気がして、松吉はうっすらと目を開いた。目の前を白い朝靄が流れ、一瞬、自分が何処にいるのかがわからない。物の焼ける臭いが鼻をつき、松吉ははっと飛び起きた。高瀬川の川べりだった。昨日からの膨大な記憶が、わっと押し寄せる。松吉は自分の足を、手を見、続いて両の掌《てのひら》で自分の頭と頬《ほお》とを撫《な》でて、確かに自分の肉体があるのを確認した。

——助かった

松吉は前屈《まえかが》みになって、大きく息を吐いた。

二昼夜、暴れ続けた火は漸く鎮まり、焼け野原の中に、腑《ふ》抜《ぬ》けのようになった人々が置き去りにされている。

ともかくも、美濃志摩屋の店のあった辺りを、松吉は訪ねることにした。

店があったはずの一画は全《すべ》て焼け、太い梁《はり》が炭と化してぶすぶすと燻《くすぶ》っている。美濃志摩屋の主は、奉公人たちは一体どうなったのか、と呆然《ぼうぜん》と立ち尽くしていた時だ。

「美濃志摩屋を訪ねて来はったんか？」

驚いて振り返ると、顔を煤《すす》だらけにした中年の男が立っていた。

ところどころ焼け焦げた布子を纏っているのを見ると、罹災者《りさいしゃ》であろうか。

返事をしようと口を開きかけて、とどまった。その顔に見覚えがある気がするのだ。松吉は、向こうは向こうで同じことを思っているらしかった。

十年前、美濃志摩屋の寒天場に居た時に、知り合った人だろうか。そう考え付いた時、松吉の脳裏に浮かんだ人物があった。

「半兵衛はん？　ひょっとしたら、半兵衛はんやおまへんか？」

名前を呼ばれて、男は、ぎょっと目を剝《む》いた。

「確かに私は半兵衛やが……お前《ま》はんは一体、どなたはんだす？」

やっぱり、と松吉は、半兵衛に大股《おおまた》で近付いた。懐かしさで胸が一杯になる。

「鶴之輔だす。覚えていはらしませんか？　深草の天場で……」

つるのすけ、と相手は首を捻《ひね》る。

「へえ、十年ほど前だす。私は十歳でおました」

手がかりを得て、半兵衛は、ああ、と声を上げた。

鶴之輔、あの鶴之輔か、と半兵衛は松吉に歩み寄り、その両肩をがっちりと摑む。

「親父《おやじ》殿が辻斬《つじぎ》りに遭《お》うて亡《の》うならはった、あの侍の子の」

「へえ、その鶴之輔だす。今は、大坂天満の井川屋の丁稚《でっち》で、松吉いいます」

「何と……ほうか、あの鶴之輔が。見違えたで」

嬉《うれ》しそうに半兵衛は繰り返して、松吉の肩をゆさゆさと揺さ振った。

美濃志摩屋での修業を終えた半兵衛は、郷里の島上《しまかみ》郡の原《はら》村に戻り、そこで寒天場を開いた、とのことだった。京の大火を聞き、大恩ある美濃志摩屋を案じて駆けつけたのが昨夜遅く。まさに炎を上げる美濃志摩屋を目にしたのだ、という。

「旦那さんや奉公人の皆さんは、ご無事だすか」

「ああ、旦那さんらは、私がついて伏見にお連れした。奉公人も無事や。ただ……」

間の悪いことに、美濃志摩屋では数日前から悪い風邪《かぜ》が流行《はや》り、主以下、奉公人の多くが寝込んでいた。それがために家財を思うように持ち出せず、また、美濃志摩屋の主人は、何よりも奉公人の身を守る方を優先したため、その身代《しんだい》は殆《ほとん》どが灰になった、とのことだった。

「ひょっとして何か焼け残って、と思って様子を見に戻ったんやが」

半兵衛は、燻り続ける灰に目をやって、肩を落とした。

「けど、天場さえ無事なら、身代はいつか取り戻せますやろ?」

明るい口調で問う松吉に、半兵衛は、暗い眼差《まなざ》しを向けた。彼は、ともかく天場を見てみなはれ、とだけ言って、あとは黙ったまま松吉を深草郷へといざなった。

「こ、これは……」

見るなり、松吉は声を失した。

市中から伏見に逃げる罹災者の通り道となったためか、あるいは火の手を食い止める必要からか、伏見深草の寒天場は、無惨なまでに破壊されていたのである。

寒天小屋は跡形もなく壊され、寒天作りに必要な道具はばらばらに散らばって、大釜《がま》が転がるのみ。棚場に干されていた寒天は地に落ちて踏み潰《つぶ》され、まともな形で残っているものはひとつとして無かった。

昨夜、闇《やみ》の中で、深草郷に火の手が及んでいないのは確認していた。だからこそ、寒天場の無事を疑うことのなかった松吉だった。

「これでは、今年の寒天はあきまへんやろか」

未練がましく尋ねる松吉に、今年どころか、と半兵衛は首を横に振ってみせる。

「美濃志摩屋の旦那さんの気の落としようは、尋常やない。ひょっとしたら、このまま引きはるかも知れへん」

来年は還暦いう時に、この不運。もう気力も萎《な》えはったんやろ、と半兵衛は辛そうに声を落とした。

「善次郎、天神さんの寄進のために貯《た》めてる銀銭《ぜに》、幾らある？」

井川屋に戻った松吉から話を聞き終えた和助は、傍らの善次郎に、そう尋ねた。

「銀一貫ほどでおます」

善次郎は、厳しい表情で答える。

店主和助が建部玄武から仇討ちを買って以来十年、こつこつと、時に爪《つめ》に火を点《とも》す思いで貯めて、漸く、本当にやっとのことで、蓄《たくわ》えた銀一貫であった。

「美濃志摩屋はんのお見舞いに、使わはるんだすな」

切り出しかねている和助の気持ちを察して、先に善次郎が言った。

ほっと安堵《あんど》した顔で、和助が善次郎を見る。

「ええんか？」

主に問われて、番頭はそっと両目を閉じる。そして観念するように頷いた。

「今度は、仇討ちを買うのとわけが違いますさかい」

善次郎のこの言葉に、松吉は自分がまだ許されていないことを汲み取って、深々と寂しさが募った。以前ならば、「寂しい」という感情など湧《わ》かなかったはずなのに、今、松吉は、善次郎から許されていないことが、無性に寂しかった。

「旦那さんおひとりでは、危のうおます」

「ほな、善次郎、お前はんも一緒に来るか？」

主と番頭が伏見に行く算段を相談する中、松吉は俯いてその寂寥《せきりょう》にじっと耐えた。


その年の井川屋の商いは、更に細々としたものになった。

大火までに美濃志摩屋から届いていた寒天を売り尽くすと、品切れとなってしまったのだ。稼ぎ時の夏に、売る寒天が無かった。勿論《もちろん》、和助も無策に現状を受け入れたわけではない。つてを頼んで色々な寒天場を訪ねて回ったのだが、大火の影響か、どの寒天の出来も今ひとつだった。腰が無い、綺麗《きれい》に溶けない、口ざわりが悪い、見《み》栄《ば》えが悪い、といった粗悪な品ばかりが目立った。

粗悪な品を売るか、一時、店を休むか。

選択を迫られたのは、井川屋だけではなかった。

「考えようの違いやろな。出来損ないを扱うくらいやったら、商いを休むか。それとも、商いを休むくらいやったら、不出来に目を瞑《つむ》るか」

どっちが正解いうもんでもないやろがなあ、と言いつつ、和助は、商いを休むことを選んだ。

幸い、前年の気候が穏やかで、長きにわたって続いた大飢饉《だいききん》からそろそろ脱する兆《きざ》しがあったこと、京で普請が相次ぎ、それに伴って大坂の景気も、ほんの少し上向きになりそうなことから、悲愴な雰囲気はあまり漂っていない。

休みの間は暇なのかというと、そうではなかった。たったひとり居た女衆《おなごし》が暇を取り、中の雑用を全て、梅吉と松吉とで賄《まかな》うようになっていた。

「松吉、お前はんも私も、他所《よそ》の店やったら、とうに手代やったやろなあ。この年で丁稚やて」

情けないことや、と井戸端で釜を洗いながら梅吉がぼやく。

しかし、その口調に深刻さは無かった。梅吉は、責任のある仕事を任されるよりも、建具を拭《ふ》き清めたり、棚を整理して使い易く工夫したりすることの方が好きらしく、以前よりも嬉々《きき》として動いている。商いを休む引け目からか、番頭があまり口煩《くちうるさ》く指図しないことも、梅吉を喜ばせていた。

最近は順慶町の夜見世《よみせ》を覗くことが楽しみのひとつで、銭も持たずに出て行っては上機嫌で戻って来る。買い物をするわけではない。冷やかすのが楽しいのだという。

冷やかしが楽しい、というのはよくわからないのだが、松吉は、そうした梅吉の土産《みやげ》話を聞くのが嫌いではなかった。

「今日、夜見世で化け物を見たで」

布団に腹這《はらば》いになると、梅吉は手拭いを弄《いじ》りながら、密やかに打ち明けた。

仕切り戸を開け放った丁稚部屋には、心地よい夜風が抜ける。天窓から差し込む月の光で、室内はほの明るかった。

「母娘《おやこ》で団子を売ってる屋台見世があるんやが、その娘の方が、いっつも頭から、こう、手拭いを被っててな。半分、顔を隠してるんや」

梅吉は、手拭いを頭から被って半分を前に垂らすと、端を咥《くわ》えてみせた。

何でも、その屋台の団子は中々に美味《うま》く大層繁盛しているのだが、娘が客に目もくれず、いつも顔を隠しているのだとか。

「女の客やったわ。団子を受け取る時に、ぱっとその手拭いを取りよったんや。酔うた客やら男の客やったら娘の方かて用心もしたやろに、相手は若い女や。油断してたんやろな。手拭い取られて、半分隠れてた顔が顕《あらわ》になったんやが、これがまあ……」

誰が聞いているわけでもないのに、梅吉は周囲をそっと窺った。

「化け物なんや。顔半分が焼け爛れて、目ぇも鼻も口も、顔の真ん中からこっち半分、引き攣《つ》れたみたいになって。団子買うために並んでいた客が、蜘蛛《くも》の子を散らすみたいに逃げて行きよった」

聞いていて、松吉は胸が苦しくなった。

それは恐らく、大坂を幾度か襲った大火の、いずれかで負った火傷《やけど》なのだろう。京で炎に舐められた感触が蘇《よみがえ》り、心の臓が早鐘を打って、口から飛び出しそうになる。

「何や、松吉、顔色が悪いで。ははあ、お前はんも恐なったんやな」

呑気《のんき》に言って、梅吉は布団に潜《もぐ》った。

松吉は暫く動悸《どうき》が去らず、天満宮の方向に手を合わせるのも忘れて蹲っていた。


長月《ながつき》もそろそろ終わり、という頃。

ご機嫌伺いに山城屋に出かけていた善次郎が、頭から湯気が立ちのぼりそうなほど怒りながら戻って来た。そのただならぬ様子に、和助は手にした帳簿を閉じる。

「どないしたんや？　善次郎。そないに怒って」

「これが怒らずに居られますかいな」

口を歪《ゆが》めたまま、善次郎は板張りに両手をついて、主の方へ身を乗り出した。

「琥珀寒《こはくかん》の偽物が出たんだす」

「え」

店にいた三人が、同時に声を上げた。

板張りを拭いていた松吉は、雑巾《ぞうきん》を取り落として、転がるように番頭の傍《そば》へ行く。

「善次郎、どういうことや。詳しいに話してみなはれ」

主に促されて、番頭は、山城屋はんから聞いたことでおますが、と前置きの上でこう語った。

船越町の、かつての真帆家のあった位置からは少しずれるが、新しい料理屋が暖簾《のれん》を上げた。そこが名物料理として「琥珀寒」を出しているのだそうな。

真帆家の嘉平から作り方を伝授された、と謳《うた》ってはいるが、山城屋が食べてみたところ、とてもとても、琥珀寒を名乗れる代物ではない、とのこと。

「そらそうやろ」

和助が呆《あき》れた体《てい》で応じた。

「今、出回ってる寒天は、どれもこれも出来損ないだすで。そないな寒天で作るもんやったら、そら、底が知れてる」

「へえ、けんど許せんのは、目ぇ飛び出すほどの値ぇで売ってますのんや」

「なんぼや？」

「一皿、銀一匁《もんめ》だす」

「高い！　そら高すぎる！」

温厚な和助には珍しく、尖《とが》った声だった。銀一匁というと、女衆の日給である。

「そうでおますやろ？　旦那さん。これが怒らいでいられますかいな」

善次郎は、我が意を得たり、と鼻息を荒くする。

和助は、青ざめて拳《こぶし》を握っている松吉にちらりと目をやって、ううむ、と唸《うな》った。

「真帆家は、あの大火で誰ひとりとして助からんかったのや。嘉平はんの弟子でも奉公人でもない者が、伝授も何もないやろ。それに商いの仕方も、この大坂の遣《や》りようとは、とてもやないが、思われへん。他所から流れて来たもんが、勝手にやってることやろ。そら、暖簾下ろすのかて直《じ》きだすわ」

「へえ、せやろと思います。ただ」

善次郎は、声を落として続けた。

「いくら火事で無うなったと言うて、真帆家の暖簾に対する信用を、こないな形で利用されるんは、ゆかりのある者にしたら堪《たま》りまへんやろ、と思いましてなあ」

いきなり、松吉が店の表へと飛び出した。

あかん、と慌てたように和助が言って、

「梅吉、松吉を止めなはれ」

と、命じる。へえ、と応えるや否や、梅吉は転がるように外へ出た。

身長が低い分、梅吉の方が小回りが利く。彼は、松吉が天神橋ではなく、近い方の天満橋を選んで渡り出したことにただならぬものを感じた。何が何でも止めねば、と梅吉は、走りに走る。やがて松吉の背中に追いつき、手を伸ばして、そのお仕着せの襟を摑んだ。

あ、っと声を上げる暇も無く、二人してもんどりうって倒れる。天満橋を渡っていた武士たちが何ごとかと遠巻きに二人を取り囲んだ。

「放せ、梅吉」

「いいや、放せへん」

小柄な梅吉は、松吉を背後から羽交い締めにし、相手がどれほどもがこうとも、決して離れない。

「梅吉、お前はんには関係ないことや。行かしてくれ」

「いいや、行かせへん。松吉、お前、何で天神橋を渡らんかった。心の何処かで、自分のしようとしてることが天神さんに許してもらわれへんて、わかってるからやろ?」

友の指摘に、松吉の身体から力が抜けた。

琥珀寒の偽物を出す店を許すまい、と思った。主を殴り、店を滅茶苦茶にしてやろうと思った。自分がそうしなければ、嘉平や真帆に申し訳が立たぬではないか。

だが、一方で、そうした始末のつけ方は、およそ誇れるものではない、という自覚もあった。

「一体、何の騒ぎか」

周囲を取り巻いていた侍のひとりが、ずずいっと近寄って言った。

「奉行所の傍で喧嘩《けんか》とは、不届き千万」

「へえ、堪忍しておくれやす。もうしませんよってに」

梅吉はぺこぺこと頭を下げ、自分より大きい松吉を引き摺るようにして、その場を離れた。


「松吉、何で私が梅吉にお前はん止めさしたか、わかるか？」

井川屋の板張りに正座して、松吉は項垂《うなだ》れていた。

「何でや？　言うてみなはれ」

和助が、再度、促した。しかし松吉は答えることが出来ない。

主は辛抱強く待った。長い沈黙のあと、丁稚は漸く重い口を開く。

「井川屋の暖簾に、傷がつくからだす」

「暖簾に傷がつくとは？」

「店としての信用を無くすことだす」

「ほな尋ねるが、丁稚が喧嘩したら、何で店の信用が無うなるんや？」

主人に畳みかけられて、丁稚は言葉に詰まった。暫く考えて、つかえながらこう答える。

「商人は、喧嘩をせえしまへん。腕力で相手を捻《ね》じ伏せるんは、卑怯《ひきょう》やからだす。また、店の中では丁稚でも、一歩外へ出たら、暖簾を背負てる商人だす。丁稚が喧嘩してしもたら、店そのものが卑怯者になってしまいます」

「半分合《お》うて、半分違《ちご》うてる」

和助は言って、それまで組んでいた腕を解いた。

「卑怯云々《うんぬん》は関係あらへん。喧嘩は無駄に腹が減るさかい、止《や》めとくこっちゃ」

えっ、という顔で松吉は主人を見る。腹が減るから喧嘩は止《よ》せ、という論法は、松吉には思いもよらず、また納得もし難い。

「お前はんは、すぐ、そうやって顔に出る」

和助は、苦く笑った。

「喧嘩が必ずしも卑怯とは限らんやろ。少なくとも、この度のことは、仕掛けようとしたお前はんにはお前はんなりの理由があり、仕掛けられる側はお前はんを上回る卑怯者や。せやから、この際、卑怯云々は関係ない」

ええか、松吉、と和助は噛《か》んで含めるような口調で続ける。

「人にはそれぞれ決着のつけ方、いうものがある。刀で決着をつけるのはお侍。算盤《そろばん》で決着をつけるのが商人。刀で命の遣《や》り取りして決着をつけるのが侍なら、知恵と才覚とを絞って商いの上で決着をつけるのが商人なんや。お前はんがしようとしたんは、刀を振り回すのに似てる。商人にとって一番恥ずかしいのは、決着のつけ方を間違うことなんやで」

刀で命の遣り取りをして決着をつけるのは侍。

知恵と才覚を絞り、商いの上で決着をつけるのが商人。

和助のこの言葉が、松吉の胸を貫いた。

「申し訳おまへんでした」

松吉は、板張りに額を擦《こす》り付けた。

「わかったのなら、それで宜《よろ》し。恥を知るようになって一人前や」

和助は言い置いて、ゆっくりと立ち上がった。善次郎、梅吉、とこれに続き、松吉だけが残された。ひとりになっても暫く、松吉は顔を上げることが出来なかった。

夜、順慶町に行く梅吉に誘われて、松吉は一緒に店を出た。

天神橋を渡る風は冷たく、梅吉はぶるっと身を震わせた。

「もう秋も仕舞いやな。この冬の寒天作り、美濃志摩屋はどないするんやろか」

美濃志摩屋の主人は、未《いま》だ大火の衝撃から立ち直れず、寒天場で働く職人たちの多くもちりぢりになった、と聞く。

「何とか来年は、美濃志摩屋はんの寒天を扱いたいもんやなあ」

松吉が呟いた。

丹後の天草《てんぐさ》と伏見の水を使い、美濃志摩屋の寒天場で作られた寒天。あの寒天だからこそ、琥珀寒が出来るのだ。

口に入れた時の、涼やかさ。噛んだ瞬間に広がる、奥行きのある味。思い出すだけで、喉《のど》の奥がごくりと鳴る。

「松吉、何処に行くんや」

東横堀川沿いに進まず、左手に折れようとする松吉に、梅吉が声をかける。

「順慶町に行くんやったら、こっちやで。そっちに言ったら船越町……」

言いかけて、梅吉の顔が強張《こわば》った。

「お前、まさか、また」

違う違う、と松吉は、首を横に振った。

「もうあほな真似《まね》は絶対にせえへん。ただ、どないな店が紛《まが》い物《もの》の琥珀寒を作ってるのか、知っておきたいだけや。私を信じて、ひとりで行かしてくれへんか」

平らかに思いを伝えて、友に頼み込む。それでもまだ少し心配そうな梅吉に見送られて、松吉は、左の道を奥へと進んで行った。

その店は、真帆家の在った場所から、五軒ほど谷町筋に寄ったところにあった。

こぢんまりとした料理屋で、入り口に大きな提灯《ちょうちん》がかかり、そこに堂々と「名代琥珀寒」と墨書されている。恥知らずめ、と唾《つば》を吐きかけたくなるのを、松吉は奥歯を噛んでぐっと耐えた。

どの商いも、その店の前に立つと、見えてくるものがある。通りの掃き清め方、建具の手入れひとつ取っても、主人の気構えとか、奉公人の心遣いとか、垣間見《かいまみ》えるものだ。

――何とまあ、だらしのない店やろか

出る時に客が手や口を拭いたのだろう、べっとりと汚れのついた暖簾。江戸の方では汚れた暖簾が繁盛の証《あかし》、と聞くが、この店のそれは不潔で、潜《くぐ》るのが躊躇《ためら》われるほどだった。おまけに入り口脇には、客の反吐《へど》が放置されている。

この店は長うない。松吉は即座にそう悟った。紛い物の琥珀寒で一度は客が釣れたとしても、二度、三度と足を運ぶ者が居るとは思えない。

腹が減るから喧嘩は止せ、と言った和助の言葉が思い出されて、こんな店を相手に喧嘩をする馬鹿らしさを、松吉は知った。

それにしても、銀一匁も取る紛いの琥珀寒とは、どのようなものだろう。

今度は妙な好奇心が湧《わ》き、松吉は、通りに面した障子《しょうじ》の桟にそっと指をかける。力を入れると、一寸（約三センチ）ほど、隙間《すきま》が開いた。中を覗くには充分だった。

「何やて。もう一遍、言うてみぃ」

いきなり怒声が飛んできた。

一体、何ごとかと松吉は瞳《ひとみ》を凝らす。行灯《あんどん》の暗い明かりに眼《め》が慣れると、こちらに背を向けている女の姿があった。

華奢《きゃしゃ》な女を取り囲むように、男が三人。格好からして、男たちはこの店の板場を預かる料理人だろう。女は客だろうか、身体つきから、若い娘と知れた。頭からふわりと手拭いを被っていた。松吉の位置からは、娘の顔は見えないが、男たちの表情はわかった。いずれも凄《すご》みを利かせて娘を睨《にら》みつけていた。

「何遍かて言うわ。こないなもん、琥珀寒とは違う」

震える声が聞こえた。思ったより幼さの残る声。

「似ても似つかん、偽物や」

その声。

似ている、耳の奥に残る、懐かしいあの声に。

けんど、まさか。松吉は、思わず障子《しょうじ》を顔の幅まで開けた。

「ようもぬかしたな」

でっぷりと太った男が低い声で呻くと、娘の胸倉《むなぐら》を掴む。

「銀銭《ぜに》だけ置いて、さっさと去《い》ね」

「こないな紛い物に、払うお銀銭《あし》はない」

途端、娘の頬を打つ音が響いた。

手加減なしの平手打ちで、勢い余って、娘の身体が横の壁に叩《たた》きつけられる。その頭から手拭いが落ちた。

娘の顔を見た、その刹那《せつな》。

〈今日、夜見世で化け物を見たで〉

梅吉の声が、脳裏に蘇る。

〈化け物なんや。顔半分が焼け爛れて、目ぇも鼻も口も、顔の真ん中からこっち半分、

引き攣れたみたいになって〉

だが、松吉にとって、そんなことはどうでも良かった。

それよりも火傷の無い左側の顔。

そう、左半分に、忘れえぬ人の面影が残っていた。忘れえぬ、少女の。

「嬢さん！」

松吉は、言葉にならない叫び声を上げて、入り口から中へ飛び込む。

壁に叩きつけられた娘は、無言で男たちを見据えている。右半分、焼け爛れた顔が、鈍い行灯の光で一層凄みを増して見えた。娘に手を上げた男は、腰が抜けたのか、尻《しり》餅《もち》をついたまま、ぱくぱくと口を動かす。ば、化け物、化け物や、と。

「嬢さん」

娘が、松吉を見た。静かな、哀《かな》しい目。

紛れもなく、真帆だった。大火で行方知れずになって五年、十五歳を迎えたはずの真帆だった。

松吉は、真帆の腕を摑むと、強く引き寄せた。

「外へ」

短く言うと、真帆の肩を抱くようにして表へ飛び出した。夜歩きを楽しむ人々の間を縫って、松吉は真帆とともに夜道を駆け抜ける。

「嬢さん、よう……ほんまに、よう生きて」

天神橋の袂《たもと》。真帆の両肩に手を置いて、松吉が声を絞り出した。真帆は息を切らせるばかりで、何も言わない。

月の明るい夜で、二人の足元に影が二つ、寄り添っていた。

「旦那さんはご無事だしたんか？　あの後、五年も何処に居てはったんだす？　それに今、何処に住んではるんだすか？」

矢継ぎ早に問うて、松吉は、真帆の顔を覗き込んだ。咄嗟に、真帆は松吉の手を払い、袖で顔を隠す。松吉は小さく、済んまへん、と口の中で呟いた。

「何で謝るんか知らんけど」

思いがけず、冷ややかな声だった。

「人違いしてはるわ。私は嬢さんやないし、あんたを知らん」

「そんな。忘れはったんだすか？　私、松吉だす。井川屋の丁稚の松吉だす」

「知らん」

真帆は、くるりと背を向けて、橋とは反対の方向へ歩きだした。

「待っておくれやす、私だす、嬢さん、松吉だす」

松吉は、真帆の袖に追い縋《すが》る。それを真帆が邪険に払う。縋る。払う。また縋る。払う。そうやって、縋る、払う、を幾度となく繰り返すうちに、気が付けば周囲に人垣が出来ていた。

「あれ見てみ。化け物が男に追われてるで」

「面白い見世物やのう」

野次馬たちのあまりな物言いに、真帆は唇をわななかせた。真帆は松吉を振り返り、鋭い眼差しで睨むと、

「私を嗤《わら》い者にして、あんた、嬉しいんか？　楽しいんか？　こんな仕打ち、むごい」

と叫んだ。そうして顔を覆うと、人垣を掻き分けて走り去った。

松吉は、呆然とその場に立ち尽くした。

むごい、と叫んだ真帆の言葉が、その悲しみと苛立《いらだ》ちが、鋭い矢となって松吉の胸を射貫《いぬ》いたのだった。

第六章　約束

松吉が順慶町の夜見世《よみせ》を訪れるのは、およそ十年ぶりである。

井川屋に奉公に上がったその日に和助に連れられて来たのが初めてで、彼はその頃《ころ》、十歳だった。天明の飢饉《ききん》の頃は流石《さすが》に振るわなかったと聞く夜見世も、今は往時のままの繁盛ぶりで、見世、見世の顔ぶれも、それを覗《のぞ》く客の姿も変わらない。十年という歳月が流れたのが嘘《うそ》のようだった。

目指す屋台見世は、すぐに見つかった。客から「お広《ひろ》さん」と呼ばれる中年の女が愛想よく、応対をしている。

こちらに背を向けて、団子に餡《あん》をまぶす作業をしているのは、真帆だ。松吉は、夜見世を何往復もして、しかし、やはり声をかけることが出来なかった。

真帆の団子は、柔らかな餅《もち》を少し固めの餡で包んだ上品なもので、おちょぼ口でも難なくひと口で食べられるため、女に人気のようだった。さほど多くは作っていないらしく、五つ半（午後九時）になる前に売り切ってしまった。

見世をしまい、真帆とお広、二人連れ立って帰る姿を見て、松吉は迷いながら、けれど、やはり後を追った。途中いく度も声をかけよう、かけよう、と思うのだが、昨夜の「むごい」という言葉が蘇《よみがえ》って、どうしても出来ない。

小柄な母親を気遣うように、真帆は、そっとその背中に手を添えて夜道を歩く。その後ろ姿は、本当の母娘《おやこ》以外の何ものでもないように思われた。真帆とお広との関係をあれこれ考えながら、松吉は、二人から少し距離を置いて後に続く。

交差する長堀川と西横堀川、そこに交互に架かる四つの橋が、月に照らされて冴《さ》え冴《ざ》えと美しい。川向こうから、花街の賑《にぎ》やかな三味《しゃみ》の音が響いていた。二人は更に長堀川に沿って歩き、堀江《ほりえ》に入った。じとじと湿った道を抜け、せせこましい店が並ぶ一角に入り込む。その一番端、お世辞にも綺麗《きれい》とは言い難い、傾いた裏店《うらだな》が二人の住まいのようだった。地面に排水が溜《た》まり、足元をじめじめと濡《ぬ》らしていた。

――真帆家の嬢《いと》さんが、こないなとこに……

松吉は、何とも言えない苦い思いで、ちゃんと閉まらない戸口を見つめた。中から薄い明かりが漏れる。行灯《あんどん》に火が入ったのだろう。直《じ》きに戸がぎしぎしと鳴って、桶《おけ》を抱えた襷《たすき》掛け姿の真帆が現れた。

真帆は、目の前に立っている人影に気付いて、はっと身構えた。

「嬢さん、私だす」

相手が松吉だと知れると、真帆は震える息を吐いた。

「昨日、知らんて言うたはずや」

真帆は手桶を抱え直すと、松吉の脇《わき》をすり抜ける。すぐ傍《そば》に井戸があった。

「嬢さん、待っておくれやす」

その時、おてつ、おてつ、と呼ぶ声が聞こえた。

松吉が振り向くと、部屋の戸口に立って、お広が、こちらを見ている。

「おてつ、どないしたんや？」

お広が、真帆に問いかけながら、こちらに歩み寄った。

「誰《だれ》なんや？」

怪訝《けげん》そうに松吉を見、真帆に尋ねる。

「ああ、お母はん。何でもない。道を聞かれてるだけや」

「ほんまか？　また、からかわれてるのと違うか？」

お広は真帆を背中に庇《かば》うと、松吉を見上げた。

「娘に何ぞご用だすか？」

「娘はん？　そないなはずは……。このお方は、真帆家の嬢さんだすやろ？」

松吉の言葉に、お広は怯《おび》えたように両目を見開いた。

「違う。この子は、私の娘のてつだす」

なあ、おてつ、そうやろ、と振り返るお広の身体《からだ》が小刻みに震えている。

お母はん、と真帆が優しく女を抱き寄せる。お広の震えは止まらない。お広は悲愴《ひそう》な顔つきで真帆に縋《すが》った。

「おてつ、なあ、おてつやなあ。あんた、私の娘のおてつやんなあ」

〈おてつ！　おてつ！　どこや！〉

松吉の脳裏に、ふいに、何年か前の天満宮の境内《けいだい》で見た光景が割り込んできた。

おてつ、と我が子の名を呼ぶ取り乱した母親。手拭《てぬぐ》いを被《かぶ》った少女。

〈おてつ、ひとりで出たらあかんて、あれほど言うたやろ〉

その少女を負ぶう、小柄な母親。

――まさか、あの時の
「おてつ、なあ、あんたは私の娘のおてつやなあ」

お広は泣きじゃくって、真帆に縋りついている。真帆は、お広を抱き締めて、小さい子をあやすようにその背中を優しくとんとんと叩《たた》いた。

「そうや。私はお母はんの娘の『てつ』や。お母はんのおてつやで。お母はんを置いて、何処《どこ》にも行ったりせえへんよ」

慈しむ手つきで母の背を叩きながら、娘は松吉を睨《にら》みつける。その目が、早く立ち去れ、と命じているのを察して、松吉はしょんぼりと真帆に背を向けた。

その夜、松吉は寝床に入っても眠れなかった。

大事な嬢さん、生きてなはった嬢さん。やっと逢《あ》えたその人を、自分はただ苦しめるだけの存在になっている。そのことが、松吉には堪《たま》らなかった。

真帆のことを「てつ」と呼ぶ女と、どんな経緯《いきさつ》があるのかは知らない。けれど、今、二人が母娘として平穏に暮らしているのなら、それで良いのではないか、自分が係《かか》わることで真帆が苦しむのなら、もう二度と会わない方が良い。

――ほんまに、それでええんか
今にも倒れそうな裏長屋。

化け物、と揶揄《やゆ》する不心得者。

松吉は、がばと身を起こす。

――真帆家の旦那《だん》さんが生きてはって、今の嬢さんを見はったら、どれほど心を痛めはることやろか嘉平から受けた恩もある。このまま放《ほう》っておいて本当に良いのか。

松吉は頭を掻《か》きむしって、布団に突っ伏すのだった。


松吉の苦悩をよそに、思わぬ形で真帆との再会が叶《かな》ったのは、その翌日のことであった。


早朝、井川屋では、奥座敷で和助が神棚の水を替え、台所で梅吉と松吉とが朝餉《あさげ》の仕度をしていた。番頭の善次郎は常の通り、店の結界内に腰を下ろし、動きのない帳簿を眺めては溜《た》め息をついていた。いずれも、代わり映えのない朝の光景である。

お天道さまの光を取り入れるため一枚だけ開けている戸口に、人の立つ気配がして、
善次郎は、おやっと顔を上げた。

ごめんやす、と優しい声の呼びかけに次《つ》いで、若い娘が、中を覗いた。頭から薄花色の手拭いを被ったその娘に、善次郎は結界を出て、腰低く、

「あい済みまへん。見ての通り、井川屋は今、お休みを頂いてますのや」

と詫《わ》びた。すると娘は、首をそっと横に振って、客ではないことを告げる。

「丁稚《でっち》の松吉さんに、お目にかかりとうおます」

「松吉？」

「へえ。出来れば、旦那《だんな》さんにもご一緒して頂いて……」

善次郎は、訝《いぶか》しげに娘を見て、尋ねた。

「あんさん、どなたはんだす？」

問われて初めて、娘は、両手を前で揃《そろ》え、

「以前、船越町にございました『真帆家』の娘、真帆でございます」

ご無沙汰《ぶさた》いたしております、と美しく一礼してみせた。

驚きのあまり、善次郎の両眼《りょうめ》が零《こぼ》れ落ちそうなほど大きく見開かれる。うろたえた番頭は、縺《もつ》れた足で店の奥へと転がって行った。

「嬢さん、よう生きておいでで……」

井川屋の奥の間で、和助はそう言ったきり絶句した。

和助の横に善次郎、その後ろに松吉と梅吉とが控えている。息詰まる室内の雰囲気を、娘の手拭いの色合の淡さが、ほんの少し和らげていた。

「生きていて良かったんか、悪かったんか……。私、顔のこちら側を酷《ひど》う火傷《やけど》してしもて、こんな形《なり》で堪忍《かんにん》しておくれやす。このまま、ご挨拶《あいさつ》さしてもらいます」

手拭いを顔の前に垂らしたまま、真帆は畳に両手をついた。

「今日は、ここに『真帆』いう名ぁを捨てさせてもらいに来ました。明日からは、たとえ道で擦《す》れ違おうと、真帆家の娘やない、何処その知らん女と思て、やり過ごして欲しいんだす。これは殊《こと》に松吉さんに、きつうお願いしとおます」

松吉がはっと息を呑み、和助と善次郎は思わず視線を合わせた。

「嬢さん、私らにも訳がわかるように、お話し願いまひょか」

和助の言葉に真帆は頷《うなず》き、一昨日《おととい》の紛い物の琥珀寒《こはくかん》の一件から昨夜の出来事まで、手短に話した。

「松吉さんがこれからも私らの前に現れはったら、母は壊れてしまいますやろ。あの人はこの五年、私を大事に、それはもう大切に育ててくれはったお方だす。生みの母を知らん私にとって、ほんまもんのお母はんなんだす。苦しめんといておくれやす」

言い終えて、真帆は、畳に額がつくほど深く頭を下げた。松吉は項垂《うなだ》れ、和助は腕を組んで黙り込んだ。重い沈黙が部屋を包む。

おずおずと口を開いたのは、善次郎だった。

「嬢さん、その『おてつ』言うんは、一体、どなたはんなんだす？」

問いかけに、真帆は面を上げた。暫《しばら》く、膝《ひざ》に置いた手に視線を落としていたが、やがてその手を拳《こぶし》に握り、思い切ったように言った。

「母の、たった一人のお子だす。五年前の大火で、逃げる途中、私の代わりに」

握った拳が、激しく震えだす。

「私の代わりに亡くならはった……否、私のせいで死なはったんだす」

あの夜、高熱に浮かされていた真帆にとって、半鐘の音も、店の大人たちの騒ぎも、夢現《ゆめうつつ》であった。いつ抱き上げられたのか、外へ出たのかもはっきりしない。

気がつくと、父の背中で、飛んで来る火の粉を見上げていた。途中ではぐれたのか、祖父や奉公人たちの姿は無かった。周囲は大川を目指す人々で溢《あふ》れかえり、風に乗って火の粉が飛んで来る度に、悲鳴が上がる。真帆はその火の粉を、風に舞う蛍《ほたる》のようだ、とぼんやりと思った。親とはぐれた子どもの泣き声や、子どもの手を離してしまった親の悲痛な呼び声があちこちから聞こえてくる。

「おてつ、しっかりお母ちゃんに負ぶさってるんやで」

前を歩いていた女が、背中の娘に言い聞かせていた。

再び意識が遠のき始めた時、どっと風が吹いて、すぐ脇の二階家から火の手が上がった。

夥《おびただ》しい火の粉と、火のついた木材が次々と降ってくる。身動き出来ないところへ、太い柱が倒れてくるのが見えた。柱は緩やかに、嘉平と真帆目指して落ちてくる。嘉平がそれに気付いて、咄嗟《とっさ》に振り向く。一瞬の出来事のはずが、真帆の目には、ひどくゆっくり落下してくるように見えた。

嘉平は何かを叫んで、右肩で柱を受け止めた。否、受け止めようとした。父の肩で炎が炸裂《さくれつ》し、その勢いで真帆は後ろに撥《は》ね飛ばされた。次の瞬間、梁《はり》を失った二階家が人々の頭上に焼け落ちてきた。

頬を焼かれた痛みで気を失っていた真帆は、「おてつ！　おてつ！」という悲鳴で引き戻された。真帆の手を伸ばした先に、焼け落ちた家屋の下敷きになった父がいた。その父の向こうに、少女のものと思しき腕が覗いている。

「おてつ！　おてつ！」

女は娘を引っ張り出そうと、必死だった。

真帆は真帆で、父のもとへ駆け寄り、その名を呼ぶ。嘉平は、すでに事切れていた。真帆はどうして良いかわからず、ただ呆然《ぼうぜん》と父の傍に蹲《うずくま》る。

「誰ぞ、誰ぞ、おてつを助けたって」

おてつの母、お広は、声を上げて助けを求める。何人かが足を止めるのだが、少女が柱の下敷きになって容易に出せないとわかると、首を振って先を急ぐ。

炎が迫っていた。それは、まるで幾人もの魔物が両手を上げ踊り狂っているように、真帆の目には映った。周囲をぐるりと取り囲んだ魔物が、今にも襲いかかろうと舌なめずりをしている。

「あんた、母親やろ、しっかりしぃ！」

背中に赤ん坊を背負った女が足を止めて、お広を叱責《しっせき》した。

「むごいようやけど、この子は諦《あきら》めなはれ。それよりせめて、残った子ぉだけでも助けなあかん」

そう言って、真帆を示すのだ。その若い母親は、嘉平と真帆、おてつとお広がひとつの家族だと思い違いをしたのだろう。

残った子、と言われて、お広は初めて真帆に気付いたようだった。炎は材に埋もれた嘉平とおてつの身体をすでに焼き始めていた。もはや動く気力を失った真帆の、その髪に火が移る。

咄嗟にお広は、真帆に飛びかかると、手でその火を払った。そして、真帆を背中に負うと炎を飛び越えて、大川目指して駆け出した。二度と振り向かずに。

「私を助ける代わりに、お母はんは、おてつちゃんを失わはったんだす」

真帆は言って、顔を覆った。声を殺して泣く娘に、和助は暫く声をかけなかった。

真帆の感情の波が去った頃、和助は静かにこう語りかけた。

「嬢さん、辛《つら》い話をさせてしもたなあ。けんどな、私には、そのおてつ言う子ぉがお前《ま》はんの代わりに亡《の》うなったんや無《の》うて、お前はんがおてつの母親を生かすために生き残ったんや、と思いますで」

主人の隣りで、善次郎が大きく頷いた。梅吉は先ほどから洟《はな》を啜《すす》りっぱなしである。真帆は、松吉を見た。松吉は、何かに耐えるように俯《うつむ》いている。真帆は、居住まいを正すと、小さく息を吐いた。それから、手拭いに手をかけると、そっと外した。

「こんな顔になってしまいました」

醜い火傷痕《あと》を見せても、その場に居る全員の眼差《まなざ》しに蔑《さげす》みや恐怖の色が湧《わ》かないことに、安堵《あんど》した様子だった。真帆は、顔の左と右とを交互に指し示す。

「どうぞ、こちらの傷の無い顔だけ、覚えておいておくれやす。これからは、こちらの火傷の顔で、『てつ』として生きていこうと思てます」

どうぞ宜《よろ》しゅう、と真帆は再度、深々と頭を下げた。


ちーりーりー、ちーりーりー、ちーりーりー。

風に乗って磯《いそ》しぎの鳴き声が聞こえる。店の表まで四人に送られた真帆は、おおきに、と会釈して立ち去ろうとした。それを和助が止める。

「嬢さん、せっかくやさかい、松吉と天神さんに参らはったらどうや？」

「いえ、私はもう嬢さんやおまへんさかい」

手拭い越しに、真帆の表情が強張《こわば》るのが見えた。和助は、ほんのり柔らかく笑う。

「お前はん、最初にこう言わはりましたで。『明日から道で会うても、真帆家の娘と違う、知らん女や』て。今日はまだ真帆のうちや」

黙り込む真帆に、今度は、梅吉が横から言い添えた。

「嬢さん、お頼もうします。松吉は、あの火事の後、毎日、毎日、年が明けても諦めきれんで、焼け跡を、嬢さんの消息を尋ねて歩き回ってたんだすで」

その言葉に、真帆が大きく瞳《ひとみ》を見開く。それから少しの間、考えて、

「ほな、それを限りにさせてもらいます」

と答えた。和助は、うんうん、と頷くと、松吉を真帆の傍へ押しやった。

「この歳《とし》になると、冷えたら下《しも》が近うなりますのや。梅吉、早よ厠《かわや》へ連れてって」

和助は、前を押さえる仕草をして、ほな私はここで、と言い残し、梅吉に支えられて店の中へ入ってしまった。松吉と真帆は、互いに視線を合わせないまま、気まずそうに歩き始めた。

「嬢さん」

背後から、善次郎が呼び止める。真帆が振り返ると、善次郎は、腰を屈《かが》め、真帆を

じっと見つめて、噛《か》み締めるように言った。

「嬢さん、ほんまによう……よう、生きてててくらはりました。ほんに……ほんにありがとうさんでございます」

そして、深々と頭を下げたきり、顔を上げようとしない。見ると、善次郎は肩を震わせて泣いていたのである。嗚咽《おえつ》を噛み殺して、頭を下げ続ける善次郎。それを見つめる真帆の双眸《そうぼう》に、涙が溢れた。真帆は、おおきに、と掠《かす》れる声で言うと、深く一礼して口を押さえて歩き出した。松吉と真帆、二人して暫く歩いて振り返った時、井川屋の店の前で善次郎がまだ、先の姿勢を崩さずに見送っていた。

「真帆家の頃は、話したこともなかったのに。あないに泣いてくれはって」

真帆がしみじみと呟《つぶや》いた。松吉は、真帆に気付かれぬように手の甲で瞼《まぶた》を拭《ぬぐ》う。

「番頭はんは、子どもの頃、火事で奉公先の嬢さんを亡くさはったんだす」

松吉の言葉に、真帆は、まあ、と低く呻《うめ》いた。暫く押し黙って歩いていたが、天満宮が見えてきた時に、ぽつんと呟いた。

「私、初めて、あの火事で生き残って良かった、て思えた。今日、初めて」

「嬢さん」

「おおきにありがとう、松吉」

真帆はそう言って、そっと指先で涙を払った。

天満宮の本殿に参ったあと、天神橋を渡りきるまで送りたい、という松吉の申し出を真帆は拒まなかった。長い長い天神橋を、二人はわざとゆっくりとした足取りで渡る。もっと話したい、話しておきたいことがあるはずなのに、言葉にならないもどかしさ。松吉は、ぐっと奥歯を噛み締める。

そろそろ向こう岸、という頃になって、真帆が足を止めた。

「松吉、私が真帆家の嬢さんで居られる間に、お願いがあるんや」

「へえ、何なりと言うておくれやす」

「火事の前の日やった。お父はんが言わはったこと、あんた、覚えてるやろか。寒天のことやったわ」

真帆の問いかけに、松吉はしっかりと頷いてみせた。

あの日の嘉平の言葉は、一言一句、違《たが》えずに胸に刻んでいた。

「寒天は、工夫次第で幾らでも化けるものなんや。けんど、もし今の倍の腰の強さがあったら、もっと料理の幅も広がる――そない言うてはりました」

松吉が澱《よど》みなく諳《そら》んじると、真帆は、初めて、とても嬉《うれ》しそうな笑顔になった。

嘉平は大火の数日前から寒天を用いて、色々な調理を試みていたという。

「お父はんは、それが料理人の業やぁ言うてはった。もっと、もっと、生きて……生きて色々な料理を……」

真帆は、涙声になったのを隠すように、二、三度、咳払《せきばら》いをして続けた。

「もう、お父はんは居ってやないけど、お父はんの言うてはった腰の強い寒天、松吉、あんたが作ってくれへんやろか？」

私が、と松吉は呟く。

そうや、と真帆が強く頷く。

「お父はんの琥珀寒が、あないなことになってしもて、私は心底口惜《くちお》しい。亡うならはったお父はんは、もっと口惜しい思いをしてはるやろと思う。せやさかい、もし、あんたがお父はんの望んだような寒天を作ってくれたら、お父はん、きっと喜ばはると思う。お父はんだけと違う、お祖父《じい》はんや奉公人、真帆家に係わる皆の供養になるんやわ。せやから松吉、お願い。この通りだす。何も出来へん私に代わって、お父はんの夢、叶えておくなはれ」

そう言って、真帆は松吉に両の手を合わせた。

「嬢さん、そんな、止《や》めておくれやす」

松吉は、手を伸ばしてそっと真帆の合掌した手を解く。

「真帆家の旦那さんは、いっつも私のここに居はります」

松吉は、己の右の掌《てのひら》を胸に当てた。

「せやから、ここに居はる旦那さんにお約束いたします。旦那さんのお望み通りの寒天、私が何としても、作らせて頂きます。旦那さんと、嬢さんのために」

松吉の双眸に強い意志の力が宿っていた。

おおきに、おおきに松吉、と真帆が震える声で言って、頭を下げる。

大川の縁《へり》で憩うていた二羽の磯しぎが、賑やかな大根船の往来に驚いて、ばたばたと別々の方角に羽ばたいていった。


「何やて？　修業？」

井川屋の奥座敷。和助が、戸惑いの表情を見せた。それを受けて、店主の脇から善次郎が、松吉に問いかける。

「松吉、いきなり修業て何のことや。それに、何処だすのや？　原村て」

へえ、と松吉は、畳に手をついた姿勢のまま、店主と番頭とを交互に見やった。

「島上郡にある原村、いうとこだす。そこの寒天場に、この冬の間、やらして頂きとおます」

「島上いうたら、高槻《たかつき》城の。ほな、同じ摂津国や、そうは遠ない。けんど、なんでまた」

言いさして、和助は、ああ、と勢いよく両の掌を打った。

「美濃志摩屋で修業してから、そこらで天場、拓《ひら》いた者が居ったな。せや、確か、半兵衛とか言うた」

主の言葉に、善次郎も、ああ、と声を上げる。

「半兵衛はんやったら、伏見の天場で修業してはった時分から、えらい評判だした。陰日向《かげひなた》無う、よう働く、て。終《しま》いには、難しい草割りまで任されてはったとか。けんど、さいだすか、郷里に戻らはって、天場を拓きなはったんだすか」

よう気張らはった、と善治郎は感心しきりである。

松吉は、京の大火で半兵衛と再会した際、原村に拓いた寒天場のことを聞き、いつでも顔を見せに来い、と誘われていたことを二人に告げた。

「せやったせやった、あの大火で真っ先に美濃志摩屋に駆け付けて恩を返した男が、半兵衛やった」

当時、松吉から聞いた半兵衛の活躍ぶりを思い返し、和助は、ぴしゃりと額を叩いて番頭を見た。

「しもた、善次郎、これは私の大きな見落としやったかも知れん」

美濃志摩屋の寒天場が駄目になり、つてを頼りに色々な寒天場を当たったが、思うような寒天に巡り合わないことを嘆いていた和助だった。しかし、半兵衛の寒天場はそのつての中に含まれていない。

言われて番頭、やはり、しまった、という体《てい》で頷いた。

「義理に厚うて、骨惜しみせん働き者。火事場での見極めも確か。そんなおひとの作らはった寒天なら、そら間違いおまへん。まだ人の口に上ってへんところをみると、決まった仕入れ問屋があるわけやないだすやろ。作った寒天は、多分、これまで美濃志摩屋が引き受けてたんかも知れまへん。旦那さん、これは急がんと」

「そう焦りな。ともかく物を見てからのことやが、しかしまあ、大方、お前はんの見込み通りやろ」

よっしゃ、と和助は大きく頷くと、松吉に告げた。

「松吉、お前はん、明日にも原村へ立ちなはれ。そして、お前はんの目ぇで見て、その出来が納得いく品やったら、半兵衛はんの作らはる寒天、ひとつ残らず、この井川屋で仕入れさしてもらいまひょ」

商いが松吉の肩に伸《の》しかかる。丁稚の松吉にそうした重い役目を負わせることに対し、しかし意外にも善次郎は異を唱えなかった。二人が自分に寄せる信頼を敏感に感じ取り、へえ、と松吉は大きな声で応《こた》えると、主人と番頭に深く頭を下げた。

翌朝、松吉が目覚めると、すでに梅吉の姿はなかった。

慌てて飛び起きて台所へ向かうと、へっついに載せられた鍋《なべ》から、ほわほわと柔らかな湯気が上がり、冷や飯がほどよく潤《ほと》びていた。梅吉は、と見ると、三和土《たたき》の隅で糠床《ぬかどこ》を掻き混ぜて、中から大根を取り出したところだった。

「梅吉、済まん」

「構へん、構へん。今朝は私《わて》に任し」

「今朝だけやない、この冬中、任せなあかんのが悪うてなあ」

済まん、と再度、頭を下げる松吉に、梅吉は白い歯を見せて笑った。

「あほ、天場で寒天作るのに比べたら、飯の仕度くらい易《やす》いもんや。それに私、どうも商いより、こないして奥のことを任されてる方が、性に合うてるみたいなんや」

旦那さんと番頭はんには内緒やで、と梅吉は声を低めて言い添える。井川屋に女衆《おなごし》が居た頃にも無かった糠床を作り、手間のかかる糠漬けを香の物として供するようにしたのも梅吉であった。

「糠に昆布と鷹《たか》の爪《つめ》を入れたよって、このどぶ漬けは美味《うま》いで」

昆布も鷹の爪も、山城屋から少し分けてもらったとのこと。山城屋のご寮《りょん》さんが寝込んだ時に見かねて奥を手伝ったことがあり、それ以来、梅吉は随分と夫妻に可愛《かわい》がられている様子だった。まな板に載せた大根を小気味良く包丁で切り始めた梅吉を見て、松吉は、自分が彼の存在にどれほど救われているか、改めて思い知る。

朝餉の後、和助と善次郎に挨拶を済ませると、松吉は慌《あわただ》しく旅立った。

振り返ると、神無月《かんなづき》の真澄空、大川に弧を描いて架かる天神橋が映える。

真帆と初めて出会ったのも、そして昨日決別したのも、あの橋の上だった。

真帆の――十五歳の娘の負わされた過酷な運命を思えば、決して弱音は吐けぬ。

たとえこの先、どれほどの苦難が待ち受けていようと、弱音は吐かぬ。

松吉は自身にそう誓い、振り切るように橋に背を向けて歩き出した。

島上郡は京と大坂の中ほどに位置し、北に山並み、南に肥沃《ひよく》な平野を抱える恵まれた地である。

中心の高槻城下は、西国《さいごく》街道と高槻街道、それに淀川という陸路水路を備え、大層栄えていた。松吉の目指す原村は、しかし、そこからずっと北上した山中にある。

一見、辺鄙《へんぴ》なようだが、淀川の河港である前島浜《まえしまはま》から京坂《けいはん》越えと呼ばれる山道が繋《つな》がっており、原村はその道筋にあった。平坦な道でこそないが、これなら天草《てんぐさ》を搬入するのも、出来た寒天を搬送するのも、さほど難しくはない。その地の利に気付いた松吉は、半兵衛の読みの正しさに舌を巻いた。

島上郡、原村。

周りを、低い山々が幾重にも折り重なって囲んでいる。その山懐に抱かれて、農に生きる人々の暮らしが在った。今、その地に足を踏み入れた松吉の頬を、懐かしい郷里の風が撫《な》でるようであった。

――似ている

郷里の美濃の苗村に似ている、と松吉はふいに突き上げるような郷愁を覚えた。

低い山々が程よい壁となって集落を強風や嵐から守り、お天道さまの恵みの陽射《ひざ》しがあまねく燦々《さんさん》と降り注ぐ。日だまりの中にいると、今が冬であることを忘れてしまうほどに暖かい。そう、苗村でも日中は冬でも暖かく、子どもは寒い家の中よりも外で遊ぶ方を好んだものだ。

しかし、松吉は同時に、苗村とこの地の明らかな違いにも気付いていた。

ここには、広大で肥沃な田畑が広がっている。今は田に稲穂の姿はないが、すでにこの集落の人々に収穫をもたらした後なのだろう。肥沃な土地は、目の前の芥川《あくたがわ》の恩恵か。芥の名にそぐわぬ、清らかな水の流れが、原村の空を映してゆったりと流れている。乾いて枯れた苗村の土を思い出し、松吉は改めて川の力を悟った。

「松吉、もしや松吉か」

名前を呼ばれ、声の方を向くと、藁葺《わらぶ》きの百姓家から顔を出した男が、驚いたようにこちらを見ている。

「半兵衛はん！」

松吉はその名を呼んで、勢いよく駆け出した。

よう来た、よう来た、と半兵衛は早速、自分の家に松吉を招き入れる。ひとり住まいらしく、手際よく夕餉の仕度をし、囲炉裏端《いろりばた》に松吉を座らせた。

「日が落ちる前に着いて何よりや。ここらは日が暮れるといきなり寒うなる」

「そうだすか、せやから、ええ寒天が……」

独り言のように呟く松吉に、半兵衛が嬉しそうに頷いた。

「せや。昼はぬくうて、朝夕の冷え込みが厳しい。それから水。見てくれたか、芥川を。明神《みようじん》ヶ岳《だけ》の明神はんの恵みの水や。伏見の水に負けてへん。これがまた、ええ寒天を作らしてくれはる」

半兵衛の表情や声に、寒天に対する並々ならぬ思いが滲んでいた。

——ああ、このおひとは、うちの旦那さんに似てはる

もとより駆け引きなどするつもりはなかった。ただ、井川屋が半兵衛の寒天を買い上げる心積もりでいることは、寒天の出来を見てから話そう、と決めていた。だが、主によく似たこの半兵衛に、自分がここに来た理由を曖昧《あいまい》にしておくことは、礼を失するように思えてならない。松吉は、板敷に手をついて深く頭を下げ、胸のうちを全《すべ》て打ち明けた。

「ほうか、井川屋はんでうちの寒天を……。そら、ありがたいことやが、要は寒天の出来次第や。私も納得の出来んもんを売るつもりはない。まあ、今年は手ぇが増えたし、何とかなるやろ。盛大、働いてもらうで、松吉」

言って、半兵衛は松吉の背中を、ばんっと叩いた。

半兵衛の寒天場は、当初、こぢんまりしたものだった。だが、冬の間のみの使用で済むところから、周辺の百姓が協力を申し出て、霜月《しもつき》ともなると、一面が寒天を干す棚場となるという。すでに今年の寒天作りの準備のために、収穫を終えた田畑が綺麗に整えられていた。

棟梁《とうりよう》の半兵衛による引き合わせが済み、松吉は、天場の仲間として迎えられた。そうして、いよいよ、原村での寒天作りが始まったのである。

最初の火入れは釜始《かまはじ》めと言い、釜に酒を供えて、全員で祈る。寒天作りは天候に左右されるため、寒天場は常に神信心の場でもあった。

寒天製造は、まず、運び込んだ天草の選別から始まる。それを三日間水に晒《さら》して、大釜で半日かけて火を入れる。これを丁寧に漉《こ》して固めれば、上質の心太《ところてん》になる。四角いその塊《かたまり》を棚場と呼ばれる外の干し場に並べて干し、凍結と乾燥を繰り返すと、角寒天となるのである。ただし、寒さが足りないと質が落ち、逆に寒さがすぎると重量が減って売り手が損をするので、気温との兼ね合いが難しかった。

「松吉、お前はん、もう釜炊きで戻さんようになったんやなあ」

昔、美濃志摩屋の伏見深草の寒天場で、天草を大釜で煮る匂《にお》いに慣れず、嘔吐《おうと》してばかりだった松吉を覚えている半兵衛は、そう揶揄《からか》った。

松吉は頭を掻きながら、自分でも不思議に思う。昔は目も開けていられなかった臭気が、今は確かに、海の恵みの匂いに感じられるのだ。

――どれもこれも、皆、あの時の嘉平はんの言葉のお陰なんや

〈ええか、お前はんの商うてるのは、こないに凄《すご》いもんなんやで〉

真帆家で初めて琥珀寒を食べさせてもらった時に、嘉平に言われた言葉を思い出して、松吉は目の奥が熱くなる。

――せやさかい、どないなことがあったかて、嬢さんとの約束を守らしてもらわな
だが、一体どうすれば、常よりも腰の強い寒天が作れるのか。今は、皆目見当もつかない松吉であった。
凍ては順調で、棚場に並べた寒天は順次、無事に野上げを済ませることが出来、寒天場は明るい正月を迎えた。
元日には寒天釜に鏡餅《かがみもち》を供え、その日は作業を休む。松吉は、半兵衛に酒を振舞われ、ほろ酔い気分で板張りにごろりと横になった。夢の中に、幼い真帆が出て来て、しきりと寒天のことを聞くのだ。なあ、松吉、寒天て心太から出来るて、ほんま？と。ああ、そんなこと言うてはったなあ、と夢現に思い返しながら、松吉は知らず知らず微笑《ほほえ》んでいた。

「どないしたんや、松吉。何考え込んでる」

深夜、棚場に心太を置く手を止めた松吉に、半兵衛が声をかけた。

松吉は作業の遅れを詫《わ》びてから、頭に浮かんだ疑問を口にした。

「半兵衛はん、私らこれを心太として頂く時は、天突きで突いて、麺《めん》のように細うしてよばれますやろ？　何で寒天作る時は、そないせえしまへんのやろ」

寒天は、天草の煮汁を麻布で漉し、木箱に流して固め、それを天切り包丁と呼ばれる大きな木の櫛《くし》のような包丁で均一に切り、砥石《といし》ほどの大きさに切り分けたものをよしずの上に広げて作る。わざわざ天突きで突いたりはしない。

問われて半兵衛、困惑した風に首を捻《ひね》る。

「何でか、て聞かれたかて、私も美濃志摩屋はんで教わった通りのやり方で作ってるだけの話やさかい。けど、言われてみたら、確かにせやなあ」

半兵衛は手にした四角い心太に視線を落として、細い方が凍るも乾くも早いことは早いやろなあ、と呟いた。

暫くそうして考え込んでいたが、心決めしたらしく、顔を上げ、

「面白いことになるかも知れんで。どうや、松吉、お前はん、一遍やってみたら」

と言った。

「けんど半兵衛はん、この大事な時期に、そないなこと……」

「今年は、凍ても上手《うま》いことといった。作業の合い間に、少しくらい試すんは構へん」

早速、松吉は翌日の夕方、気温が下がるのを待って、棚場の上に張ったよしずに天突きで突いた心太を丁寧に広げて様子を見た。

急激に気温が下がったため、翌朝には凍《こご》えて、きらきらと白く輝いた。陽射しに恵

まれた日中には、凍ったものがゆっくりと融け、余分な水気が湯気となって散る。夜、また凍る。凍結と乾燥を繰り返すこと七日。

「出来たように思います」

松吉は軽く細くなった完成品を半兵衛に示した。それは、親指と人差し指を丸めた中に入るほどの、僅《わず》かな量だった。

「こらぁ、思てたより細なったなあ。まるでお蚕《かいこ》はんの吐き出す糸、せや、これはたとえるなら糸や。『糸寒天』やな」

半兵衛は目を細めて、その仕上がりの美しさを褒《ほ》めた。

松吉はそれを水で丁寧に戻し、わくわくしながら鍋の湯の中に入れて溶かし始めた。ところが、どうしたわけかその糸のような寒天は、湯の中でぶつぶつと千切れたあとは、完全に溶けきらないのだ。

「あかん。溶けへん寒天があるかいな」

がっくりと肩を落とす松吉に、半兵衛は、

「まあ、何でも最初から上手いことといくわけがないで。気長にやったらええ」

と慰めた。

そうや、半兵衛はんの言わはる通りや、と自分を宥《なだ》めて、松吉は気を取り直す。

その後、天突きで突く時間をずらしてみたり、寒晒しを早めに切り上げてみたり、また逆に長めにしてみたりもしたが、いずれも、綺麗に溶けきれずに売り物にもならない代物ばかりだった。こうしてその冬、糸寒天に取り組んだ松吉の努力は結局、徒労に終わった。

百日に及ぶ寒天作りは、清掃と振舞い酒で釜じまいとする。しかし、半兵衛は松吉を皆よりひと足早く、寒天場の仕事から解放した。

「何でだす、半兵衛はん。私かて最後まで居りとおます」

「いや、お前はんには、一刻も早う寒天を井川屋の旦那さんに届けてもらいたい。出来を見て、得心してもろたら、残りを送らしてもらうよってに」

半兵衛はそう言ったが、寒天の出来栄えに自信を持っていることに間違いなかった。

松吉は、出来上がった寒天の一部を背中に負い、京坂越えで前島浜に出た。そこから三十石《こく》船に乗って淀川を下り、一気に天満の八軒家に辿《たど》り着いた。

天満は、すでに水ぬるむ春であった。

「松吉！」

店の前を掃いていた梅吉が、松吉の姿を見つけると箒《ほうき》を放り出して駆けて来た。

「梅吉!」

松吉も、その名を呼んで駆け寄る。

思えば、松吉が井川屋に丁稚に入って十一年、一日として離れたことのなかった二人が、一冬の間、別々に過ごしたのである。お互いが、妙に懐かしかった。

「ご苦労はん、松吉、ほんまご苦労はん」

「そっちもご苦労はん。何ぞ変わったこと、あらへんかったか?」

松吉が問うと、梅吉に戸惑いが見えた。おや、と思ったが、すぐに梅吉が首を横に振って、旦那さんも番頭はんも変わりないで、と答えたので、深く聞くことが出来なかった。松吉が戻りました、という梅吉の声で、店の奥から善次郎が飛び出して来た。

そして松吉は善次郎に引っ張られるようにして奥へと入ったのだった。

「この寒天やったら、美濃志摩屋のもんと比べたかて遜色《そんしょく》あらへん。半兵衛はん、よう気張らはった」

井川屋の奥座敷。松吉の持ち帰った寒天を、千切って口に含んだ和助が、感嘆の息を漏らす。善次郎、お前はんも見てみ、と言われて、番頭も主《あるじ》に倣《なら》って寒天を口に入れて、ゆっくりと咀嚼《そしやく》する。途端に、善次郎の顔に満足の笑みが広がっていった。

「旦那さん、店を休んで待った甲斐《かい》がおましたなあ。これは、あの美濃志摩屋の寒天を凌《しの》ぐ出来でおます」

その言葉を半兵衛に聞かせたい、と松吉はぐっと喜びを嚙み締めた。

店主と番頭は、半兵衛の寒天場の残りの寒天を全て買い取ること、来年も引き続いて半兵衛から仕入れることを、その場で決めた。話を詰めるのは善次郎の役目で、明日にも原村へ向かうことになった。

「梅吉、松吉に何ぞ食べさしたりなはれ。松吉も今日はゆっくりしぃ」

店主の命を受け、二人の丁稚はそのまま下がろうとした。

「ようやった」

ふいに善次郎の口から出た言葉に、それが誰に向けられたものか、松吉には一瞬、わからなかった。ぽかんと番頭を見ると、彼はそっぽを向いている。梅吉が、松吉の脇腹をちょんちょんと肘《ひじ》で突《つつ》いて、松吉だけにわかるように口角を上げた。

突然、和助が笑いだした。

「善次郎、褒めんのやったら、もっとちゃんと褒めたりなはれ」

主に言われても、善次郎はそっぽを向いたまま、知らぬ振りをしていた。

梅吉と二人、廊下を歩いている時から、ふっふ、と柔らかい笑いが込み上げてくる。脇を見ると梅吉もくっくと笑いを抑えている。二人して台所に駆け込むと、三和土に座り込んで腹を抱えて笑った。笑いながら松吉は、幾度も目を拭うのだった。

夕刻、松吉は和助に連れられて、天満宮に参った。

本殿で熱心に手を合わせて祈る主の横で、松吉も両手を合わせながら、しかし、胸のうちで必死に詫びていた。

――銀二貫をまだ寄進してもらわれへんばかりか、嬢さんと約束したことも叶えられまへん。どうぞ、口ばかりの人間と思わんでおくれやす
時はかかってもきっと、と繰り返して顔を上げると、和助はまだ祈っていた。

「梅吉になあ」

帰り道、和助は、杖《つえ》に寄りかかって歩きながら、ぼそりと言う。

「養子の話が来てたんや」

えっ、と松吉が足を止めて主を見た。

和助は自分も立ち止まり、ふうっと息を吐いた。

「山城屋や。お前はんもよう知ってるやろ?」

山城屋には、子が無かった。店主夫婦が梅吉を気に入って、可愛がっているのを知っていたから、松吉にはそれがこの上なく良い話に思われた。

「梅吉はお前はんよりひとつ上やさかい、二十二や。山城屋は小商いの店やが、この

まま井川屋でくすぶるより、その跡を取らしてもらう方が、何ぼか出世やろ。旦那さんもご寮さんも、よう出来たひとらだす。梅吉はきっと幸せになる。私も善次郎も、そら大喜びやった。それを、あのあほ、断りよったんや」

話し終えて、和助はがっくりと肩を落とす。

松吉には、主の落胆も、それに断った梅吉の心中も、容易に忖度《そんたく》できた。

おそらく梅吉は、女衆も居ない店で暮らす老い二人の身を案じたのだ。相談相手となる筈《はず》の松吉は、寒天場に出て不在。やむなく、己の将来と主人への報恩とを秤《はかり》にかけて、後者を選んだのだろう。

「旦那さん、半兵衛はんの寒天が売れたら」

おずおずと松吉が口を開いた。皆まで言わせず、和助が頷いて言った。

「せやな、寒天が売れたら、何もかも風向きがええ方向に変わる」

「へえ」

「よっしゃ。売る。売ったるで」

力漲《みなぎ》る和助の声に、松吉も、ひときわ大きな声で、へえ、と応えた。

第七章　さらなる試練

半兵衛の寒天場で作られた寒天は、和助と善次郎が思った通り、その年、高い評判を取った。

それまで取り引きのなかった店からも声がかかり、井川屋は前年の悪夢を忘れることが出来た。和助に命じられて、善次郎は仕入れ用の銀銭《ぜに》を前払いで半兵衛に渡し、店主も奉公人も漸《ようや》くひと息つけたのである。

「商いが上手《うま》いこといってると、何や景色まで違《ちご》て見えるもんやなあ」

寒天の荷を背負い、並んで天神橋を渡っている時に、梅吉がふと漏らした。

せやな、と頷《うなず》いて、松吉は周囲を見回す。芝居見物にでも行くのだろうか、着飾った母娘《おやこ》が女衆《おなごし》数人を引き連れて、賑《にぎ》やかに通り過ぎた。その一行の脇《わき》をすり抜けて、竹独楽《たけごま》を手にした子どもたちが駆けて行く。橋上ですれ違うどの顔も、眉《まゆ》が開いて見えた。秋のやわらかな陽射《ひざ》しが、大川の水面《みなも》に跳ね返ってきらきらと輝いている。

「寛政《かんせい》は、災いの少ない年であって欲しいな」

松吉が、しみじみと言った。天災の多かった「天明」の元号が「寛政」に改められて初めての秋が深まっていた。

「松吉、あのあと、ほんまに嬢《いと》さんとは逢《お》うてへんのか？」

母娘連れを見て思い出したのか、梅吉がさり気なく問う。松吉は黙って頷いてみせた。この橋の上で別れて以来、順慶町へも足を運んでいない。

「ほうか……。せめて私が団子屋を覗《のぞ》いて、嬢さんの様子なんかをお前《ま》はんに知らせたら良さそうなもんなんやけんど。何や私も、あれ以来、夜見世《よみせ》に足向けられんようになってしもた」

真帆を「化け物」扱いしたことを、悔やんでいる梅吉だった。それ以上、真帆の話が続くのが辛《つら》くて、松吉は、無理に話題を転じる。

「梅吉、山城屋はんの養子の話、断ったんやて？」

ぎくりとした表情を見せて、梅吉は、知ってたんか、と頭を掻《か》いた。

「もう大分と前のことやで。せやけど、あっこの旦《だん》那さんもご寮《りょん》さんも、ちぃとも変わらずにいてくれはるんで、ほっとしてるのや」

「旦那さんや番頭はんのことが心配なんはわかるけんど、さすがにもうそろそろ女衆を雇いはるやろ。遠慮せんと、山城屋へ行ってもええのと違うか？」

松吉が言うと、梅吉は目を剝《む》いて足を止めた。

「違う違う、私が断ったんは、旦那さんへの遠慮と違うで。松吉も知っての通り、私は商いが苦手や。養子に行ったら、何としても店を大きさせなあかんやろ？　そら私には無理や。あっこには丁稚《でっち》が一人居る。それを跡取りに育てた方が何ぼか賢いわ」

なるほど、と松吉は頷いた。主人和助の気持ちの負担にならぬように、と考えた理由だろうが、そこには幾分、本音も混じっているように思われた。

「それはそれで梅吉らしいな。ほな、この冬もまた奥のことを頼んでもええか？」

「この冬も？　まさか……。まさか、松吉、お前はん、また」

「せや、また原村へ行く」

「げっ」

落ちそうなほど眼《め》を見張った梅吉の肩を、ぽん、と叩いて、松吉は歩き出した。

その夜のこと。

「松吉、今年も原村の寒天場へ行く、そのわけは何や？」

奥座敷に呼ばれた松吉は、店主和助から、そう切り出された。和助の脇には、善次郎が難しい顔で控えている。問われた意図がわからず、松吉は戸惑った。

「去年ならばいざ知らず、半兵衛はんのお人柄も、作らはる寒天の質もようわかって、買い付けの約束もついたある。あんさんが行く必要はないと思うが」

「商いのために天場を知るのは大事やが、お前はんのその身ぃの入れ様は尋常やない。寒天問屋の丁稚の分《ぶん》を越えてますのやで」

横から善次郎も、そう口を挟む。言われてみればその通りで、松吉は項垂《うなだ》れた。

「そうしょげんかて宜《よろ》し。私は何もお前はんを責めてるのと違う。ただ、そこまで執着する理由は何か。それを知りたいと思いますのや」

主人の言葉に、松吉は、へえ、と顔を上げる。そして、天井に目を泳がせて考えをまとめてから、慎重に口を開いた。

「火事であないなことになる前の日に、真帆家の旦那さんと寒天のことで話したんだす。旦那さんは、もっと腰の強い寒天があれば料理の幅も広がるやろ、て言うてはりました。何や、それが遺言みたいになってしもて、私、気になって気になって」

真帆との遣《や》り取りは、敢《あ》えて伏せた。誰《だれ》かに話すことではない、と思ったからだ。

和助と善次郎とが互いを見合っている。

「何と……嘉平はんは、うちの寒天でもまだ腰が弱い、言うてはったんかいな」

唸《うな》る和助に、松吉は慌てて言葉を足した。

「井川屋の寒天に不満を持ってはったんやおまへん。ただ、茹《ゆ》でて潰《つぶ》した里芋を寒天で固めることが出来へんか、て苦心してはりました」

「ああ、それはあかん。もともと寒天に求められる腰は、しゃぶしゃぶした汁気のもんをしっかりと固める力や。なあ、善次郎」

へえ、と善次郎は、重々しく頷いてみせた。

「寒天は、粘りのあるもんが相手やと負けてしまう物だす。そない言うたら昔、美濃志摩屋で奉公してた時、天場の棟梁《とうりょう》が『なんぼ美濃志摩屋の寒天の腰が自慢でも、糊《のり》まではよう固めん』て、てんご言うてはりました」

まさにその、糊でも固める寒天を作りたい松吉なのである。浮かぬ顔で黙り込んだ丁稚に目をやって、暫《しばら》く考えた後、番頭は主人に願い出た。

「旦那さん、松吉は嘉平はんの供養のために、何ぞやってみたいんやと思います。どないだすか、一遍、これの思う通りにやらせてみなはったら」

松吉は、はっと双眸を大きく開いて、善次郎を見た。

善次郎は、顔を背けてその視線を避け、硬い口調で続ける。

「私は何も、松吉の肩を持ってるわけやおまへん。ただ、料理人として寒天を知り尽くし、琥珀《こはくかん》寒を生み出した嘉平はんの願うた寒天だす。寒天に係《かか》わる者として、何とか、と思う一心でおます」

　ううむ、と和助は腕を組んで考え込んだ。

「お前はんらの気持ちはようわかるけんど、やはり、それは問屋の仕事とは違う」

　がっくり、と松吉の両肩が落ちた。和助がほろりと笑い、腕組みを解く。

「しかしな、半兵衛はんがそうした寒天を作り出すのに、井川屋として手ぇ貸す、いうなら話は別や。お前はんが知恵を貸したとして、作るのは半兵衛はん。出来あがった品は、井川屋が買い上げる。それなら松吉、お前はんのやろうとしてることは、寒天問屋としての立派な仕事になるわな」

　思いがけない展開に、松吉は、ぽかんと主人を見た。

「原村へ行きなはれ、松吉」

「へ、へえ。ありがとうさんでございます、旦那さん」

　松吉は弾む声で言って、畳に額を擦《こす》り付けた。善次郎も無言で主《あるじ》に深々と頭を下げていた。

　そして霜月《しもつき》一日、松吉は、再び原村へと旅立ったのだった。


深夜。

棚場に畳の如《ごと》く敷き詰められた寒天が、月の光を受けて闇夜《やみよ》に浮き上がる。

凍てはいよいよ厳しく、口から吐き出された息が瞬時に凍りつき、勢いよく天に昇った。松吉は、月明かりを頼りに、突き出したばかりの心太《ところてん》を、よしずの上に並べていく。祈るような思いだった。この冬も、幾度失敗したかわからない。

天突きで突いて麺《めん》状にすることで、果たして腰が強くなるのか。その確信はない。だが、例えば、漬物でも切り方を変えれば、噛《か》み応《ごた》えが変わってくる。天突きで突いて細く仕上げることで、思いがけない変化が生まれるのではないか……。いずれにしても、糸寒天を作る以外に、嘉平との、否、真帆との約束を守る道はない、と松吉は思い詰めていた。

棚場のよしずの間を、提灯《ちょうちん》がゆらゆらと揺れて、こちらに近付いて来る。天場を見回る、半兵衛であった。

「松吉、どないした、こんな遅うに」

言いながら半兵衛は、松吉の手元を覗く。提灯に照らされて、心太が滑《なめ》らかで瑞々しい肌を晒《さら》していた。

「こないな時間に天突きか？　遅すぎるのと違うか？」

「へえ。けんど、普通の寒天と違《ちご》て、これはすぐ凍ってしまいますよって、今時分から朝までの寒晒しで、試してみよかと思て」

「ほうか。色々試したい気持ちはわかるけんど、じきに夜明けや。天出しが始まる。ちっとでも横にならな、身が持たんで」

棟梁らしく命じて、半兵衛は松吉の肩をぽんと叩《たた》いた。そのまま行きかけて、ああ、せや、と何か思い出したように足を止める。

「松吉、私も考えたんやが、次からは、草割りから試したらどうや？」

「草割りから？」

寒天の原料となる天草《てんぐさ》だが、実は「天草」という名前の海藻があるわけではない。まくさ、おおぶさ、おにくさ等の原料海藻の総称なのだ。どのくさをどのくらいの割合で用いるかによって、寒天の仕上がりが違ってくる。これを決めるのが草割りという作業なのだが、半兵衛は、この草割りから見直したらどうか、と言うのである。

「腰の強さを求めるんやったら、まくさよりも、おおぶさを多めにしたらどうや」

半兵衛の言葉に、松吉は、なるほど、と頷いた。

草割りは寒天作りの中の要《かなめ》で、初心者の自分がするなど考えもしなかった。しかし、半兵衛の言う通り、腰の強さを求めるならば、まずそこから始めるべきだった。

半兵衛の提灯がよしずの間を揺れながら遠ざかるのを、松吉は見守る。自然、遠ざかる提灯に向かって、手を合わせていた。

翌日から松吉は、まずひとつのくさだけで寒天を作り、そのくさの持つ質《たち》を探ることにした。

どれも一種では寒天として食べられたものではない。どのくさをどのくらいの割合で混ぜれば良いのか、見当もつかない。とにかく片っ端から試すしかなかった。そうするうちに寒天場を閉める春が来て、すごすごと天満に帰ることになってしまった。

何の成果も上げられなかった松吉を、しかし井川屋では誰も責めなかった。

それに甘えて、翌冬も、松吉は半兵衛の寒天場にこもった。草割りに頭を抱えながら挑戦し、そうして作り上げたものを煮熟《しゃじゅく》して固め、天突きで突く。突いたものを凍てに晒す刻を、長くしたり、短くしたりする。そうした試みと失敗の繰り返しで、その一冬もまた無駄に終わってしまった。

寛政三年（一七九一年）、神無月《かんなづき》の十日。

暁七つ（午前四時）、唐突に半鐘が鳴り響いた。

松吉は飛び起きて、店の戸を開けて表に出る。火は目で確認できるところには出ていない。ほっとしたところへ、和助と善次郎、梅吉とが揃《そろ》った。

「火元はどの辺りや」

「へえ、見えしまへん」

ほうか、と和助はひとまずほっとする。半鐘の鳴り方にも、まだ余裕がある。

「大川の向こうやさかい、ここらには至らんと思うんだすが」

善次郎が低い声で呟いた。火事はこれまで幾度か経験したが、誰もが決して慣れることがない。四人は不安な面持ちで大川の向こうを眺めていた。

火の元が堀江と知れたのは、それから暫くしてからだった。堀江と聞いて、松吉は体中の血の気が失《う》せるのを覚えた。堀江には、真帆が暮らしている。

「松吉、あかん！」

飛び出そうとする松吉を、梅吉が背後から抱き付いて止めた。

「放してんか、梅吉。嬢さんが、嬢さんが」

梅吉を背負ったまま無理矢理にも行こうとする松吉を、左右から和助と善次郎が縋《すが》りついて止める。老いた店主は叫んだ。

「行かさしまへんで、松吉。みすみすお前はんを失うような真似《まね》が出来ますかいな」

力で振り切ろうと思えば振り切れる。しかし、松吉は苦渋の表情を浮かべたまま、がっくりとその場に座り込んだ。拳《こぶし》で幾度となく地面を叩き、声を殺して泣く。

真帆は一体、幾度、炎に襲われれば済むのか。

父も祖父も店も失い、顔に火傷《やけど》も負った。もう充分ではないか。さらにその命まで取ろうというのか。泣きながら拳で地面を叩き続ける松吉にかける言葉もなく、三人は、ただ呆然《ぼうぜん》と見守るばかりだった。

炎は堀江と島之内とを焼き尽くし、翌朝、鎮火した。のちに「寛政の南の大火」と呼ばれたこの火事は八十七町、一万三千余世帯を灰にしたのである。

じりじりと夜明けを待って、真帆を捜しに行こうと店の戸を開けた松吉は、戸板に何か細工されているのに気付いた。見ると、簪《かんざし》を戸板の隙間《すきま》に差し込んで、そこに布《きれ》のようなものがかけられていた。手に取ってみる。煤《すす》で汚れ、あちこち焼け焦げてはいたが、薄花色の手拭《てぬぐ》いと知れた。

それは確かな意図を以《もっ》て、そこに在った。刹那《せつな》、松吉の脳裏に井川屋を訪ねて来た日の真帆の姿が浮かんだ。そう、この手拭いは……。

――嬢さん

まだ近くに居る。松吉は、そこら中を走り回って真帆の姿を捜した。はっと思い至って天満宮に足を向ける。境内《けいだい》は罹災者《りさいしゃ》で溢《あふ》れていたが、その中に、お広を庇《かば》って蹲《うずくま》る真帆の後ろ姿があった。嬢さん、と駆け寄ろうとして、松吉はすんでのところで思いとどまった。本殿に向かって遠くから手を合わせると、松吉は天満宮をあとにする。

——嬢さん

帰り道。生きていることをそういう形で報《しら》せに来たひとを想《おも》って、松吉は、手拭いに顔を埋《うず》めた。そして、獣のように声を上げて泣いた。通りすがる人々は、大切な誰かを亡くして泣いているのだろう、と同情の眼差《まなざ》しを向けていた。

翌月、やはり松吉は原村へと出かけた。

草割りは試し尽くして、ある程度の勘が身についた。あと少し、そのあと少しに手が届かないのだ。だが、諦《あきら》めるわけにはいかなかった。ひとり、養母の手を引いて火の中を逃げ惑い、助かったら助かったで無事を知らせてくれた真帆。その真帆に報《むく》いたい。

しかし、松吉の意気込みを嗤《わら》うように、その冬も、やはり思うような寒天を得られぬまま終わってしまったのだった。

翌、寛政四年（一七九二年）、弥生《やよい》。松吉は二十四になっていた。

「頼むさかい、そう辛気《しんき》臭《くさ》い顔せんでくれや、松吉」

大川沿いの桜の下を歩きながら、梅吉は呻《うめ》いた。

「せっかく、旦那さんのお許しをもろて桜を愛《め》でに来たかて、そない何遍も何遍も溜《た》め息ばっかりつかれたら、こっちもたまらんで」

友の苦情に、吐息交じりで松吉は応じる。

「溜め息？　ついてたか？」

ああこれや、と梅吉は頭を抱える素振りをした。

大川の両岸の桜が競うように咲き誇っている。満開の花が空を染め、それが川面《かわも》に映り込んで、見る者を恍惚《こうこつ》とさせる。対岸の桜宮は花見客で賑わい、人出を厭《いと》う者はこちら岸からその様子を眺める。懐《ふところ》に余裕のある者は、船を仕立てて大川に浮かべ、優雅に両岸の桜を楽しむ。三味線《しゃみせん》の音や唄《うた》がここまで流れてきた。

「ほれ、見てみ。この世は春の盛りや。いつまでも、出来もせん寒天のことで、悩む必要は無いんと違うか」

まぶしそうに大川を眺めて、梅吉は言った。

そうかも知れん、と松吉はそっと唇を噛む。二十歳《はたち》の冬から始めて、四度の冬を棒に振った。ことに、この度の失敗は、松吉にも心底応えていた。火事を生き延びた真帆のためにどうしても、と願ったにも拘《かかわ》らず、何の進展も得られなかったのだ。

「真帆家の嬢さんも、今は元通りに、順慶町の夜見世で団子商うてはる。評判とってるし、二人食べていくのに、そう窮屈な思いもせんで済むやろ。もう、お前はんが昔を引き摺《ず》る必要もないのと違うか」

――梅吉の言う通りかも知れん

松吉は、腑《ふ》抜《ぬ》けた顔を空に向ける。

半兵衛の作る寒天は評判もよく、井川屋の商いを安定したものにしてくれていた。自分には嘉平の望む寒天を作り上げるだけの知恵も才覚も無かった。それなら気持ちを切り替えて、本来の商いで努力すべきではないのか。松吉は、視線を自分の両手に落とす。冬の寒天場での作業が染み付いて、手の皮は途方もなく分厚く、指も節くれ立っている。この手で、しかし、何ひとつ得られなかった。

――嬢さんとの約束を反古《ほご》にするんは辛《つら》いけんど、私にその力が無かったことをわかってもらうしかあらへんなあ

認めたくはなかった。しかし、認めるしかないのだ。

「もう原村へは行かへん」

松吉のかすかな声は、賑やかな三味の音に遮られて、梅吉の耳には届かなかった。

寛政は天災が少なきように、という誰しもの願いをよそに、その年の卯月《うづき》一日、雲仙岳《うんぜんだけ》が大噴火を起こし、一万五千人を超える死者を出した。九年前の浅間山の噴火、それに続く飢饉《ききん》、という記憶が蘇《よみがえ》って、人々の気持ちを暗くする。

そして翌月の皐月《さつき》十六日、ことはまさに天満で起きたのである。

未明、松吉は、余裕のない半鐘の音に飛び起きた。横で梅吉も布団を撥《は》ね飛ばす。

「近いな」

「梅吉、旦那さんと番頭はんを頼む。私は戸を開けて様子を見るよって」

「よっしゃ」

二人は丁稚部屋を飛び出すと二手に分かれた。

店の戸を開けて表に飛び出し、大川沿いに立った松吉は、ああ、と息を呑む。船場の辺りから上がる炎が空を真っ赤に焼いている。

否、大川を挟むのにあの半鐘の打ち方はない、そう思って目を西から北へと転じて、松吉の口から悲鳴に近い声が上がった。

「梅吉！」

その声に転がり出て来た梅吉は、松吉の指差す方向を見て、腰を抜かす。

大川を挟んで対峙《たいじ》する船場と天満、川の中ほどに埋め立てられた中之島、それらが一斉に燃え盛っていたのである。あろうことか、天神橋までもが炎に包まれている。天満側の火は天満堀川を飛び越えてこちらに向かうだろう。最早《もはや》、一刻の猶予もなかった。

「梅吉、べか車や。旦那さんと番頭はんを、べか車に」

梅吉に言って、松吉は店の中へ駆け込むと、布団部屋から布団を抱えて井戸に向かう。震える手で水を汲《く》み上げると、勢いよく布団にかけた。濡《ぬ》れた布団を抱え、急いで表に戻る。すでに梅吉が、和助をべか車に乗せて表に出していた。

「番頭はんも、早よ乗ってください」

「私はええ」

「ええから早う！」

松吉は善次郎を無理矢理べか車に乗せると、二人の頭上に濡れた布団を被《かぶ》せた。そうして先端にくくりつけた縄を肩に抱えると、梅吉に声をかける。

「梅吉、行くで」

「よっしゃ」

松吉が前から縄で車を引き、梅吉が後ろから押す。大川沿いに出ると、松吉は風を読んだ。火事が起こると自然ではない風が生まれる。今、風は東から吹いていた。

――よし、東や

松吉は満身の力を込めて縄を引いた。

北船場から天満にかけてを襲った火は、一昼夜かけて辺り一面を焼き払い、夜四つ（午後十時）頃に漸く鎮まった。被害は尋常でなく、町にして八十九町、一万五百四十二世帯を焼き尽くした。のちに「寛政の北の大火」と呼ばれる大惨事であった。

鎮火した町をべか車で戻りながら、誰も口を利かなかった。

闇の中で地面が火種を抱いてぼうっと赤く光って見える。松吉は足の裏が焼けるのも構わず、奥歯を嚙み締めて力一杯べか車を引っ張った。神か仏か知らないが、一体どれほど焼けば気が済むのか。松吉は、腹立たしさで身体《からだ》が震えていた。

「旦那さん、あれを」

背後で、梅吉が叫んだ。月明かりの下、松吉が顔を上げると、直《す》ぐ先に井川屋の店が焼け残って立っているのが見えた。両側と向かい側の店は無く、たった一軒、ぽつんと心もとなそうに立っていた。松吉は狂ったように縄を引っ張って走った。

「一体これは、どうしたことや」

和助は呻き、焼け残った井川屋を呆然《ぼうぜん》と見上げている。周囲が焼け落ちる中で類焼を免れたのは奇蹟としか言いようが無かった。

善次郎はその場に座り込み、両手を合わせて、

「天満の天神さん、おおきに、ほんまにおおきに、ありがとうさんでおました」

と、天満宮の方を一心に拝むのだった。

井川屋が助かったことで四人ともどっと疲れが出て、店に上がり込むなり、倒れるように眠った。どれくらい眠ったのか、松吉はふっと目を覚ました。

開いたままの戸口から、うっすらと朝陽が差し込んでいる。無用心や、と綿のように重い身体を持ち上げようとした時、戸口に立っている人物に気がついた。

「番頭はん」

松吉が呼ぶのと、善次郎ががっくりと膝《ひざ》を折って倒れ込むのと同時であった。

驚いて駆け寄り、番頭に手を貸して助け起こす。

「大丈夫だすか、番頭はん」

松吉の声に、和助と梅吉とが目を覚ました。

「善次郎、どないしたんや」

和助の声に、善次郎はよろよろと主の傍《そば》に歩み寄り、

「旦那さん、えらいことでおます。天満宮が、私らの天神さんが……」

と言ったきり、号泣した。

残る三人はその言葉に顔を合わせ、競うように外へ出た。天満宮目指して、よろよろと走る。しかし、朝靄《あさもや》と燃え残りの白煙のたなびく中、目を凝らしても、あるべき方向に本殿は見えなかった。そう、あるはずの天満宮が、無くなっていたのである。

「焼けた。焼けてしもた」

呻くように言って、和助は、焼けた土の上にへなへなと崩れた。

桁外れの被害を出した大火が続き、いかな粘り強い大坂商人も、大打撃を受けて立ち上がれない。町は文字通り灯《ひ》が消えたようになってしまった。焼けた天神橋は何とか補修されたが、それ以外はなかなか普請も進まず、船場も天満も焦土の目立つまま、秋を迎えていた。

「梅吉、山城屋はんのご寮さん、加減はどうやった？」

疲れた様子で戻って来た梅吉に、松吉はそう声をかける。

梅吉は、無言で首を横に振った。

山城屋は、店が焼ける前に何とか僅《わず》かな荷物だけ避難させたが、商い再開の目処《めど》は立たなかった。ご寮さんはあれきり寝込んでいるという。

「旦那さんと番頭はんは？」

梅吉に尋ねられ、今度は松吉が頭を振る。井川屋の店主と番頭、揃って、生気がなかった。無論、おのおのの務めは果たしているものの、以前のあの二人特有の掛け合いは全く聞かれなくなった。何より、二人とも一気に老け込んでしまったのだ。

前回、天満宮が焼失してから再建まで九年かかった。今度はどれほどかかるのか。和助は七十四歳、善次郎は五十九歳である。

果たして、生きて再びその目で天満宮を拝むことが出来るのか。再建に向けて何の尽力も出来ない今の井川屋を、店主和助は恥じ入り、善次郎もまた、その身を焼いてまで井川屋の身代を守った天満宮への寄進が叶《かな》わないことに、身を捩《よじ》っていた。

「せめて私らだけでも元気ださな。何ぞ美味《うま》いもんでも、こしらえるよって」

梅吉は言って、鍋《なべ》を手に三和土《たたき》に下りた。その横顔がいつになく沈んで見えて、松吉は少し気になった。梅吉、と言いかけて止めたのは、店の表で声がしたからだった。

「ごめんやす」

へえ、と松吉は大きく返事をして、店の方へ急ぐ。店の入り口で、中年女がこちらを窺《うかが》っている。松吉ははっと息を呑んだ。真帆の養母、お広だったのだ。

「おいでやす」

内心の戸惑いを隠して、松吉は低くお辞儀して迎える。

お広は、しかし、一度会ったきりの松吉を覚えていないらしい。

「ここは小売りは、してはらへんの？」

「へえ。あい済みまへん、問屋なもんですさかい」

松吉がそう言って断っていると、奥から和助が、足を引き摺りながら現れた。

「この辺りの小売りは軒並みやられたさかい、お困りなんやろ。松吉、ええからお分けし」

店主に命じられて、松吉は、へえ、と応える。

「おおきに、助かりました。寒天が娘の好物……」

言いさしてお広は、ふと口を噤《つぐ》み、和助をじっと見つめた。

「あの、間違《まちご》うてたら堪忍《かんにん》だす。けど、旦那さん、去年の火事のあと、天満宮で」

お広は言いながら、和助に近付いて行き、ああ、やっぱりそうや、と声を上げた。

「旦那さん、覚えてはらしまへんか？　火事で焼け出された私と娘に、懐の巾着《きんちゃく》ごと渡してくれはりました。自分も火事でえらい目ぇに遭《お》うたことがあるさかい、て言わはって」

松吉は、驚いて主を見た。和助は、悪戯《いたずら》がばれた子どものような顔をしている。敵《かな》わない。この人には敵わない、と松吉は胸を熱くしながら、そっと目を伏せた。

和助は、お広に「どうやったかいな、忘れてしもたなあ」ととぼけてみせる。

お広はその場に座って土間に手をつき、深々と頭を下げた。

「あのお銀銭《あし》で娘と二人、何とか生き延びることが出来ました。きっとお捜ししてお礼を、と思いながら今日まで過ごして参りました。この通りでおます、どうぞ、堪忍しとくんなはれ」

「止《よ》しなはれ、そないなこと」

和助がよたよたと土間へ下りて、手を貸してお広を立たせる。

「けど、あの時のお礼もまだだすし、ましてやお銀銭もお返ししてまへん」

「こっちもよう覚えてへんことやのに、返されても困りますで。けんど、せやなぁ……」

少し考えて、和助はぽんと手を叩いた。

「ほんなら、盛大、うちの寒天を娘はんに買《こ》うてもらいまひょ。確か、そう、おてつさんだしたなあ」

覚えていないはずが、娘の名前を口にしてしまい、和助は小さく舌を出した。それから改めて、お広にしみじみと言った。

「あんさんを庇う姿が健気《けなげ》で……ほんに、親孝行の娘さんで、宜しおましたなあ」

娘を褒《ほ》められて、女は、心底嬉《うれ》しそうに笑う。その顔に、もはや不安の影は無い。真帆は、もう紛れもなく「おてつ」なのだ。松吉は、俯《うつむ》いて唇を固く結ぶのだった。

その夜。

丁稚部屋で布団に入ったものの、松吉はなかなか眠れなかった。それはどうやら梅吉も同じらしく、何時《いつ》に無く、幾度も寝返りを打っている。

「梅吉、悩み事か？」

松吉が声をかけると、梅吉が起き上がる気配がした。そして梅吉の手で仕切り戸が僅かに開けられ、天窓から差し込む月の光で、互いの顔がわかった。

「松吉、頼みがある」

「何や？」

松吉も起き出して布団に座った。そうやって両膝を突き合わせていながら、梅吉はなかなか話を切り出そうとはしない。松吉は、辛抱強く待った。

月影の位置がずれる頃になって漸く、梅吉が口を開いた。

「私、山城屋に養子に行こうと思う」

「ええっ」

驚いて松吉は、梅吉に詰め寄った。

「何でや、梅吉。養子の話の出た三年前ならともかく、もう店も焼けてしもた山城屋はんに、何で今さら養子に行くんや」

「せやからや」

梅吉の、案外落ち着いた声だった。

「一人居った丁稚も里に去《い》んだそうや。山城屋はんには、私はほんまに可愛がってもろた。私はふた親を早うに亡くしてるさかい一層、それが身に沁《し》みた。旦那さんやご寮さんが何もかも失くさはった今やから、私は養子になりたい思てる」

絶句する松吉に、梅吉は、にっと白い歯を見せた。

「それになあ、もう焼けてしもた店なら、商いの苦手な私でも潰す心配も無いやろ?」

自分で言って、梅吉は、へへへ、と笑って頭を掻いた。つられて松吉も、笑いだした。朗らかに笑いながら、それぞれが互いに知られぬように手の甲で瞼《まぶた》を拭っていた。

神無月《かんなづき》、吉日。

「旦那さん、番頭はん、長いこと、ほんにおおきに、ありがとうさんでございました」

井川屋の奥座敷で、山城屋店主とご寮さんに挟まれた梅吉が、緊張した面持ちで両手をついてお辞儀をする。

「何や嫁に出すみたいやなあ、善次郎」

和助が脇の善次郎に苦笑してみせた。へえ、と善次郎も目を瞬《しばたた》く。

「梅吉のお陰で、私もこれも、生きる張り合いが生まれました。お許し頂いた井川屋はんには、何とお礼を言うたらええのか……ほんまに何と……」

山城屋は声を詰まらせ、ご寮さんは手をついたまま肩を震わせた。

和助、善次郎、松吉と、新しく雇い入れた女衆とに送られて、梅吉は新しいふた親と肩を並べて井川屋を出て行った。その背中を見つめながら、松吉は、自分も決心しなければ、と強く拳を握るのだった。


梅吉が去って、数日が過ぎた夜。

「旦那さん、番頭はん」

帳場の和助と善次郎が、その声に顔を上げる。

店から奥へ通じる板敷に、松吉が手をついて座っていた。

「何や、松吉、まだ休んでなかったんか?」

「へえ。お二人に、ご相談したいことがおます」

口調が硬い。主人と番頭は密やかに互いを見合った。

まあ、こっちゃおいで、と和助が手招きをする。善次郎が疑わしげに聞いた。

「よもや、お前はんまで、何処ぞへ養子に行きたい、とでも言い出すのと違いますやろな」

松吉は、鼻から深く息を吸い込んで気持ちを整えると、一気に声を絞り出す。

「原村へ行くお許しを、頂きとうおます」

主と番頭、二人同時に息を呑むのがわかった。

松吉はそのまま板敷に額を擦《こす》り付けて、お頼もうします、と声を絞りだす。

「ええ加減にしなはれ」

珍しく和助が、声を荒らげた。

「もう充分のはずや。お前はん、一体なにを考えてる」

「旦那さんの言わはる通りだすで。松吉、お前はんの留守の間に、また、この夏のような大火に巻き込まれたら、どないするんだす」

善次郎の言葉は、松吉の胸を刺した。一番辛い指摘だった。

「旦那さん、番頭はん、どうぞ堪忍してください。それでも私は、原村へ行きとおます。どないしても、行きとおます」

一度は諦めかけたことだった。しかし、身代を失った山城屋へ養子に入った梅吉の意気に、目を開かれる思いがした。
　今、ここで諦めるわけにはいかない。井川屋のため、亡くなった嘉平のため、真帆のため、そして自分自身のために、諦めることは出来ないのだ。
「私は許さへん。どうあっても、許しまへんで」
　厳しい口調で言い捨てて、和助は痛む足でよろけながら立ち上がった。そして、松
吉の脇をすり抜けると、右足を引き摺りながら奥へと向かった。
「松吉、旦那さんに、お詫びに行きなはれ」
　善次郎が言って、慌てて和助を追う。しかし、松吉は板敷に額を押し付けたまま、
動こうとしなかった。
　翌朝、まだ薄暗いうちに、松吉はそっと店を出た。
　自分をおいて他に若い男の奉公人の居ない井川屋。七十四歳と五十九歳の二人を残
して行くことは心底辛く、申し訳のなさに胃の腑が捻《ね》じれる思いだった。松吉は店に
向かって深く一礼すると、迷いを振り切るように早足で歩き出す。
　胸の中で天満宮に手を合わせながら、ひたすらに前を目指した。

第八章　結実ひとつ

「何やて、井川屋の旦那《だん》さんのお許しも得んと出て来た？」

松吉から事情を聞いた半兵衛が、呆《あき》れている。

「何とまあ……。奉公人が主人に逆らうてなこと、私らの時代には考えられへんかったがなあ」

寒天場の棟梁《とうりよう》の言葉に、へえ、と松吉は身を縮める。

ことを伏せて寒天場に立つことも出来たが、やはり、半兵衛には正直に話しておきたかった。

「お侍やったら脱藩やな」

半兵衛はにやりと笑い、ぽんぽん、と松吉の肩を叩《たた》いた。

「まあええ。旦那さんが納得しやはるような糸寒天を作ったらええだけの話や」

救われた思いで半兵衛を見て、松吉は、へえ、と頷《うなず》くのだった。

その冬、常は積雪の少ない原村に、珍しく雪の舞う日が続いた。凍てを遅らせるため、雪は寒天作りにとっては天敵である。

「こらあかん、今朝は、天出しを控えよか」

棚場に立って空を見上げていた半兵衛が、無念そうに首を振った。早朝から大きな牡丹雪《ぼたんゆき》が降り積もり、一向に止《や》む気配がない。

棟梁の半兵衛の判断で、棚場のよしずに心太《ところてん》を並べる作業を控えることになった。皆が小屋に引き上げる中、松吉はふと、天突きで突いて細くした心太を、この雪に晒《さら》したらどうなるだろう、と思った。

「松吉、何してる。小屋に戻るで」

半兵衛に呼ばれて、松吉は頭を振りながら、小屋へと引き上げた。

半兵衛の寒天作りは、毎年、少しずつ工夫が加えられている。

最初は棟梁として、美濃志摩屋で学んだことを、頑《かたく》なに守っていたと聞く。だが、寒天場に立つのが本職の寒天職人ではなく、平素は農作業に勤《いそ》しむ百姓だったことから、自然と、思考に柔らかさが生まれたという。

「こっちが思いもせえへんことを、あれこれ尋ねてくるんで、ほんに面白い」

半兵衛はそう言って、よく笑っていた。

今年は、四角く切った心太に、釘《くぎ》で何ヶ所か穴を開けていく作業が工程に加えられた。小屋に引き上げた後、天出し前の心太に、一同、黙々と穴を開けていく。

「半兵衛はん、何でこないなことを？」

松吉に問われて、「さあ、それや」と半兵衛は嬉しそうに身を乗り出した。

「寒天は見栄えも大事やろ。角がきれいに立って、縮みや凹《へこ》みが少ない方が良い。一番始末が悪いんが縮んでしまうことや。縮むと同時に、凹むし、角も取れてしまうからなあ。何とか縮まん方法はないか、て長いこと考えてたんやで。そしたら、ある日、薬喰《くすりぐ》いで鴨《かも》を料理してくれた嬶《かかあ》たちが、鴨肉に細《こま》こう包丁を入れてるんを見たんや。隠し包丁いうてな、そうやって細こうに穴を開けておいたら、焼いても肉が縮まへんのやと。そら面白い、思てな。それで干す前の心太に、釘で穴を開けて試してみたら、これがなかなかええのや」

なるほど、気付いたことは片っ端から試して、そこから糸口を見つけるのが半兵衛はんなんやな、と感心する。ふと、先ほど思いついたことを試してみようか、という考えが頭を過《よ》ぎった。

その日の雪は、降ったり止んだりを繰り返した。松吉は、夜、こっそりと棚場へ出向いた。手には四角い心太の塊《かたまり》と天突き。よしずの上に、心太を天突きで突いたものを広げていく。ここまでは慣れた作業だった。

「ああ、また雪や」

牡丹雪が、今、突いたばかりの心太《ところてん》の上に、ふわりふわりと積もっていく。

松吉は、それをじっと見つめるだけで、手は出さない。雪が心太を覆ってしまうまで、ただ見つめていた。雪が止み、原村の凍てが本領を発揮する。身を切るような寒さに、心太に積もった雪が固く凍りつく。それを確かめて松吉は小屋へ戻った。

翌朝は、雪もなく気持ちの良い晴天となった。

棟梁半兵衛の指示のもと、一斉に天出し作業が始まる。

「松吉、これは？」

棚場の隅の昨夜の心太を見つけて、半兵衛が尋ねる。

天突きで突き出した心太に雪が積もり、堅く凍えていた。

「へえ。雪が被《かぶ》るままにしてみたんだす」

「ほうか。雪の布団を着さしてもろたんか、お前《ま》はんら」

半兵衛は人に語りかけるように言って、指先でちょいとそれを突《つつ》いた。

お天道さまが昇り始めると、心太の周囲の雪からまず融け始める。雪がすっかり融けてから、中で凍てた心太が陽光の恩恵を受ける。

寒天は湿気を嫌う――それが寒天場での常識だった。

これも無駄に終わるかも知れない、と思いながらも、松吉は心太を見守った。夜に凍て、日中に乾く。そんな朝夕を繰り返すこと七日、麺ほどの太さだった心太は、細く、軽くなり、よしずの上できらきらと輝く絹糸のような寒天となった。

それを水で戻し、軽く絞って鍋《なべ》へ入れて煮溶かす。これまでとは違った手応《てごた》えを、松吉は覚えた。

「ほう、綺麗《きれい》に溶けたやないか、松吉」

脇《わき》から鍋を覗《のぞ》き込んだ半兵衛が、嬉《うれ》しそうに言う。

今回はひょっとしたら、と胸を躍らせ、常温で固まるのを待った。指で押してみて、戻ろうとする力を確かめる。

「固い……しっかり固まったみたいだす」

小刀で固まった寒天を切り取ると、一片を半兵衛に差し出し、一片を自分の口に入れた。咀嚼《そしゃく》した途端、松吉は瞠目《どうもく》する。こちらの歯を押し返してくるような弾力。無理にも嚙《か》み締めれば、ぷりぷりとした歯応えが心地よい。

半兵衛が、目を剝《む》いたまま松吉を見る。

「この嚙み応え……こんな寒天、知らん」

呻《うめ》くように言って、半兵衛は、松吉の両腕をぐっと摑《つか》んだ。

「どえらいもん作りよったな、松吉。お前はん、ただもんと違う」

半兵衛に揺さ振られても、松吉は半信半疑だった。

「半兵衛はん。この、この寒天で、ええんだすやろか？」

「ええも悪いも。こんな寒天、私は知らんで。どえらいことや」

半兵衛は立ち上がると、どえらいことや、どえらいもん作りよった、と口の中で繰り返しながら、小屋の中をそわそわと歩き回る。ここまで興奮した半兵衛を見るのは初めてだった。

しかし、松吉は直《す》ぐに、大変なことに気付く。

「半兵衛はん、これは偶々《たまたま》できた物だす。これと一緒の物が作れるかどうか」

「さあ、それや松吉」

半兵衛は立ち止まった。これがただ一度の偶然の産物で終わっては、何の意味もないのだ。

「手掛かりは雪や、雪が要になる」

半兵衛の言葉に、松吉は空《から》の桶《おけ》を手に小屋を飛び出した。

北側に溶け残っていた雪を桶一杯に満たして戻る。その間に半兵衛が心太と天突きを用意して待っていた。二人は、前回と同じ状況を作り出して、全く同じ物が作れないか、試そうとしたのである。

「見てみ、松吉」

深夜、提灯《ちょうちん》の明かりを翳《かざ》して、半兵衛が棚場の寒天を示す。

左に、雪の布団を被《かぶ》せた心太。右に、ただ突いただけの心太。

「どっちも、かちかちに凍ってます」

「せや。けんど、こないしたらわかるやろ？」

半兵衛は、それぞれの寒天を、中ほどでぱきんと二つに折った。そうして、断面を並べて松吉に示す。薄暗い明かりの下で目を凝らしたが、松吉には、両者の違いがよくわからなかった。松吉は躊躇《ためら》わずに、双方を交互に口に入れて咀嚼した。ああ、と声が洩れる。はっきりとした違いがあった。

「こっちの雪を被ってた方は、まだ中が凍ててまへん。けんど、こっちは中まで凍りついてます」

せや、と半兵衛が嬉しそうに頷いた。

「私がこれまで作ってきたもんかてせやけど、凍てが強すぎて芯《しん》から凍ってしもたら、寒天はあかんのや。ええ寒天は、外の肌からゆっくり凍る」

「せや。天突きで突いた心太《ところてん》は、それで無《の》うても細いから、どないしても芯から凍てしまうやろ？　けんど、雪の布団をかけたら、芯は守られて肌から凍ることが出来る。あの腰と歯応えを生んだ訳は、そこら辺りにあるのと違うやろか。もちろん、お前はんの考えた草割りも良かったんやろ」

半兵衛の言葉に、松吉は、なるほど、と大きく頷いた。

見つけた手掛かりをつぶさに観察し、理由を探る。ただ一度の偶然を、永続する成果に変える――半兵衛の底力を垣間見《かいまみ》たように思った。

「問題は、雪やな」

初めて難しい顔になり、半兵衛は肩を落とす。

「ここらでは、滅多に雪は降らん。糸寒天を作り続ける条件が揃《そろ》わんのや」

「ほな、雪を作ったらどないだす？」

「雪を作る？　そら無理や」

眉《まゆ》を顰《ひそ》める半兵衛に、松吉は、つい、大きな声を上げた。

「無理やおまへん」

幼い頃、熱を出して苦しむ松吉に、母は手桶に張った氷を削って器に盛り、「鶴之

「外の肌から？」

輔、雪ですよ」と口に含ませてくれた。雪の少ない苗村で、母が絞った知恵だった。

「刃物で削った氷は、ほんまに雪みたいだした」

なるほど、と半兵衛が唸《うな》る。

「氷やったら、何ぼでも作れる。氷を削って雪にするとは、思いつかんかった」

作れる。あれと同じものを、もう一度。

膝《ひざ》ががくがくと震えだすのを、松吉は止めることが出来なかった。

翌日から、松吉と半兵衛は、桶に張った氷を手にして、棚場に立った。予《あらかじ》め削った氷を使うよりも、その場で削ってかける方が良い、というのは直ぐにわかった。あとは、どういう状態の心太にかけるのか、どれほどの量をかけるのか、細かい試みを繰り返す。そうやって、漸《ようや》く、これならば、と思う手法を見出したのだった。

出来上がった寒天は、純白の絹糸のように、一本一本が輝いて見える。

半兵衛は、それを陽に翳して、飽かず眺めていた。

「松吉、寒天は固める前に一遍、漉《こ》した方がええで」

煮溶かした寒天を、そのまま木箱に流し入れようとする松吉の手を、半兵衛が脇から、さっと押さえる。

「そうした方が舌触りが滑らかで、糸寒天の良さが、きっと引き立つよって」

へえ、と応えて、松吉は目の細かい笊《ざる》を見つけてくると、それで漉した。

完成した寒天を切り分けて、半兵衛と共に食す。二人は暫《しばら》く無言で、ゆっくりと寒天を咀嚼する。

互いの目が合った。半兵衛の瞳《ひとみ》が嬉しそうに笑っている。

それを見て、松吉も笑ってみせようとしたが、ふいに目の前が潤んで半兵衛の笑顔も霞《かす》むのだった。

前島浜を出た三十石《こく》船は、糸寒天を大切に抱えた松吉を乗せ、天満八軒家を目指す。

真帆との約束を果たせた、という思い。

主人と番頭に早くこの糸寒天を見せたい、という思い。

嘉平が生きていたなら、これでどんな料理を作っただろうか、という思い。

満天の星を眺めながら松吉はあれこれと考えた。しかし、そのうち船の揺れが妙に心地よくなり、すし詰めの船の上でうとうとと寝入ってしまった。

どれほど経《た》っただろうか、途中、激しい怒声に眠りを破られた。

何ごとかと目をこすって外を見ると、明かりを翳した小船から、身を乗り出すように男たちが叫んでいる。

「酒くらわんか」

「ごぼう汁、くらわんか」

枚方名物「くらわんか船」であった。三十石船が枚方鍵屋浦浜《かぎやのうらはま》へ着くと、小船を寄せて酒や飯を半ば強引に売りつける手法は、しかし、この地の風物詩として、旅人に大層親しまれている。

「餡餅《あんもち》はおますか？」

松吉の隣りの老女が、か細い声で聞くが、とても相手の耳に届きそうもない。

「餡餅は、そこにおますか？」

松吉が代わりに大きな声で尋ねてやると、船頭は首を横に振った。

「餡餅はあらへんが、羊羹《ようかん》やったらあるで」

羊羹、と聞いて松吉はふと、それが主人和助の好物だったことを思い出した。懐《ふところ》には僅《わず》かだが銭があった。

「ほなら私、その羊羹を頂きまひょ」

老女が、くらわんか船の船頭に呼びかける。今度は届いたようだ。松吉も咄嗟《とっさ》に、こっちにも羊羹をひとつ、と声を上げていた。

棒の先に鉢がついたものがぬっと差し出される。中に蒸し羊羹が二つ、入っていた。

老女と一つずつ取り合って中にそれぞれ銭を入れると、鉢は引っ込んだ。竹の皮に包んだ羊羹は、随分前に蒸された物らしく、ほんのりとした温《ぬく》みさえ残っていなかった。松吉はそれを、そっと懐に入れる。途端に、ああ、という声がした。隣りの老女が松吉の懐を注視していた。

「あんさん、そないなとこに入れたら、せっかくの羊羹がわやだすで」

きょとんとする松吉に、老女は袂《たもと》から何かを引っ張り出しながら言う。

「蒸した羊羹は水気が多いよって、それで無《の》うても日持ちがせえしまへんのや。さ、これ。これに包んで、腰なとぶら下げたらよろしおます」

袂から出て来たのは、古い風呂敷《ふろしき》だった。

もう使わないから、と差し出されたそれを、松吉は感謝して受け取ると、蒸し羊羹を取り出して包み、言われた通り腰に下げた。

「お土産《みやげ》にしはるんだすか。私は口いやしいさかい、ここで食べてしまいますのや」

老女は言って、嬉しそうに竹の皮の包みを開く。だが、中を見て、あからさまにがっかりした。べとついた色の悪い羊羹が、竹の皮の内側にねっとりと張り付いている。舟の上のことでもあるし、彼女は楊枝《ようじ》なども使わず、竹皮から直に口へと運んだ。噛んで飲み込んだ途端、はあっ、と大きく肩を落とした。

「あきまへん。これはあきまへんわ」

「ほんまだすか、それは災難な」

この世の終わり、という体《てい》の老女に、松吉は顔を曇らせた。

実は、彼自身は、蒸し羊羹を口にしたことがない。知らずにとんでもない代物を、主人に渡してしまうところだった。

「あんさん、そない不味《まず》い羊羹、お土産にせん方が宜《よろ》しおますで。もうここで、食べてしまいなはれ」

と老女に言われ、それもそうだと思い、腰の風呂敷を解いて羊羹を取り出した。

口に入れるなり、ああ、これは違う、ということがわかる。蒸し羊羹を食べたことが無くとも、幼い日、美濃国の大納言の濃厚な味を覚えている舌は、即座に「これは偽物だ」と訴えた。小豆の風味が、完全に消えてしまっている。

松吉が顔をしかめるのを見て、老女は溜《た》め息混じりに言った。

「餡の量をえらい始末してからに。安う上げるために、つなぎの粉を倍にして蒸してあるんだすわ。粉も多分、これは米と違う、麦やろなあ」

「つなぎ?」

「へえ、つなぎ。餡だけやったら、どないに蒸したかて固まらへんのだす。固めるために使うもんを、つなぎ、言うんだすで」

遠くで雷鳴が聞こえる。

老女は、雨やろか？　と心配そうに空を見上げた。松吉はその雷鳴が、自分の中で轟《とどろ》いているように感じる。

——何やろか？　今、何やえらい引っかかったんや。今……

〈例えば、茹《ゆ》でて潰《つぶ》した里芋を寒天で固められるか？〉

嘉平の声が、耳に蘇《よみがえ》る。

茹でて潰した里芋。寒天で「固める」と思うから、完成した姿が頭に浮かばないのかも知れない。しかし、それを「つなぐ」と考えればどうか。

松吉は手にした蒸し羊羹をじっと見つめた。餡ではなく、里芋。里芋を寒天でつなぐのだ。しかし、料理人でない松吉には、その味を思い描けない。

——せや、茹でて潰した里芋かて、練り上げた餡かて、粘りのあるものいう点では一緒や。ほんなら、何も、里芋に拘《こだわ》らんかてええのやないか
母上の餡。苗村の小豆と砂糖とを丹念に練り上げた、あの餡。

あれを寒天でつないだらどうだろう。想像するだけで胸が高鳴る。松吉はそっと脇に抱えた糸寒天の包みに触れた。この糸寒天が、そうした「つなぎ」になるか否か、

ともかく試してみたいと思った。

船が八軒家に着くと、松吉は真《ま》っ直《す》ぐに天満宮へ向かった。

再建はまだ遠くとも、宮司、社家のみならず、氏子たちも手入れを怠らず、焼け跡の無残な姿から信仰の場としての佇《たたず》まいを取り戻していた。そのことに、松吉は救われた思いがする。

手前に、あの老松が焼かれて半分の丈になって、しかし何とか立っていた。真帆家を失った大火の際、この前に平伏し、根に頭を擦《こす》り付けて祈ったことを思い出す。

松吉は、そっと老松の幹を撫《な》でた。そして、失われた社殿に深く頭を下げ、糸寒天完成の報告を済ませた。

「まあまあ、松吉さん、お帰りやす」

表を掃いていた女衆《おなごし》が目ざとく松吉を見つけると、店の内に向かって、松吉さんが戻らはりました、と声を張った。

「旦那さんも番頭はんも、今か今かて、朝からずっとそわそわしてはりましたで」

女衆は、くすくすと笑いながら言い添えた。

「私が今朝の船で着くて、知ってなはったんだすか？」

「へえ、半兵衛はんから、文《ふみ》が届いてました」

お侍やったら脱藩やな、と笑っていた半兵衛が思い浮かぶ。高かった井川屋の敷居が、ぐんと低くなった。

「何してるんや、早よ入りなはれ」

唇を尖《とが》らせて番頭が入り口に顔を出した。その後ろに店主も控えている。

「旦那さん、番頭はん、えらい勝手をしました。この通りでおます」

土下座しようとする松吉の腕を、両脇から店主と番頭が抱え込んだ。

「そないなことは、あとや、あと」

「松吉、早よ、旦那さんに糸寒天をお見せしなはれ。ほれ、早よう」

二人に引き摺《ず》られるように、松吉は店の敷居を跨《また》いだのだった。

井川屋の、奥座敷。

煮固めて一寸角に切り、器に盛られた寒天を前に、和助と善次郎とが声を失っている。部屋の隅に控えた松吉は、緊張した面持ちで二人が言葉を発するのをただじっと待つ。半兵衛から太鼓判は押されていたが、やはり店主と番頭の評価が恐かった。

「これは、何ということや」

大きく息を吐きながら、和助が声を絞り出した。何ということなんやろか、と。

「創業から四十五年、この井川屋の主人をやらしてもろてるけんど、こんな噛み心地の寒天、私は扱うたことない。なあ、善次郎、お前はんはどうや」

番頭は、主《あるじ》に促されて口を開いた。

「はあ。えてして大坂の者は、饂飩《うどん》でも豆腐でも何でも、柔《やろ》こいのが好きでおますよって、こないに歯ぁにあたるもんはどやろ、とも思うんだすが」

番頭の言葉に、松吉の肩が僅かに落ちる。

だが、意外にも善次郎はこう言葉を続けた。

「けんど、こないなご時世、柔こい頼りないもんより、よう噛んで腹の膨れるもんの方が宜しおます。私は歯ぁが悪いよって、噛み辛《づろ》うはおますけんど、これに黒蜜《くろみつ》でも回しかけたら、美味《おい》しおまっしゃろなあ」

「はあ、そら面白い！」

和助が、番頭の案にぽんと膝を打った。

「もっと小さい賽《さい》の目ぇに切って、甘う煮た小豆やら、えんどう豆やらを混ぜて、黒蜜をかける、いうのはどうや」

「宜しおますなあ、旦那さん。何や久々にこう、力が湧《わ》いて参りました」

旦那と番頭とが、手を取り合わんばかりに喜んでいる。

その様子に、松吉はほっと額の汗を拭《ぬぐ》った。

「松吉、どやろか。お前はんが精魂込めて作ってくれたこの糸寒天、売る方は、私と善次郎とに任せてくれへんか」

店主の隣りで、善次郎が、どんと胸を叩いてみせる。

ふいに込み上げてくるものがあって、松吉は畳に手をつき、じっとその波が静まるのを待った。

その夜のことである。

松吉は、主人に肩を貸し、その身体を支えながら、夜の町へ出た。風呂屋《ふろや》へ行くはずが、東横堀川に沿って南へ南へと足が向いている。安堂寺橋まで来たところで、流石《さすが》の松吉も、弱った声で店主に訴えた。

「旦那さん、このままやと風呂屋で無うて、順慶町へ行ってしまいます」

「せや、そこの夜見世《よみせ》の団子屋に用があるんや」

松吉の足が、ぴたりと止まる。

「どないした、松吉。早よ行こ」

「堪忍してください、旦那さん。私はもう……もう二度と、嬢さんには逢《あ》われしまへんのだす」

「真帆家の嬢さんにやったら、私も会う気はおまへん。団子屋のおてつに、会いに行きますのや」

にんまりと和助は笑い、痛む右足を引き摺りながら、先に歩きだした。

順慶町の夜見世は、変わらず賑《にぎ》わっている。けれど、大火の影響だろうか、昔は確かにあった贅沢品《ぜいたくひん》を売る見世は、姿を消していた。

真帆の団子屋は行列が幾重にも出来ているので直ぐにわかった。売り子に若い娘を雇い入れたらしく、その娘とお広とが客の応対をしている。真帆はというと、こちらに背を向けて、団子を詰める作業に専念していた。松吉は、疼《うず》く胸を抑えてその後ろ姿を見つめる。あ、と松吉はあることに気付いた。

真帆の髪を手拭いが包んでいるが、それは顔の方へ垂らされてはいない。

——嬢さん、お顔を隠してはらへん

真帆は、時折り、詰めた団子を母親に渡すために振り返る。ことさら顔を隠すわけでもなく、仕草はごく自然だった。そんな真帆に、奇異な目を向ける客も居ない。

〈これからは、こちらの火傷の顔で、『てつ』として生きていこうと思てます〉

真帆の言葉が蘇って、松吉は、真帆の心の強さに目を開かされる。

——せや、昔の嬢さんの面影を重ねて、今のあのおひとを、気の毒やとか可哀想《かわいそう》や

とか思うのは違う。違うんや

「まあまあ、井川屋の旦那さん」

お広が目ざとく和助を見つけ、屋台を抜けて駆け寄った。

「女将《おかみ》さん、繁盛で何よりやな」

「へえ、いっつもお心にかけて頂いて、ありがとうさんでございます。今、おてつにも、ご挨拶《あいさつ》させますよって」

真帆を呼びに戻ろうとするお広を、和助が、構へん構へん、と制する。そうして松吉を自分の前に押し出すと、お広に言った。

「これ、うちの店の者で松吉、言いますのや。私の足がもうあかんでな、今度からこれを使いによこすさかい、よう顔を覚えといておくんなはれ」

「まあまあ、旦那さん、それやったらわざわざお使いをよこさはらんでも、うちからお店へお届けに伺いますよって」

「そらありがたい。けんどまあ、これが来たら気ぃ良う団子、渡したってな」

和助に念を押され、お広は、松吉をじっと見た。

「へえ、松吉さん、しっかりお顔、覚えさして頂きましたで。あ、旦那さん、今、お団子をお持ちしますよってに」

言ってお広は、屋台に駆け戻る。その姿を目で追って、和助が言った。

「いつぞやの銀銭、返す返すて煩《うるさ》いよって、ほんなら団子で返してもらおか、いうことになったんや。月に一遍か二遍、一折りもろてる。おかげで『おてつ』とも、すっかり顔馴染《かおなじ》みや」

養母から耳打ちされて、真帆がこちらを向いた。顔半分の火傷は以前のままだが、少女の面影は完全に消え、凛《りん》とした立ち姿の美しい女性になっていた。

一瞬、夜見世の雑踏が掻《か》き消され、真帆と松吉のふたりだけが、音の無い世界に入り込んだようだった。

真帆は松吉を認めると、大きく双眸《そうぼう》を見開いた。そしてじっと松吉の目を見つめる。その瞳が問いかけているのを悟って、松吉は、胸に右の掌《てのひら》を当て、深く頷いた。

決別の日、天神橋の上でそうやって誓った姿の通りに、頷いてみせたのだ。

真帆は瞳を閉じ、大きく息を吐く。再び双眸を開いた時、それが潤んでいるのが遠目にもわかった。真帆は、両の掌を胸の前で合わせると、こちらに向かって深々と頭を下げる。ふたりだけに通じる仕草であった。

戻って来たお広から団子の折りを受け取ると、和助は松吉の肩を借りて、夜見世をあとにする。通りを抜けて東横堀川まで戻ったところで、和助は、松吉の顔を下から覗き込んでにやりと笑った。

「もう母親への紹介も済みましたよって、これからは堂々と逢いや。ただし、『おてつ』としてな」

糸寒天を苦労して作り上げたお前はんへ、これが私からの褒美《ほうび》だす、と言って和助は、からからと高笑した。


翌、未明。和助は、布団からむっくり上体を起こすと、鼻をひくつかせた。

「何やろか、この匂《にお》いは」

七十五歳になり、目も耳も衰えたが、幸い鼻と口は達者だった。女衆の煮る茶粥《ちゃがゆ》の匂いとは全く異質な香りが漂ってきた。

起き出して、足を引き摺りながら台所へ向かう。近付くにつれ、甘い匂いが強くなる。ああ、これは餡を煮る匂いや、と和助は見当をつけた。

「善次郎」

廊下の脇から台所を窺《うかが》っている人影に気付いて、和助は低く声をかけた。

薄暗がりの中で番頭が振り返って、同じく低い声で応える。

「旦那さん、台所《だいどこ》に誰ぞ居ります。泥棒だすやろか?」

「泥棒が悠長に台所で餡なんぞ煮るかいな。大方、女衆が賤《いや》しん坊《ぼ》してるんやろ。まあ、見逃したんなはれ」

「旦那さん、それでは示しがつきまへん」

番頭は言い放ち、足音も勇ましく三和土《たたき》に下りて怒鳴った。

「何してますのや。隠れてこそこそと」

その声に、へっついの前に屈《かが》んでいた人影が、ぎょっとしたように立ち上がった。

「す、済んまへん」

女の声ではなかった。善次郎が隅に置かれていた灯明皿《とうみょうざら》を翳す。ぼんやりした明かりが、大きな図体を縮めて頭を下げる松吉の姿を映し出した。善次郎は、ぽかんと口を開けたまま棒立ちになった。

「松吉、これは一体どういうことや」

常は食事を摂《と》る板敷に、店主、番頭、丁稚《でっち》が膝を詰めて座っている。

和助にまずそう問われて、松吉は、へえ、と項垂《うなだ》れた。松吉の脇に、小鍋と皿が置かれている。皿の上には、餡を剝《は》ぎ取られた団子が無残な姿で載っていた。

裸に剝《む》かれた団子に目をやって、善次郎が呆れ果てた、という体《てい》で言った。

「奉公人が勝手に台所使て、こないな時分に物つくって口いやしいに食べるやなんて、聞いたことおまへんで。松吉、お前はん、一体何年、ここでご奉公してるんだす」

「食べよう思てたんやおまへん」

思わず、大きな声が出た。

「私はただ、糸寒天が『つなぎ』として使えるかどうか、確かめたかっただけだす」

三十石船での出来事。老女から言われた「つなぎ」という言葉。蒸し羊羹から思いついた、寒天で餡をつなぐこと。

夜、布団に入っても、何とか餡を手に入れて試してみたい、という思いが頭から溢《あふ》れそうだった。ふと、真帆の団子の衣が餡で出来ているのを思い出し、居ても立ってもいられなくなった、と松吉は、必死で和助と善次郎に訴える。

聞き終わって、ううむ、と和助が腕を組んだ。

「固めるんや無うて、つなぐ、いうことか。しかし、練り上げた餡を寒天でつなぐ、てどないなことになるのか、私には見当もつかん。善次郎、お前はん、どない思う」

問われて善次郎、すっと手を伸ばして小鍋を取った。

団子から剝がされた餡が、少し水を足されて練り上げられている。それにじっと目を落として考え込んだあと、番頭は徐《おもむろ》に口を開いた。

「見当がつかんからこそ、松吉も、こうやって試そうとしたんだすやろ。旦那さん、私は面白いと思います。これに、思う存分、やらせてみとおます」

　松吉が、驚いて腰を浮かせた。善次郎が、松吉を見て、しっかりと頷く。番頭は再度、主人に視線を戻すと、こう言い添えた。

「糸寒天が餡のつなぎとして使えることがわかれば、今までご縁のなかった菓子店にも、井川屋の寒天を使てもらえます。嘉平はんの言葉やおまへんが、それこそ、料理の幅が広がり、商いのお客の幅も広がります」

　和助が、静かに腕組みを解いた。

「善次郎、松吉が持ち帰った糸寒天な、あれを二つに分けなはれ。うち一つは、松吉に好きなように使わしたり」

　へえ、と善次郎が板敷に手をついて、主人に頭を下げた。

「松吉、今、井川屋には、お前はんに小豆も砂糖もふんだんに使わせる余裕はないが、せいぜい始末してやっとおみ。それでええか？」

　主人に問われて、松吉は、へえ、と答えるのがやっとだった。

　和助と善次郎に背中を押されたことが、何よりも嬉しかった。

第九章　迷い道

長年、寒天を商って来た和助は、その売り方を心得ていた。

春の間に豆と黒蜜《くろみつ》を吟味し、夏、暑さが本格的になった時。糸寒天を煮固めてから賽《さい》の目に切り、大川の水でよく冷やし、甘く煮た小豆をあしらって、小さな鉢に盛る。これに黒蜜を回しかけ、「虫養《むしやしな》い」と称して店を訪れた客に出した。虫養い、というのは文字通り、腹の虫をなだめる、ちょっとした食べ物、という意味だ。銭は取らない。あくまで顧客への感謝の気持ちとして無料で提供したのである。だが、出された方は、涼味溢《あふ》れる未知の味わいに心底驚いた。

「知ってなはるか？　あの井川屋の」

「ああ、あれは一遍食うたら忘れられん。銭も取りよらんさかい、土産《みやげ》にも出来ん。せっせと店に足運んで寒天買わなしゃあないで」

不況の最中とはいえ、元来が口の肥えた大坂人の噂《うわさ》になるほどに、井川屋の「虫養い」の存在は知られていった。だが、今回松吉が持ち帰った糸寒天は両腕で抱えられるほど。しかも半分は松吉の試みのために用いているのだ。

和助は、残り全《すべ》てを店で出す「虫養い」用に回した。一文の利益も出さなかったが、そうやって糸寒天の存在を予《あらかじ》め宣伝しておいて、来年の売りに賭《か》けたのである。

一方、松吉はというと、手があけば必ず台所にこもり、餡《あん》と格闘していた。

「松吉、餡をもろて来たで」

山城屋の跡取りとなった梅吉が、慣れた足取りで裏口から台所へと顔を出す。

走り（流し）の前で、松吉が難しい顔をして木箱を覗《のぞ》いていた。

「どうや？　今度は」

問われて松吉は、あかん、と首を横に振る。

「どないしたかて、餡と寒天とがきれいに混ざりおうてくれへんのや」

どれ、と梅吉が、木箱の中の塊《かたまり》を包丁で四角く切って取り出した。

指で摘んで目の高さに掲げてじっと見る。餡が固まって表面はつやつやと光沢を放つ。ただ、上の縁は透明で、餡が均一に混じっていないことがわかった。

「また餡も寒天も無駄にしてしもた」

独り言のように呟《つぶや》いて、松吉はがっくりと肩を落とした。

梅吉は、その一切れを口に入れると、きゅっと目を細める。

「美味《うま》いなあ。この嚙み心地はたまらんで。一遍これを食うたら、もう蒸した羊羹《ようかん》には戻られへん。松吉、私はこれで充分やと思うで」

「いや。これでは糸寒天が見くびられてしまう。もっと綺麗《きれい》に仕上げられるはずなんや。この餡と寒天の相性が悪いんやろ」

ふう、と梅吉が溜《た》め息をついた。乾物で小豆を扱う関係で、菓子店に頼み込み、漉《こ》し餡を分けてもらっては松吉に届けるのが、彼の役目であった。

気を取り直して笑みを作ると、梅吉は友に小さな包みを差し出した。

「ここの餡は、甘さが柔らこうて艶《つや》がええんや。まあ、今度はこれで試してみ」

おおきに、と松吉は疲れた顔で応じた。


秋、和助は松吉について原村に行き、半兵衛と会った。今後、そこで作る全ての糸寒天を仕入れる約束を取り交わし、まずは来年分の仕入れ銀を一括で納める。

「おおきに、ありがとうさんでございます」

悪い足を押して原村まで訪ねてくれた和助に、半兵衛は、深々と頭を下げる。

「井川屋はんのお陰で、この天場も目処《めど》がつきました。美濃志摩屋はんが、あないなことになって、途方に暮れておりましたさかい」

京の美濃志摩屋は、大火の心労が祟《たた》って店主が亡くなり、遠縁の者が跡を継いだが、先代までの商いの心得は踏襲されなかった。半兵衛の寒天は、大火の前までは一旦《いったん》、美濃志摩屋が全て引き取っていたが、それもなくなった。そのくせ、井川屋が直《じか》に半兵衛から買い付けるようになったのを、新しい店主は快く思っていないという。

「これまでの寒天に続いて、糸寒天も全て井川屋さんで買い上げて頂けたら、もう何の心配も無う、寒天作りに精を出せます。ほんに、ありがたいことです」

「礼を言わなあかんのは、私の方だす」

和助が慌てて、半兵衛を制する。

「お前《ま》はんのお陰で、糸寒天が出来た。私は、残る命を、糸寒天を世の中に売り出すことに懸けようと思てますのや」

和助の口から、松吉が試している寒天と羊羹の話を聞いた半兵衛は、そらええ、と両の手を打った。

「蒸した羊羹は足が早い。あれはつなぎに麦や米を使てるからです。もし、糸寒天をつなぎに使えたら、ひと月は持ちますやろ。それに寒天は相手の色を損なわんさかい、綺麗で艶《つや》やかな羊羹に仕上がるはずです」

理屈ではそうなんだす、と松吉が萎《しお》れる。

松吉の失敗談を聞いた後、半兵衛は穏やかに言った。

「松吉、糸寒天を考えたお前はんや、大丈夫、きっと満足するもんが作れるはずや。とりあえず、お前はんはもう、この天場に来んと、店の方でそれに専念しなはれ。糸寒天は、私がこの手ぇでしっかりと作って、あんさんに届けますよって」

半兵衛の励ましを受けて、和助と共に井川屋へ引き上げると、松吉は漉し餡と糸寒天で羊羹を作る試みに没頭したのだった。

その年の原村の冬は、朝夕の冷え込みがきつく、日中暖かで、寒天作りには持ってこいの気候だった。松吉の考えた草割りに従い、天突きした心太に削った氷を被《かぶ》せるという製法で、半兵衛は見事な糸寒天を仕上げることに成功した。

春、井川屋の店先にその糸寒天が並ぶと、昨夏の「虫養い」を覚えていた客が殺到した。そうなると松吉も餡だ、つなぎだ、と考える暇もないほどに丁稚《でっち》としての仕事に追い回される。作っては分離、また作っては失敗、という日々も辛《つら》いが、そうした試みが出来ないのもまた、とても辛いことだった。

糸寒天の荷を背負って天神橋を歩きながら、松吉の心は沈んでいた。

苦労に苦労を重ねて生み出した糸寒天だ、それが売れるのは何より嬉《うれ》しいことだった。だが、「虫養い」だけが糸寒天の全てだと、買った客に思われるのが残念でならないのだ。嘉平のように、寒天で料理の幅を広げたい、と思う料理人が居たなら、話は別なのだが。

――嬢《いと》さんに逢《あ》いたい

大川の川面《かわも》に目をやって、松吉は唐突にそう思った。

順慶町の夜見世《よみせ》に会いに行けば良い、とは思う。和助からも、ああして橋渡しをしてもらっているのだ。けんど、と松吉は頭を振った。

春先、真帆は「おてつ」として糸寒天を井川屋に買いに来ている。松吉は外に出ていて会えずじまいだった。善次郎からこっそり「虫養い」を出してもらい、その味わいに驚き、涙ぐんでいた――そう梅吉が教えてくれた。松吉は、入れ違いで真帆に逢えなかったことに、何か意味があるのでは、と考えるようになっていた。

――逢えんかったんは、まだ逢う時期と違う、いうことや

思えば、自分は偶然の出会いによって、今日まで生かされてきた。

仇討《かたきう》ちの場で斬《き》り殺されるところを和助に救われた。同じ丁稚として出会った梅吉は、恐らく生涯を通じての大切な友となるだろう。天神橋の上で巡り逢った真帆、その父親の嘉平、二人に寒天の世界を広げてもらった。半兵衛に出会うことで、糸寒天

が生まれた。あれほど自分を忌み嫌っていた善次郎が、今は信頼を寄せてくれている。そうしたこと全てが、今は偶然というよりも、天の配剤に思えた。目には見えない大きな存在に守られ、生かされているのだ。これが和助の言う、大坂商人の大切にする「神信心」なのだとも思う。

——もうひと踏ん張りせえ、てことなんや

今、真帆に逢ったとして、口を突いて出るのは愚痴か弱音か。そんな恥ずかしい姿を見せたくはない。松吉は、諦《あきら》めたように息を吐くと、背中の寒天を負い直して、長い長い橋を歩き始めるのだった。

そして、盛夏を迎えた。

容赦ない酷暑となったこの年、井川屋の糸寒天を使い、「虫養い」をもじって「涼《すず》養い」と名付けられた涼味を出す店が続出した。糸寒天のぷりぷりとした噛み心地は、どうにも忘れ難い。また、腹持ちも良いことから大人気となった。

「まったく、大坂商人いう奴《やつ》は」

善次郎が、苦笑いしながら帰って来た。

「心斎橋を歩いたら、『涼養い』を出す店が、三軒つづいておました。ええもんは、すぐ取り入れるんだすな。本家の井川屋には無断で」

「向こうの名前がの方が洒落《しやれ》てるのが、また口惜《くや》しおますな」

和助が、他人事《ひとごと》のように言った。

けれど、虫養いにしろ涼養いにしろ、これまでの角寒天ではあの味わいは出ない。無論、角寒天を用いる茶屋もあったが、客足は落ちた。結局、井川屋の糸寒天でしか出せない味なのだ。涼養いが巷《ちまた》に流行《はや》れば、井川屋の糸寒天は飛ぶように売れる。大坂中の寒天商の中でも、その年の井川屋の売り上げは際立っていた。

翌年も、更にその次の年も人気は続き、井川屋は見事に息を吹き返したのである。


寛政九年（一七九七年）、春。

大川の両岸を花色に染めて、今を盛りと桜が咲いている。このところ大きな災害も無く、飢えからも解放されて、花見を楽しむ人々の表情もひときわ明るい。

「お前はんとこの糸寒天のお陰で、山城屋も随分、楽させてもろてる。何年ぶりかで、こないして花を眺める気持ちの余裕も出来たんや」

昨夏生まれた息子を抱いて、梅吉がのどかに頭上の桜を見上げる。彼は、山城屋の両親の薦める娘と所帯を持って、この秋には二人目の子の父となる予定だった。

「よう寝てるな」

松吉は、梅吉の腕の中を覗いて、目元を緩ませた。

赤子のちょんと摘んだような鼻が、父親にそっくりだ。梅吉に誘われて大川端へ花見に来たものの、桜を眺めても心は晴れず、梅吉の伜《せがれ》を見ている方が慰められた。

「寝ると重うなるねんで。井川屋では子守りはせえへんかったし、私、親になって初めて知ったわ。いやあ、この歳《とし》でも、知らんことばっかりや」

梅吉のことだ、こまごまと我が子の面倒を見ているに違いない。下手をすると、むつきまで縫っていそうだ、と松吉はくすっと笑った。

「ああ、やっと笑たなあ。お前はん、このところ、ずっと恐い顔ばっかりやったで。井川屋の旦《だん》那さんも番頭はんも、えらい心配してはった」

梅吉の言葉に、松吉の表情にまた陰が差す。

松吉は、疲れ果てていた。梅吉に頼んで手に入れた漉し餡を、煮溶かした糸寒天に入れて練り上げ、木箱に流して固める、という作業を数え切れないほど繰り返した。だが、幾度試しても、餡が沈み寒天が浮いて無様な二層になるのである。寒天の量を加減したり、餡の手を変えたり、火にかけるのを長くしたり、と試行錯誤を繰り返すのだが、どうしても満足のいくような仕上がりにはならない。そうした徒労がもう何年も続いて、ここへ来て、途方も無い空《むな》しさを覚えていた。

「お前は充分やったで。ええか、松吉は菓子職人になるわけやないやろ？　糸寒天の良さを知って欲しい、料理の幅を広げたい、いう気持ちはわかるけんど、もうそろそろ、羊羹から手ぇ引いたかて、罰は当たらんで」

梅吉に言われるまでもなく、潮時、という言葉が頭の隅にずっと居座っていた。

本当に、そろそろ気持ちを切り替えて、これまで羊羹に向けていた労力を糸寒天を売ることだけに注ぐべきなのだ。

「せやな」

掠《かす》れた声で言って、松吉は目を伏せた。

そういえば、と思い出したように梅吉が言う。

「真帆家の嬢さん、否、おてつさんやけど、順慶町で屋台見世や無うて、ちゃんとした店を一軒、借りはったで。知ってるか？」

ああ、と松吉が吐息と一緒に答える。

「今でも月に一遍、手伝いの子が団子を届けてくれてんのや。話は聞いてる」

「松吉、お前、これまでも店に顔だしたか？　嬢さんに逢《お》うたんか？」

「いや」

「最近、逢うたんは何時《いつ》や」

「糸寒天を作った年、旦那さんに順慶町に連れて行ってもろた。それからは……」

何やて、と梅吉が目を剝《む》いた。

松吉が嫌がるのを察して、これまで真帆のことを聞かなかった梅吉である。

「ちょい待ち。ほんなら何か、ひぃ、ふぅ、みぃ……」

指を折り折り数えて、梅吉は、呻《うめ》いた。

「……四年や。お前、四年の間、一遍も逢うてへんて言うんか？」

ああ、と頷く松吉を見て、梅吉は、やれやれ、と溜め息をつく。

「さよか、ほな、私の思い違いやったんやなあ」

「思い違い？」

「私、てっきり、お前はんは嬢さんに惚《ほ》れてるもんやとばかり思てたんや。そら昔は真帆家の嬢さんで、丁稚が惚れるも何もなかったやろ。けんど、今は違う。顔の火傷《やけど》かて、お前はんには問題にならん。私、お前はんら二人は似合うてる、て思てた」

青ざめる松吉を横目で見て、梅吉は、ぼそりと言い添える。

「逢えんでも日が過ごせる、いうんは惚れてない、いうことや」

その夜。

眠ろうと思っても、梅吉の言葉が、抜けない棘《とげ》のように、松吉の胸を疼《うず》かせた。

実は、梅吉には伏せたが、今年に入って一度だけ、新しい店の前まで行ったことがあった。逢うのやない、ただ遠くからひと目だけ、と自身に言い聞かせて。通りから、中で立ち働く真帆の姿が見えた。火傷の顔を隠さず、笑みを浮かべて客と話している。生き生きと輝いて見える、二十四歳の真帆だった。駆け寄って抱きすくめたい衝動を、松吉は堪《こら》えた。

――ほうか、これが「惚れる」いうことか

気持ちの中に、常に「真帆家の嬢さん」という頑なな部切《へき》りがあった。そうした感情を抱くことへの慄《おのの》きがあった。しかし、今の自分は、あの優しい頰《ほお》に触れ、細い肩を抱き締めたいと思う。

〈逢えんでも日が過ごせる、いうんは惚れてない、いうことや〉

――違う、違うんや、梅吉

惚れていればこそ、逢えない。困難に耐え姿勢よく生きる真帆に比して、今の中途半端な己が情けなかった。商いが忙しいと羊羹作りが出来ずに不満を抱き、羊羹作りをしたらしたで失敗を嘆く。二十九にもなるというのに、考え方が子どもだった。

こんな男、真帆でなくとも願い下げだろう。せめて、己を恥と思わずに済むようになるまで、真帆には逢えない。そう思う松吉だった。

水無月《みなづき》なかばの早朝、店明け前の井川屋の戸を、乱暴に叩く者があった。

「へえ、ただ今すぐに」

松吉が慌てて戸を開けると、鶴《つる》かと思うほど痩《や》せて首の長い壮年の男が立っていた。

松吉を押しのけるように店に入ると、板敷にどっかと腰を下ろす。

「店主を呼んでもらおか」

「あい済みませんが、どなたはんだす？」

尋ねる松吉をじろりと一瞥《いちべつ》して、男は横柄に答える。

「京は伏見の、美濃志摩屋だす」

大火の後で先代が亡くなり、その跡を継いだ孝三《こうぞう》だった。遠縁と聞いたが、伏見の寒天場でも会った記憶がない。松吉は、慌てて腰低く挨拶し、奥へと走った。

「これはこれは、美濃志摩屋はん。えろうご無沙汰《ぶさた》してしもて」

和助が悪い足で正座して、孝三に丁寧に頭を下げた。

善次郎と松吉も揃《そろ》ってお辞儀をする。孝三が、顔を歪《ゆが》めて吐き捨てた。

「何や、三人だけかいな。他の奉公人はどないしてるのや？　挨拶の必要はない、いうて顔も出せへんのか」

美濃志摩屋は、和助からみれば確かに主筋に当たる。けれども、孝三は和助より三十は若い。その口のききようはなかろう、と松吉は眉を顰《ひそ》めた。

「井川屋は見ての通り、大店《おおだな》とは違います。番頭ひとりに丁稚ひとりで、細々と商わせて頂いてます」

　穏やかに答える和助に、孝三が嚙み付いた。

「細々と？　どの口が言うてんのや。和助はん、糸寒天たら言うもんで、えらい儲《もう》けよるそうやないか」

　お言葉ではございますが、と善次郎が控えめながら口を挟んだ。

「まだ奉公人を増やして商いを広げるとこまでは行ってへんのだす。糸寒天がこれからも残るか、それとも飽きられてしまうか。まあ、風を見ながら船を動かしてるとこだすのや」

　孝三は、懐《ふところ》から手拭《てぬぐ》いを出すと、苛々《いらいら》と額の汗を拭う。

「和助はん、さすが、お前はんの仕込みやな。この店は番頭まで口が上手《うま》い」

「へえ、お陰さんで」

　和助が呑気《のんき》に返答した途端、孝三が手拭いを土間に叩き付けた。

「半兵衛の天場から手ぇ引いてんか」

立ち上がった孝三が、鬼の形相で和助を見下ろす。

「あれはもともと、美濃志摩屋の息がかかった天場や。天草《てんぐさ》の買い付けから何から、美濃志摩屋が力を貸したからこそ、あそこまでなったんや」

「正しくは、美濃志摩屋のご先代のご尽力の賜物《たまもの》だす」

和助の口調が、がらりと一変した。

「原村の寒天場は、半兵衛はんのもんだす。井川屋が手ぇ引くも何もおまへん。ましてや、美濃志摩屋が先代の恩を形《かた》に、好きに出来るもんでもない」

「何やて」

「お前はん、人でも花でも、育てるんやったら種から水やって育てなはれ。種も蒔《ま》かん、水もやらん者が、実ぃだけ寄越《よこ》せ、言うんは盗人《ぬすっと》と一緒だすで」

孝三が、和助に向かって拳《こぶし》を振り上げる。咄嗟《とっさ》に松吉は主と孝三の間に割って入って、その腕を捻《ね》じ上げた。孝三は顔を紅潮させて、放せ放さんかい、と怒鳴っている。

「お前はんとのご縁も今日まで。松吉、そのおかたを八軒家まで案内しなはれ。何なら、大川で頭ひやしてもろても宜し」

へえ、と松吉は相手の腕を捻じったまま、店の表に連れ出した。

美濃志摩屋の先代の人となりを知っている松吉は、口惜しくてならない。長年に亘《わた》って守られてきた美濃志摩屋の暖簾《のれん》が、こんな男のために台無しにされようとしている。孝三を引き摺りながら、ほんまに大川に放《ほう》り込んだろか、と思うのだった。

「半兵衛はんに迷惑がかかることが無いとええんだすが」

夕餉の席で、善次郎が苦しげに漏らした。松吉もそれが一番気がかりだった。

「ああいう手合いは、弱い者相手にしか吼《ほ》えへんのや。孝三の歯ぁの立つ相手やあらしまへん。半兵衛はんは義理人情には厚いが、筋の通らんことには屈しはらへん」

和助の一言で、善次郎も松吉も、ほっと胸を撫《な》で下ろしたのだった。


翌、文月《ふづき》の夜のこと。戸締りを終えた井川屋では、結界の内側に和助と善次郎とが向き合って座っていた。両名とも感無量の面持ちである。二人の真ん中には、紫の袱《ふく》紗《さ》が広げられており、そこに大小の銀が積み上げられていた。

「銀二貫、おます」

「間違いないやろな？」

「へえ、旦那さん。そらもう、何遍も量り直しましたさかい」

そうか、と言って和助は両手を膝に置いた。

「……長かった。長かったなあ、善次郎」

「へえ、旦那さん」

善次郎は、涙声になって畳に両手をついた。

前回、半分貯《た》まったところで、大火で被災した美濃志摩屋への見舞金として使った。振り出しに戻って、九年。やっと、この日を迎えたのである。

「ほなら明日、私とお前はんと、それに松吉の三人で、天満宮へこれを納めさしてもらおか」

松吉の名前が出たところで、善次郎は懐から手拭いを出して目を拭い、そのことで旦那さんにお願いしたいことが、と切り出した。

和助は右の掌《てのひら》を開いて番頭に向け、その台詞《せりふ》の先を封じる。

「皆まで言いな。お前はんの言いたいことは承知してるつもりや。松吉も、二十九。ついつい便利に使てるけんど、もう丁稚いう歳でもなし、また、これだけ店に尽くしてくれたんや。身の立つようにしたろ、と思うてる」

主の言葉を聞き、善次郎は勇気を振り絞った。

「奉公人の私が出すぎた真似《まね》とは存じますが。旦那さん、どないだすやろ。松吉を養子に迎えて跡を取らさはったら」

善次郎の提案に、しかし和助は首を縦には振らなかった。

確かに松吉を引き取った当初はそう考えたこともあった。しかし今は、創業当時から自分を支えて、大して良い思いもすることのなかった善次郎のことを、一番に考えてやりたかった。

「善次郎、私の考えはこうや。松吉には、折りを見て暖簾分けする。そして、この井川屋は、もっと大きいしてお前はんに残す。これまで、暖簾分けもしてやれんかった甲斐性《かいしょう》無しの私に出来るんは、それくらいのことやけんど、堪忍《かんにん》してな」

和助は、よっこいしょ、と立ち上がって、足を引き摺りながら奥へ消えていった。

この店を自分に――そんな主人の気持ちに感謝しなければ、と思いながらも齢《よわい》六十四のこの体、どうにもならん、と善次郎は重い息を吐いた。

翌朝、松吉が常より少し早めに店の戸を開けたのは、その日、天満宮へ寄進に行くことを聞かされていたからであった。開け放った戸口から、朝の光が射し込む。表を掃きに行こうと箒《ほうき》を手にしたところへ、ごめんやす、と来客があった。

原村の半兵衛だった。

「松吉、朝早うから済まんが、旦那さんにお目にかかりたいんや」

半兵衛の顔色が優れないことを気にしながらも、松吉は奥へ店主を呼びに行く。

「夜船で来たもんやさかい、こない早うに、申し訳おまへん」

幾度も腰を折って詫《わ》びる半兵衛を、和助は奥座敷に招き入れた。

部屋に入るなり、半兵衛は平伏して、畳に額を擦《こす》り付けた。

「この通りでおます。堪忍しておくれやす。糸寒天を作れんようになりました」

ええっ、と驚いて、善次郎も松吉も腰を浮かす。和助が、落ち着いた声で尋ねた。

「半兵衛はん、何がおました。話しとくなはれ」

和助に促されて、半兵衛は漸《よう》く顔を上げた。

半兵衛が言うには、昨年来、原村の寒天場で作った糸寒天を全て美濃志摩屋へ寄越すよう、孝三から矢のような催促を受け、きっぱり断ってきた。先月も孝三本人が原村まで押しかけて来たが、相手にしなかった。すると今度は、丹後の天草が半兵衛に渡らぬように、網元に至るまで手を打ったのだという。

「先代の名前を出されたら、恩義のある人らは逆らえしまへん。せやさかい、私はその人らを責めるつもりはおまへんのや。ただ、肝心の天草の無いことには、寒天は作れまへん。あの天場は閉めるよりおまへん」

半兵衛自身、よほど口惜しいのだろう。体が小刻みに震えている。

「何と卑劣な」

善次郎が額に青筋を立てて怒った。

あの時、ほんまに大川に放り込んどくんやった、と松吉は松吉でぐっと拳を握る。

「しかしな、半兵衛はん。天草は、何も丹後のもんだけと違いますやろ。芥川の水に合う天草を、お前はん、他で探そうとは考えしまへんのか？」

和助の指摘に、半兵衛は顔を歪めた。

「無論、そのつもりではおます。けんど、それには日にちも銀銭《ぜに》もかかります。今年の冬、天場を閉めるとして、寒天場の仕事を頼りに暮らしてる者らのことも考えなあかん。今は身動きが取れへんのだす」

「なるほど、銀銭やな。銀銭が要るんやな」

和助が言って、ちらりと善次郎を見た。

善次郎は、脇《わき》に置いてあった銭箱を引き寄せると、中から紫の袱紗を取り出した。袱紗の中身に見当がついて、松吉は心の臓が喉から飛び出しそうになる。

「旦那さん、これを」

忠義の番頭は、袱紗を和助の前に置いた。一連の動きに、微塵も迷いは無い。

番頭に頷いてみせて、和助はその袱紗を開き、半兵衛にずいっと差し出した。

鈍い色を放つ銀の群れを見て、松吉は、ああ、と両手で頭を抱えた。

「半兵衛はん。ここに銀二貫おます。これでお前はんの気に入る天草を探しなはれ」

「な、何を言わはるんだす、旦那さん」

半兵衛が、身を仰《の》け反《ぞ》らせた。

あきまへん、しもておくれやす、と震える半兵衛に、和助が鷹揚《おうよう》に笑ってみせる。

「お前はんのことや、伊豆の天草に目ぇつけてはるんと違いますか。もし仮に、伊豆でええ天草を見つけたとして、それを伊豆から大坂へ廻船《かいせん》で運び、そこから大川沿いに船で運ぶ。その手はずを整えるんだすで。これくらいの銀銭は要る」

それでもなお尻込《しりご》みする半兵衛に、和助は声を強めた。

「まだわかりまへんのか。お前はんの糸寒天には、それだけの値打ちがおますのや。今、ここでこの銀二貫を受け取ってもらわれへんかったら、井川屋は暖簾を下ろさなあきまへん」

その通りだ、というように善次郎が頷いた。

銀二貫を懐にした半兵衛を八軒家まで送りながら、松吉は、放心していた。半兵衛も、先ほどから押し黙ったままだ。

――旦那さんが私のために銀二貫を使たんは、私が十歳の時やった。今、私は二十九。十九年かかってやっと貯めた銀二貫を、あの二人は……
敵《かな》わへん、やっぱり旦那さんにも番頭はんにも敵わへん、と松吉は胸のうちで繰り返す。

「松吉」

天神橋から井川屋の方向を振り返って、半兵衛は足を止めた。

「私は必ず、極上の天草を手に入れて、極上の糸寒天を作る。誰にも真似の出来ん糸寒天を。そうするしか、報《むく》いる術《すべ》はない」

半兵衛の双眸《そうぼう》に、潤むものがあった。

半兵衛と別れて再び天神橋を渡っている時、松吉は、自分だけが迷い道を歩いている気分になった。孝三の陰謀で寒天場を閉める瀬戸際に立たされた半兵衛。銀二貫を失った井川屋。ともに悲惨な状況でありながら、どちらもこの天神橋を行くように視界が開け、迷いがない。しかし、自分はどうだろう。

羊羹も真帆も、何ひとつ見えてこなかった。

第十章　興起の時

天神橋を渡って、東横堀川沿いに今橋《いま》を過ぎ、高麗橋《こうらい》へ。高麗橋を渡って西に延びる道を、高麗橋通りと言う。大坂市中で最も人々の心を惹《ひ》きつけてやまない場所は、この高麗橋通りであった。その道筋が何処《どこ》にでも通じることから、人通りも多く、従って、越後屋《えちご》呉服店をはじめ大店《おおだな》がひしめいていた。

今、松吉が目指すのは、その中でも老舗《しにせ》中の老舗、桜花堂《おうかどう》という菓子店であった。思い詰めた顔をしていることは、自分でもわかっている。

梅吉に頼んで、小商いの菓子屋からある程度名の知れた菓子店に至るまで、さまざまな餡《あん》を手に入れて羊羹《ようかん》作りを試してきた。そのどれもが、ことごとく失敗していた。二層に分離するその原因が、糸寒天と漉《こ》し餡との相性にあるのではないか、と松吉は考えていた。老舗桜花堂の餡ならば、との思いが日々強くなり、とうとう我慢ならなくなったのである。

「へえ、おいでやす！　何にいたしまひょ」

暖簾《のれん》を潜《くぐ》ると、よく躾《しつ》けられた丁稚《でっち》が声を掛けてきた。

気後れしつつも、松吉は丁重に乞う。

「済んまへん、漉し餡だけ、売っておくれやおまへんやろか？」

松吉の懇願に「餡だけ」と繰り返すと、丁稚は愛想の良い笑みを引っ込めて、剣呑《けんのん》な眼差しを向けた。

「桜花堂には自慢の羊羹も お饅《まん》も最中《もなか》もおますのに、餡だけ？　冗談やない、てんごやったら他所《よそ》で言うてんか」

「そこを何とかお頼みもうします」

「やかましな。どいてんか、商売の邪魔や！」

松吉は、自分より遥《はる》かに年下の丁稚に胸倉を摑《つか》まれ、そのまま外に押し出される。よろけた拍子に、勢いよく尻餅《しりもち》をついてしまった。通行人にじろじろ見られて、彼は俯《うつむ》いたまま赤面して立ち上がった。

「松吉さん？　あんた、松吉さんやないの？」

振り向くと、松吉もよく知る人物が、驚いた体《てい》で立っていた。

「お広さん」

気まずさに耐えて、松吉はその名を呼ぶ。真帆の養母のお広だった。

手に薬屋の袋を持っているところを見ると、道修町《どしょうまち》に用足しに来たついでに、この通りに立ち寄ったらしかった。

「漉し餡だけ売ってくれ、て。そない言わはったの？」

道すがら、あらましを聞いたお広は、呆《あき》れ声を上げた。

「そらあかん。松吉さん、そら無茶やわ」

「何でだすか？」

お広はやれやれ、とでも言いたげに首を振った。

「お団子でもお饅でも、品物を買うんやったら問題おまへん。けど、餡いうたら、桜花堂にとって暖簾の源《みなもと》だすのやで。店が大事に守り育てるものやないの。それを寄越《よこ》せ、いう客は、店の側からしたら客やないわ。何ぼお銭《あし》を払うたかて、盗人《ぬすっと》と一緒。暖簾盗みに来た盗人と一緒なんよ」

なるほど、言われてみればその通りである。

己の浅慮が情けなく、松吉はぐっと唇を噛《か》んだ。その横顔があまりに気落ちして見えたせいか、元気だしなはれ、とお広が松吉を宥《なだ》める。

「けど、松吉さん、何のために餡が欲しいんだすか」

「……詳しい訳はお話し出来しまへんけど、商いのためだす」

そう、と言ってお広は少しの間、思案をした。

「うちの店ので良かったら、分けて差し上げまひょ。他でもない、お世話になった井川屋はんのお役に立つんやったら、おてつかて「良い」て言いますやろ。今から一緒に来なはれ」

言い終えて、お広は、こんこんと咳《せ》き込んだ。

逢える。真帆に逢《あ》える。

松吉は突然訪れた幸運に戸惑いながら、おおきに、とお広に頭を下げた。

順慶町のその店は、朝から夕方までの商いで、夜は軒先を屋台見世に貸している。夜から昼商いへ切り替えたことで客足は落ちるかと思ったが、店の中で茶を出して団子を食べられるようにしたことが受けて、相変わらずの繁盛振りだった。

前掛けに襷《たすき》姿の真帆が、床几《しょうぎ》の間を忙しそうに行ったり来たりしている。

「お母はん、お帰り……まあ」

お広の後ろの松吉を見て、真帆は目を丸くする。

「井川屋の松吉さんや。ほれ、大分と前に、井川屋の旦那《だん》さんに連れられて、一遍だけ来やはったことがあったやろ。あ、誰《だれ》ぞ、奥を使うから後でお茶を頼みます」

あとの台詞《せりふ》を奉公人に告げて、お広は松吉を店の奥の間へと招き入れた。今、餡を用意しますよってに、と言われ、一人で待たされている間、松吉は遠慮がちに室内を見回した。

お広と真帆はここで暮らしている様子で、隅に置かれた枕屏風《まくらびょうぶ》の陰に、二組の布団が畳んで積んであった。茶簞笥《ちゃだんす》の上の一輪挿しには小車菊。慎ましくも居心地の良い部屋だった。

ほどなく、お待たせしました、と真帆が顔を出した。

「おてつでございます」

真帆は慇懃に挨拶をし、風呂敷《ふろしき》に包んだものを畳に置くと、すっと松吉の前に押しやった。

「母から聞きました。私どもの漉し餡だす。どうぞお役に立ててくださいませ」

「ありがとうございます。おてつさん」

風呂敷包みを受け取って、松吉ははっきりと真帆に言った。

おてつと呼ばれて、初めて真帆がはにかんだ笑みを見せる。

次の会話の糸口が見つからず、松吉はおずおずと、

「女将《おかみ》さんは、どないしはったんだすか？」

と尋ねた。真帆は、困ったように笑いながら答える。

「お客はんに捉《つか》まってしもて。昨夜から風邪《かぜ》気味で、咳《せき》が止まらへん、て言うてたのに、ちっとも大人しぃにしてくれまへんの」

今、呼んで来ますね、と真帆は部屋を去った。

あ、と呼び止めようとして、しかし、果たせなかった。髪油の匂《にお》いだろうか、優しい残り香が舞っていた。

その日の夜、真帆の作った餡ならばもしや、と祈るような思いで、煮溶かした糸寒天の中へ入れて、丁寧に練る。粗熱を取って木箱に流しいれて、翌朝。

胸の高鳴りを抑えつつ確かめてみれば、餡は沈み、上澄みの部分とくっきり二層になっていた。松吉は、膝《ひざ》から崩れてへなへなと三和土《たたき》に座り込む。身体《からだ》が萎《な》え、立ち上がる気力も無かった。朝食の仕度に起きた女衆《おなごし》が、三和土に蹲《うずくま》る松吉に気付いて声をかけた。返事の無いのを訝《いぶか》って様子を窺《うかが》うと、松吉は気を失っていた。

目覚めると、目の前に白い物が載っている。

何やろこれ、私、一体どないしたんやろ。松吉は、朦朧《もうろう》とする意識を奮い立たせて、起き上がろうとした。

「あかんで、松吉。まだ起きたらあかん」

梅吉の声がして、肩をぐっと押さえ付けられ、布団に戻される。

額の手拭《てぬぐ》いが外され、心配そうに覗き込む梅吉の顔が見えた。丁稚部屋ではなく、台所の板敷に布団を敷いて寝かされているのがわかった。老い二人と小柄な梅吉とでは、台所で倒れた松吉をそこへ運ぶのが精一杯だったのだ。

「悪い風邪を拾てきたらしい。えらい熱や。旦那さんも番頭はんも心配して、前の廊下を行ったり来たりしてはったけんど、感染《うつ》っても困るさかいな」

店の方は、と聞きかけたが、喉《のど》をやられたらしく、声が潰《つぶ》れて出ない。

「店は、私が手伝わしてもろてる。お前《ま》はん、疲れてるんや。ゆっくり休み」

何も心配せんでええ、と梅吉は言って、絞り直した手拭いを額に置いた。

松吉は、梅吉に詫《わ》びなければ、と強く思う。これまで、梅吉が餡を入手する大変さなど顧みたこともなかった。それどころか、羊羹作りの失敗を、梅吉の運んで来る餡のせいにして、不満を募らせていた。昨日、お広から言われて初めて、餡を手に入れる難しさを思い知った松吉だった。

「梅吉、済まん」

出ない声を絞って、何とかそれだけを言うと、松吉は再び目を閉じた。

幸い、熱は翌日には取れたが、床離れをしても顔色は冴《さ》えず、覇気がまるで無くなっていた。あれきり台所に立つことも無くなってしまった松吉を、和助と善次郎とが心配そうに見守った。

長月《ながつき》も半ばの夜、松吉は奥座敷に呼ばれた。

「松吉、お前はん、井川屋へ奉公に来て、何年になるかいな」

「へえ、十九年でおます」

松吉が答えると、ほうか、そないになるか、と和助が感心したように呟《つぶや》いた。

善次郎が、脇《わき》から口を挟む。

「父親のお墓には、ちゃんと参ってるか?」

へえ、と頷《うなず》きながら、はて、と松吉は怪訝《けげん》に思う。父、彦坂数馬の菩提《ぼだい》の弔いは、伏見の寺に任せてあるが、数年前から年に一度、許しを貰《もら》って墓参りをしていることは、善次郎も承知しているはずだった。

和助が、ああせや、と言い添えた。

「墓参り、言うたら、お前はん、母親のお墓はどないなってる?」

「苗村にあるはずだすが……」

父が建部源エ門を殺し、苗村藩を脱藩したことは二人とも承知のはず。松吉が苗村に戻れる道理もなく、従って母が眠る墓がどうなったか、知る由もないのだ。何故《なぜ》そんなことを聞くのだろう、と松吉は内心、首を傾《かし》げた。

「なあ、松吉。一遍、苗村へ行ってみたらどうや」

いきなりの主人の言葉に、松吉は驚いて目を見開いた。

「十九年も墓参りしてへんのや、お母はんかて、待ちくたびれてはるで」

「旦那さんの言わはる通りだすで。松吉、一遍、帰ってみなはれ」

主《あるじ》の意見を、番頭が熱心に補足する。

「生まれ故郷の風にあたったなら、また元気も出るやろ。な、そうしなはれ」

善次郎のこの言葉を聞いて、松吉は漸《よう》く気がついた。

――旦那さんも番頭はんも、私の元気のないのを心配して、苗村に行かせようとしてはるんや
半兵衛からは、まだ何の知らせも届かない。そんな時に、ここを離れるわけにはいかない。一旦は断りかけたものの、久々に郷里の名を耳にしたせいか、ふいに郷愁が突き上げて、松吉は口を噤《つぐ》んだ。

苗村の風が、そこに差す光が、木々のこすれ合う音が、堪《たま》らなく懐かしい。

その気持ちを見透かしたように、和助が静かに言った。

「松吉、お前はんはもう、彦坂鶴之輔とは違う。別に、誰に咎《とが》められることもあらへん。大手を振って行っといで」


次の日の夕刻、松吉は、風呂敷を返すために団子屋を訪ねた。

真帆は居らず、お広が咳き込みながら奥から顔を出した。

「女将さん、お加減はどないだすか？」

「へえ、おおきに。なかなか咳が取れまへんのや。店もそろそろ上がりやし、松吉さん、こっちでお茶どうぞ」

遠慮する松吉に、奉公人までもが、どうぞどうぞ、と声をかけた。

「松吉さん、うちの漉し餡は、お役に立てましたかいな」

座った途端にお広から問われ、松吉は一瞬口ごもってから、へえ、と答えた。

お広が、くくくっと笑う。

「松吉さん、嘘《うそ》つかはるの下手だすなあ。何でもすぐ、顔に出はるんやわ」

似た台詞を和助からも言われたことがあった、と松吉は赤面した。

心置きなく笑うと、お広はふと、顔つきを改める。

「松吉さんは実のある人やし、一遍、意見聞かせて欲しいんだす。実は、おてつに縁談がおますのや」

心の臓に氷の塊《かたまり》をあてられた、と思うほどに胸がきんと冷えた。松吉は、動揺を悟られぬよう、唇をしっかり結んで、お広の話に耳を傾ける。

おてつを是非とも倅《せがれ》の嫁に、と望んでいるのは、店の常客の老女だった。その息子は、道修町の薬種問屋の番頭で、四十を超えているという。

「けど、おてつかて二十四。すっかり行き遅れだす。先方は老舗の薬種問屋はんで、ゆくゆくは暖簾を分けてもらえるそうだすのや。そしたらあの子はご寮《りょん》さん。団子こねて一生暮らすよりは、よっぽどええ話やないか、て思いますのや。松吉さん、あんさんは、どない思わはる？」

相手はんは、と言いかけて、声が掠《かす》れる。松吉は、咳払いして無理にも続けた。

「そのおひとは、おてつさんのことをどない思てはるんだす？　おてつさんを、大事にしてくれはるおひとだすか？」

松吉の問いかけが意外だったのか、それは、とお広は口ごもった。

母ひとり子ひとり、お広が真帆の将来を案じて受けようとしている縁談なのだ。老舗の番頭で、暖簾分けを約束されているのなら、これほど良い条件は無いだろう。他人が口を挟むことではない、と松吉は己に言い聞かせて、お広に暇《いとま》を告げた。

表に出てから、返すはずの風呂敷を、手に持って出て来たことに気付いた。

戻ろうか、とも思ったが、今は一刻も早くここから離れたかった。松吉は懐《ふところ》に風呂敷を捻《ね》じ込むと、夜見世《よみせ》の仕度の始まった順慶町を後にした。

暮天の下、鬱屈《うっくつ》した思いで天神橋を渡る。大川を渡る風は冷たく、橋を行く人々は身をぎゅっと縮めていた。そんな中、背筋の伸びた姿勢の良い人影が近付いて来るのが見えた。

あ、と思う。松吉が今、一番逢いたいひとだった。

「松吉さん」

真帆が、立ち止まってにっこりと笑う。

互いに引きよせられるように、歩み寄る。夜の帳《とばり》が周囲を包み始めても、松吉と真帆は、天気についての他愛無い会話を重ねて、天神橋の中ほどから動かない。真帆の手には松吉から返された風呂敷が握り締められていた。

「明日、美濃へ立ちます」

「美濃？」

真帆が、首を傾げて松吉を見る。

「へえ。美濃の苗村へ。そこが私の郷里でおます」

「帰ってきやはりますね？」

心なしか、真帆の声が震えている。

「行ったままや無《の》うて、帰ってきやはりますね？」

重ねて問う真帆に、松吉はしっかりと頷いた。

「へえ、墓参りだけだす。お土産《みやげ》に、何ぞ欲しいもんはおまへんか？」

松吉の問いに、真帆は小さく息を吐き、何も要りまへん、と低い声で答えた。

会話が途切れ、沈黙の息苦しさに耐えかねて、松吉がわざと明るい口調で言った。

「苗村は、小豆《あずき》の美味《おい》しい土地だす。ただ、苗村の小豆はわがままやさかい、何年かに一遍しか取れへんのだすが、手に入るようなら」

――私はあほや。せっかく嬢《いと》さんと逢えたのに、何で小豆の話なんか
そんな思いが胸を過《よ》ぎり、松吉は、ふいに口を噤む。

天神橋の下を流れる大川の水音が、二人の沈黙を優しく埋めていた。

「こちらに戻らはったら」

真帆は松吉をじっと見上げて、低く、囁《ささや》くように乞う。

「逢いに来てくれはりますか？」

へえ、必ず、と松吉が頷いてみせると、真帆はそっと視線を落とした。

ほな、と一礼して、真帆は松吉に背を向けて歩きだす。少し行って足を止め、松吉を振り返った。橋の上はすでに暗く、星明かりだけではその表情は読み取れない。

「松吉、私、ほんまは……」

それだけを絞るように言って、真帆は走り去った。

軽い下駄音を残しながら、勾配《こうばい》のある橋を娘は渡って行く。追い駆けて行って、その華奢《きやしゃ》な身体を抱きすくめたい、そう思いながら、誰かに足を押さえられているように、松吉はその場を動けずにいた。


翌朝、松吉は和助と善次郎、それに梅吉に見送られて、井川屋を出た。

伏見街道から三条大橋、そこから中山道《なかせんどう》に入って郷里である美濃へ。

十九年前、父と逃げた逆の道を辿《たど》る。あの時、父は一体誰を頼って伏見に出たのか、その事情を建部玄武は知っていたのか。何もかも謎《なぞ》のまま、遠い記憶の彼方《かなた》へ去ってしまったように思う。

二日かけて郷里に辿り着いた時、そこに広がる光景を見て、松吉は腰を抜かさんばかりに驚いた。四方を囲む低い山々は姿を変えねども、当時は存在しなかった清流が村を貫き、豊かな水田が広がっている。一瞬、原村と見まごうばかりの景色なのだ。

これは一体どうしたことか。松吉は誰かに事情を聞こうと人影を探した。彼方に行く人々を見つけて、駆け寄ろうとしたその足が止まる。野辺送りの葬列だった。

亡くなったのは百姓集落のおもだった者なのか、葬列はずっと遠くまで続いている。松吉は已《や》む無く、葬列の一番後ろから、更に少し距離を置いて、ついて行った。道々、周囲をつぶさに見たが、記憶の中にある藩主邸も、松吉が生まれ育った家臣屋敷も、全《すべ》てが跡形も無くなっていた。

葬列は、山の中腹に向かう。松吉は堪らず、列から遅れた老人を捉まえて尋ねた。

「ここは苗村藩やおまへんのか？」

「苗村藩だと？」

老人は松吉をしげしげと見て、笑いだした。

「あんた、上方のひとのようだから、事情を知らぬのは無理も無い。苗村藩ならば、二十年ばかり前に取り潰しになって、今は尾張《おわり》藩のもの。この地で今、百姓をしているのは殆《ほとん》どが当時の苗村の藩士だ。わしを含めて、皆そうじゃ」

老人は、呆然《ぼうぜん》としている松吉に、前を行く早桶《はやおけ》を指し示した。

「昨日、卒中で亡くなったあの男もそうだ。昔は剣豪で知られておった。あれは父親を殺されて、その敵を探す旅の途中で、苗村に舞い戻りおってのう。まあ、仇討《かたきう》ちも果たせなかったほどだ、人を斬《き》ったことは無かっただろうが」

松吉の膝が、がくがくと震えだす。もしや、その男というのは……。

松吉の狼狽《ろうばい》にも気付かず、老人は、これも何かのご縁だろう、もし迷惑でなければ、と松吉に葬列に加わるよう誘った。

山道が応《こた》えるらしく、老人の息が上がっている。松吉は腰を屈《かが》め、負ぶさるように勧めた。その方が、話を聞くのに都合が良いと思ったが故だった。

「仇討ちも果たせなんだ、いうんは、何ぞ訳でもおますのか？」

「さあな。藩の取り潰しと重なって、誰も玄武に、ああ、その男の名だ、その玄武に、訳を聞かないままだった」

建部玄武。

ああ、やはり、と松吉は血の気が引くのを覚える。老人は松吉の動揺を知らぬまま、しかし仇討ちは果たさずとも玄武は立派な男だった、と呟いた。

松吉は押し黙って葬列に従いながら、空《むな》しくてならなかった。背中に負うこの老人も、葬列を組む男たちも、父と同じ苗村藩士だったのだ。武士が仕える家を失うとは、何と惨めなことか。それを思うと、ただただ切なく、哀《かな》しかった。

埋葬を終えると葬列は解かれ、それぞれが来た道とは違う帰路を辿って山を下りる。

松吉は誘われるまま、老人の百姓家に立ち寄った。

「何も無いが、これを持って帰ってくれ」

老人の差し出す色褪《あ》せた巾着《きんちゃく》を受け取って、松吉は、これは？　と尋ねた。

「苗村の小豆だ」

葬列に加わってくれた礼だと言う。松吉は感謝して、それを大切に懐にしまった。

老人は、松吉に酒を勧め、自分も呑《の》み、酔うと更に饒舌《じょうぜつ》になった。

「仇討ちを果たさずとも玄武は立派だった、と先刻申したが、それは、わしらが最も惨めだった時に、銀二貫という銀銭《ぜに》をぽんと差し出したからだ」

「銀二貫」

松吉は胸の動悸《どうき》を抑えて、繰り返す。

「そう、銀二貫。大金じゃ」

老人は酒を呑む手を止めて、松吉に次のような話を聞かせた。

苗村藩が取り潰しに遭い、藩士たちが路頭に迷いかけた時。玄武が何処《どこ》からか銀二貫を調達して来て、新田開発を提案したのだ。苗村に争いが絶えなかったのは、土地が痩《や》せ、ろくな作物が穫《と》れないが故だ。荒地に川を引き、土地を肥やそう、と。

無論、新田開発には莫大《ばくだい》な資金が必要で、銀二貫では到底足りない。けれどもその銀銭は、寄る辺を失い、生きる気力を失っていた者たちを奮い立たせる力を持っていた。それぞれが刀を捨て、自らの労力を振り絞って川の支流を作り、新田開発に乗り出したのだという。

「畑には小豆を育て、水田には米。お陰で天明の凶作の時も、誰も欠けずに済んだ」

往時を思い出したのだろう、老人の声が揺れ、ぽたぽたと鼻水が落ちる。

松吉は、奥歯を噛《か》み締めて嗚咽《おえつ》を堪《こら》えた。老人に暇を告げ、逃げるように外へ出た。

水田には黄金色の稲穂が揺れ、収穫を待つばかりだ。盆地の中央を流れる川は、苗村の青い空を映して澱《よど》みなく流れている。美しい、と松吉は思った。

銀二貫、天満宮寄進のための銀二貫。仇討ちを売ったという名目で、主人和助から得た銀二貫を、玄武はこの光景を得るために用いてくれていたのだ。

ありがたかった、ありがたくてならなかった。

涙が後から後から溢《あふ》れて、とうとう耐えられずに、畦道《あぜみち》に突っ伏して泣いた。二十九年生きて、全てが報《むく》われ、赦《ゆる》されたように思った。

ほんの五日ほど離れていただけなのに、松吉には大川が懐かしかった。

行く前とは違い、心は晴れやかだ。あの後、苗村の奥にある彦坂家の菩提寺《ぼだいじ》に足を運んで、墓参も叶《かな》った。

今日からまた、井川屋で商いに励もう——早朝の川風を、松吉は胸深く吸い込んだ。

八軒家の船着場から天神橋の袂《たもと》に出て、そこから井川屋へ、と思ったが、ふと足が止まった。懐に手を入れて、粗末な巾着を取り出す。中には、苗村の小豆がぎっしり詰まっていた。

〈こちらに戻らはったら、逢いに来てくれはりますか？〉

真帆に逢いたかった。松吉は、橋向こうの天満宮に向かって頭を下げると、くるりと向きを変え、南に向かって歩き始めた。

〈松吉、私、ほんまは……〉

昔のままに、松吉、と呼び捨てにした真帆。

ほんまはどうだ、と告げたかったのだろうか。

松吉は、順慶町へ向かう足を速める。真帆に逢いたかった、一刻も早く。松吉は、風を切って走り出した。

団子屋へ着くと、戸口から出て来た人物と、鉢合わせになった。総髪を束ねた姿から、ひと目で医者と知れた。

息を切らせる松吉を見て、医者はこの家の縁者だと思ったらしい。

「早う顔を見せて上げなはれ。あの分やと、そう長うはない」

息を詰め、かっと目を見開く松吉に、医者は気の毒そうに言い添える。

「咳が続くのは、心の臓の病の前触れなんや。本人がそれに気ぃつかんと、無理を重ねたんが悪かった」

松吉は、医者を突き飛ばすように店に駆け込み、奥の仕切り戸を乱暴に開けた。

お広が布団に寝かされている。枕元《まくらもと》に控えていた真帆が振り向いた。その顔に、親を失うだろう恐れと、どうにもならない悲しみが滲《にじ》む。真帆は松吉を見ると、嗚咽を漏らさぬためか、わななく唇をぐっと噛んだ。松吉は、黙って真帆の隣りに座った。

お広は、顎《あご》を上下させて浅い息を繰り返している。目は開いているが、視線は虚空に向けられて何も見ていないようだった。お母はん、と真帆がお広の手を握った。

「お母はん、松吉さんが、来てくれはったんよ」

真帆の優しい声が、その耳に届いたのだろう。お広は、瞳《ひとみ》を松吉に向けた。

「女将さん、しっかりしとくんなはれ」

松吉は身を乗り出して、お広に呼びかける。

お広は松吉を見、次《つ》いで真帆を見た。そして、ほのかな笑みを浮かべた。

「よう似合《にお》てる」

掠れた声だが、はっきりとそう聞き取れた。松吉と真帆ははっと互いを見る。

「おてつ」

名を呼ばれて、真帆は、覆《おお》い被《かぶ》さるように母に添うた。

「お母はん」

真帆は、母の頬《ほお》に自分の頬を摺《す》り寄せる。

浅く速かった息が、ゆっくり、ゆっくりと落ちていく。お広は何かを伝えようと唇を動かすのだが、声にならなかった。やがて、絞り出すように、

「おてつ、もうええ。もうええよ」

とだけ言うと、そのままこと切れた。

「お母はん、お母はん、と真帆はお広にすがり、その身体を揺さ振り続ける。

「お母はん、お母はん、嫌や。私、嫌や。逝ったらあかん、逝ったらあかんて」

見かねた松吉は、真帆の腕を封じるように抱え込んで、お広から離した。

「嫌や、放して。お母はん」

真帆は身もだえして、なおもお広に縋《すが》ろうとする。

「嬢さん」

松吉は、真帆の顔を覗き込み、緩やかに首を横に振った。真帆の双眸《そうぼう》から涙が噴き出す。声を上げて泣く真帆を、松吉はその胸の中に、しっかりと抱き締めた。

弔いの日は、涙雨になった。

お広の人柄だろう、多くの弔問客に送られて、お広は千日前の火屋で茶毘《だび》に付された。口も利けぬほど憔悴《しょうすい》した真帆の傍らには、山城屋のご寮さんが寄り添った。葬儀の細々とした取り決めなども、真帆に代わって井川屋で行った。全て、和助の配慮だった。せめて真帆が落ち着くまで傍《そば》に居たい松吉だが、その気持ちをぐっと抑え、山城屋のご寮さんに後を託して、和助と善次郎とともに店に戻る。

「おや、誰だすやろ。お人が」

善次郎が、井川屋の前で佇《たたず》んでいる人影を見つけて呟いた。

ああ、あれは、と松吉が言いかけるのと、相手が振り返るのと同時だった。

「半兵衛はん」

和助が、足の悪いのも忘れて駆け出した。旦那さん、危ない、と善次郎が慌てて腕を伸ばす。前のめりになって倒れかけた主を、後ろから抱きとめようとする松吉より速く、半兵衛がさっと駆け寄って抱えた。善次郎も松吉も、ほっと胸を撫《な》で下ろす。

「半兵衛はん」

和助が改めてその名を呼び、嬉しそうに、相手の両腕をぽんぽんと叩いた。

半兵衛は、ひと回り痩せ、頬も随分とこけて見える。だが、双眸はきらきらと輝き、力が漲《みなぎ》っていた。その表情を見れば、良い知らせを持って現れたことがわかる。

半兵衛が、松吉に目を留めて、こっくりと頷いた。松吉の瞳が潤みだす。言葉にせずとも、伝わるものがあった。

「旦那さん、よろしおました、よろしおましたなあ」

ほんによろしおました、と繰り返して、善次郎は目頭を押さえた。

その夜は半兵衛を引き留め、ささやかな夕餉《ゆうげ》でもてなして、話を聞きだした。

彼は伊豆をつぶさに回り、中でも南伊豆の天草が際立って上質なのを知ると、それを買い入れる手はずを整えた。下田《しもだ》から紀伊大島《きいおおしま》を巡って大坂に入る廻船《かいせん》の手配、港から大川へ乗り入れる上荷船など、煩雑《はんざつ》な手続きを終えて戻ったという。

少しでも重量を減らすべく、現地で天草の選別をし、乾燥まで済ませるという半兵衛の話に、和助も善次郎も舌を巻いた。

それならば新しい糸寒天の値も、ある程度は抑えられる。

「けんど、少しとはいえ、値ぇは上げんとなりまへん」

半兵衛が、申し訳なさそうに言うのに、和助は、何の何の、と手を振ってみせた。その分、質の良い寒天に仕上がっているのなら売れる、という勝算が、井川屋の店主にはあった。

「さあさ、堅い話は終わりや。半兵衛はん、呑んでおくれやす」

和助が半兵衛に酒を勧め、それを機に、男四人の宴《うたげ》が始まった。

和助も、善次郎も、半兵衛も、そして松吉も、心ゆくまで呑んだ。旦那さん、と半兵衛は途中、幾度も盃《さかずき》を持つ手を止めて居住まいを正すと、頭を下げた。

「用立てて頂いた銀二貫のお陰で、この冬もまた、寒天を作らせて頂けます。ほんに、おおきに、ありがとうさんでございます」

半兵衛が謝意を口にする度に、善次郎は瞼《まぶた》を拭《ぬぐ》う。

お前はん、涙もろうなったなあ、と和助にからかわれる善次郎であった。

翌朝、松吉は、八軒家まで半兵衛を送るために、並んで天神橋を渡った。

「この前も、こうやってお前はんに送ってもろたなあ」

半兵衛が懐かしそうに言って、左右に広がる大川を眺める。

牡蠣《かき》船が幾艘《そう》も、橋脚に繋《つな》がれて漂っている。安芸《あき》国からの牡蠣船の到来は、秋から冬にかけての上方の風物詩でもあった。

景色を愛でていた半兵衛が、ふと、思い出したように問うた。

「松吉、例の羊羹はどないなった？　味様《あんじよう》いったんか？」

松吉は目を伏せて、あきまへん、と答えた。数え切れぬほどの試みがことごとく失敗した事実を、淡々と告げる。

黙って耳を傾けていた半兵衛が、聞き終わってから尋ねた。

「お前はん、自分で餡を作ったことはあるか？」

問われて松吉は、首を横に振る。善哉《ぜんざい》や粒餡なら作り方も想像はつくが、漉し餡になると、どうやって皮を外すのか、見当もつかない。端《はな》から、餡作りは職人の仕事と思い、自分では作らずに、梅吉に頼んで餡を手に入れてもらっていたのだ。

確かに素人《しろうと》には作られへんやろなあ、と半兵衛は思案顔で言う。

「私かて、菓子、ましては餡のことは全然わからん。けんど、そこまで同じ失敗を繰り返すんは、根本に何ぞ、はっきりした原因があるんやと思うで」

それがわからないからこそ、ここまで苦しんだのだ。松吉は唇を噛んだ。

相手の心中を察したのか、半兵衛は、松吉の肩に手を置いた。

「なあ、松吉。一里（約四キロメートル）の道は一歩では行かれへん。けんど一歩一歩、弛《たゆ》まんと歩き続けたら、必ず一里先に辿り着ける。お前はんは、もう歩き出したんや。

転んだなら立ち上がったらええ。簡単に諦めたらあかんで」

恐らくそれは、この数ヶ月、半兵衛が自分自身に言い聞かせてきた台詞なのだろう。一歩一歩、足元を踏みしめて歩き続けろ、と。簡単に諦めるな、と。

半兵衛の言葉は、乾いた土が雨を吸うように、松吉の心の隅々にまで沁《し》み込んでいった。

脳裏に、苗村で見た光景が広がる。痩せた土地を、黄金の稲穂実る肥沃《ひよく》な土地に生まれ変わらせるまで、どれほどの挫折《ざせつ》があっただろう。刀を捨てた苗村藩の藩士たちも、その度にきっと、それと似たような言葉をかけ合って互いを励ましたことだろう。

半兵衛が乗り込んだ三十石《こく》船が、大川を遡《さかのぼ》っていく。天神橋の上からそれを見送りながら、松吉は思った。

もう一度、否、何度でも、立ち上がってやろうと。

最終章　銀二貫

淡い香りは遅咲きの菊か、天満の街を柔らかに包む。

立冬は過ぎたが、ここ数日は陽射《ひざ》しに恵まれて、綿入れでは少し汗ばむ陽気が続いていた。

「ほんまにねえ、一時はどないなるんやろと思いましたで」

真帆のところに詰めていた山城屋のご寮《りょん》さんが、その日の夕刻、七日ぶりに井川屋へ顔を出して、やれやれ、と安堵《あんど》した語調で言う。

「けど、ようやっと、昨日あたりから、夜もよう眠ってくれはるようになりました」

和助が、ほっと緩んだ息を吐いた。

「えらい済んませなんだなあ、ご寮さんには無理なお願いをしてしもて」

いいえ、とご寮さんは、軽く手を振ってみせる。

「初七日も済みましたし、おてつさんも随分しっかりしてきはったんで、一旦《いったん》、引き上げたんだすが、まあ、これからも、ちょこちょこ覗《のぞ》いてみるつもりだす」

よいしょ、と脇《わき》に置いた風呂敷《ふろしき》包みに手をかけるご寮さんを見て、善次郎が松吉を呼んだ。

「松吉、ご寮さんを山城屋はんまでお送りし」

それまで脇に控えていた松吉が、へえ、と駆け寄った。

「松吉さん、何で、おてつさんを訪ねてあげはらへんの？」

大川端を松吉と並んで歩きながら、山城屋のご寮さんは怒りを抑えた声で言った。

けんど、と松吉は当惑の眼差しをご寮さんに向ける。

「おてつさんには縁談が……。一人にならはったところへ私が訪ねて行って、相手のおひとに、おてつさんが変に誤解されたらお気の毒だす」

お気の毒ぅ？　と語尾を上げて言い、ご寮さんは足を止める。

「それ本気で言うてんのか？　松吉さん」

憤《いきどお》りを孕《はら》んだ声に、松吉は小さく、へえ、と頷《うなず》く。

間髪を容《い》れず、ご寮さんの怒声が飛んだ。

「お前《ま》はんの目ぇは、節穴だすかっ！」

孫もいるご寮さんが、地団太《じだんだ》を踏んでいる。

松吉には、自分の何が、相手をそこまで怒らせたかがわからない。

「ああもう、はがいい」

ご寮さんは、眉《まゆ》をぎりりと吊《つ》り上げて、松吉を睨《にら》む。

「お前はんは、おてつさんが好き。おてつさんはお前はんが好き。そんなん、傍《そば》で見てたら、誰《だれ》にかてわかりますがな」

松吉の手から、風呂敷包みが落ちた。

済んまへん、とうろたえた松吉が手を伸ばすより早く、ご寮さんがそれを拾い上げて、底をぱんぱんと払った。

「お前はん、お広さんに縁談のことを相談された時、おてつさんを大事にしてくれる人かどうか、て尋ねたんやて？　お広さんはそれを聞いた時、ああ、娘をもろてもらうんやったら、こういう人がええ、て思わはったんやで。せやさかい、その足で、縁談を断りに行かはったんや。ええか、お広さんは、あんさんにこそ、我が娘を託したい、て望んではったんだす」

息もつかずに言い募って、ご寮さんは松吉の顔を覗き込む。

「それもこれも、全部、おてつさんも承知のことだすのやで」

聞き終わるや否や、松吉は、土を蹴立《けた》てて走り出した。

向かい風にも負けず、大川沿いを一気に駆け抜けて、天神橋に差しかかる。長い長い天神橋を、だっだっだ、と直走《ひた》りに走った。

天神橋の上、「高津さんの梅やの」と笑う真帆がいる。

「松吉、お願い」と手を合わせた真帆がいる。

「松吉、私、ほんまは……」と声を絞った真帆がいる。

松吉の胸の中に、真帆が溢《あふ》れた。

順慶町まで駆け通し、躊躇《ちゅうちょ》することなく店に飛び込んだ。

床几《しょうぎ》に、真帆がひとり、泣き腫《は》らした目をして座っていた。

「松吉さん」

驚いて瞳《ひとみ》を見開いているその愛《いと》しい人を、松吉は掻《か》き抱く。

走り通したためだけではない、愛しさで心の臓が張り裂けそうだった。

壊れてしまうのではないか、と思うほどに強く抱き締める。華奢《きゃしゃ》な真帆の身体《からだ》は、
しかし、松吉の抱擁に耐えて柔らかく息づいている。

「嬢《いと》さん、お願いだす、私と」

真帆の肩に顔を埋《うず》めて、松吉は呻《うめ》くように言った。

真帆の身体が、小刻みに震えだす。

「私と一緒に、一緒に生きとくれやす」

真帆は身を震わせて泣いている。その唇から、かすかに声が漏れた。

聞き取れなかった松吉が、少し怯《おび》えながら真帆の瞳を覗き込む。

相手の身体をやんわり離すと、真帆は、自由になった右手を自分の頰《ほお》に当てた。

こんな顔でも、という声が揺れている。

松吉は真帆の右手を外し、自分の掌《てのひら》で真帆の火傷《やけど》の頰を包んだ。

「何もかも全部、愛しいんだす。愛しいて愛しいて」

真帆の双眸《そうぼう》に、新たな涙が溢れる。真帆は、松吉の首にそっと両の腕を回して、自分から彼を抱き寄せた。そして、その耳元に囁《ささや》く。

「放さんといて。私を、放さんといて」

放さしまへん、何があったかて、と松吉は応《こた》えて、真帆の身体を抱きすくめた。


「松吉、えらい遅おますなあ」

善次郎が、店を出たり入ったりして、表を覗いている。

「山城屋のご寮さんを送りに行っただけやのに、一体なんぼほどかかりますのや」

「まあええやないか、今はまだ、そないに忙しいないさかい」

和助が、足の爪《つめ》を切りながら言う。

「案外、山城屋のご寮さんに、焚《た》き付けられたんと違うか?」

焚き付ける? と思案顔になった善次郎、はたと両手を打った。

「ああ、真帆家の嬢さんのことだすな」

「ほう、今日は勘が冴《さ》えてるやないか、善次郎」

「そらもう、あの二人見てたら、はがいいて、はがいいて。私もご寮さんと一緒になって盛大に焚き付けたいくらいでおます」

そら火事やがな、と呆《あき》れ顔で和助が呟《つぶや》いた。

井川屋で主人と番頭がそんな会話を交わしていることも知らず、松吉は、真帆とふたり、月夜の天神橋を渡っていた。

牡蠣船の明かりが、大川に滲《にじ》んで溶けている。寄り添って歩きたいのに、恥じらいが先に立つふたりだ。橋の中ほど、手を伸ばせば届きそうなほどに、月が近い。

少しあとを歩いていた真帆が、そっと松吉を呼んだ。

「松吉さん、母の最期の言葉、覚えてはる?」

松吉は立ち止まり、へえ、と答えた。

「おてつ、もうええ、もうええよ、だしたな」

思い出すと涙が溢れるのか、真帆は、俯《うつむ》いて、小さく頷いた。

「私、あの言葉の意味をずっと考えてたん。もしかしたら、お母はんは……私がおてつちゃんではないこと、ずっと前から、気ぃついてはったんと違うやろか」

どうだすやろ、と松吉は言って、月影の浮かぶ大川に目を向けた。

真帆の言う通り、お広は、大火の日の惨《むご》い出来事を、すでに思い出していたのかも知れない。否、封じ込めてはいたが、そもそも忘れてはいなかったのではないか。

だとしたら、お広は、真帆におてつの身代わりとして人生を歩ませたことを、悔いていたのではないか。

だが、今さらそれを口にしても、真帆もお広も辛《つら》いだけなのだ。

松吉は、そっと腕を差し伸べると、真帆の冷たい手を包んだ。

「もうええよ、幸せになってええよ――そう言わはりたかったんやて思います」

幸せに、と真帆が小さく呟いた。松吉は、へえ、と言って握る手に力を込める。

ふたりの耳もとに、お広の、(よう似合《にお》てる)という声が届いた。

その夜遅くに井川屋へ戻った松吉は、奥座敷で、主人と番頭を前に畏《かしこ》まった。

「改まって、話て何だすのや、松吉」

ともすれば綻《ほころ》びかける口元を無理に曲げて、和助が問うた。

松吉が、畳に手をついて頭を下げる。

「真帆家の嬢さんと、夫婦《めおと》になるお許しを頂きとうおます」

早くも、善次郎が鼻を啜《すす》りだした。

和助は肘《ひじ》で番頭を突いて、わざと苦い顔を見せる。

「何で私の許しが要るんやいな。お前はんら二人とも、もうええ歳《とし》やないか。ごちゃごちゃ言うてんと、さっさと一緒になんなはれ」

いいえ、と松吉は首を横に振った。

「祝言は、天満宮への寄進が済んでから、て思てます」

ええっ、と和助と善次郎が、そろって腰を浮かせる。

「お前はん、何を言うてんのや。そないなもん、何年先になるやわからんやないか」

「旦那《だん》さんの言わはる通りだすで。松吉、お前はんは女心を知らん」

「これは嬢さんも承知のことだす」

松吉は、主と番頭とを交互に見て、言葉を継いだ。

「先ほど、二人で天満宮に参って、そう約束させて頂きました」

あいた、と和助が自分の額を叩《たた》いた。善次郎はおろおろと立ち上がって、取り消してきなはれ、一緒に行ったるさかい、と呻いている。

松吉は再び辞儀をして、さっと部屋を出た。襖《ふすま》を閉めた途端、込み上げるものがあった。

幼い日、母を失い、そして父を殺され、ひとりになった。それが今、こんなにも深い情に包まれている。松吉は襖越しに、奥のふたりに深々と頭を下げるのだった。

翌朝、店の表を掃き清めていた松吉が、何気なく顔を上げると、目の前に梅吉が立っていた。背中に、息子を括《くく》りつけ、懐《ふところ》にはこの秋に生まれた娘を抱いている。

その姿がなんとも梅吉に似合っていて、松吉は笑顔になった。

「梅吉、ええ恰好《かっこう》やな」

「やかましわ。嫁はんが風邪《かぜ》で寝込んでしもたんや。それより、聞いたで、聞いたで、聞きましたで」

梅吉は、半月を二つ並べたような目をして、にんまりと笑っている。

「昨日、うちの母親に責められて、嬢さんとこに飛んで行ったそうやないか。で、どないなったんや？　思いは遂げたんか？」

松吉は、頬がかっと熱くなるのを覚えて、そっぽを向く。背中と腕の中の我が子が同時にぐずり始めたので、梅吉は慌ててそれをあやしながら、言った。

「別に冷やかしに来たんやない。昨夜、思いついたんやが、羊羹《ようかん》のこと、嬢さんに話してみたらどないやろ。餅《もち》は餅屋、餡《あん》のことは嬢さんの方が詳しいんと違うか」

けんど、と松吉は口ごもった。

以前、真帆から分けてもらった餡で試みて、失敗している。黙り込む相手に、梅吉は、まあ、考えてみ、と告げて背中を向けた。

それだけを伝えに来てくれた気持ちがありがたくて、松吉は梅吉の後ろ姿に、おおきに、と呼びかける。ふと、先日、半兵衛が言った言葉を思い出した。

〈お前はん、自分で餡を作ったことはあるか？〉

〈同じ失敗を繰り返すんは、根本に何ぞ、はっきりした原因があるんやと思うで〉

松吉の脳裏に閃《ひらめ》くものがあった。そう、もしかしたら餡を作る工程の中に、糸口があるかも知れない。松吉は、箒《ほうき》を放《ほう》り出して、ばたばたと店に駆け込んだ。


「これは？」

渡された巾着《きんちゃく》を前に、真帆が首を傾《かし》げている。

松吉は手を伸ばして巾着の口を解き、中身を真帆の掌に少しだけ零《こぼ》した。つやつやと赤い、小豆《あずき》。

「苗村の小豆だす。これで餡を作るとこを見せて頂きたいんだす」

「餡を？」

へえ、と頷き、松吉は自分が目指していること、これまで重ねてきた失敗について、包み隠さず真帆に打ち明けた。

真帆はじっと耳を傾けていたが、全《すべ》てを聞き終えてから、こう問いかけた。

「松吉さん、使《つこ》てはったんは漉《こ》し餡だすか？」

「へえ」

「どれも全部？」

へえ、と頷く松吉に、真帆は暫《しばら》く考えて、それやったらお手伝い出来るかも知れまへん、と呟いた。小豆は使う前に半日、水に浸けねばならない。真帆は、この小豆を預かって下準備をし、夜、井川屋へ餡を作りに行く、と約束した。

「おおきに、嬢さん」

礼を言う松吉に、真帆は首を振ってみせる。

「もう、嬢さんやおまへん。これからは……」

少し躊躇《ためら》った後、顔を上げると、真帆は、きっぱりと言った。

「真帆と。真帆と呼んでおくれやす」

夜、店を閉めて暫くした頃《ころ》、真帆が訪ねて来た。和助と善次郎は気を利かせて早々と休み、台所には松吉と真帆だけが残された。

真帆は、水に浸けて戻してきた小豆を煮る。良い頃合いに豆が膨らんだ時点で、ばっと笊《ざる》に上げて湯を捨てた。目を丸くする松吉に、真帆は笑みを向ける。

「小豆は前炊きをしたら、こうやって、湯を切って渋を抜くんだす」

渋切りの後、また更に炊き、蒸《む》らし終えると、真帆は一旦《いったん》、鍋《なべ》から離れた。持参した風呂敷を開いて、中から漉し器を取り出す。馬の尾の毛を張った漉し器を、水を入れた桶《おけ》に浮かべて、先の小豆を手で優しく漉していく。

「こないして、小豆の皮を外して。豆の中身だけ、下の水に溶かしていくんだす」

溶け出た中身に水を加えて攪拌《かくはん》し、暫く置くと、底に沈むものがある。それを流さないように、汚れた水を捨てる。また綺麗《きれい》な水を加えて攪拌し、置く。

「こうやって、何遍も水で晒《さら》すんだす」

「水で晒す……」

寒天は寒さに晒されて出来上がる。餡は水に晒されて出来るのか。

松吉は感動した面持ちで、真帆の作業を見守った。

幾度も晒しを繰り返すと、ついには上澄みが透明になる。真帆は漉し器に布巾《ふきん》を広げると、桶の中身をざっと空けた。布巾に小豆色のものが残る。

「これをぎゅっと絞って、水気を抜くんだす。最初は軽うに絞って、中身をほぐし、次はきつうに」

真帆は満身の力を込めて、布巾を絞った。そっと布巾を開くと、中身を松吉に差し出した。小豆色の塊《かたまり》。摘んでみると、ほろほろと崩れ落ちる。

「晒し餡だす。私ら菓子作りに係《かか》わる者が『餡』いうんは、これのことだす」

えっ、と松吉は目を剝いた。

「これが『餡』？　けんど、私が使てるんは……」

「松吉さんが使てはった『漉し餡』は、この生餡に、水と砂糖を加えて練り上げたもんだす。生米をそのまま食べへんのと同じで、何の手ぇも加えられてへん生餡が、人の口に入ることは、まずおまへん」

食べてみておくれやす、と促されて、松吉は摘んだ餡をおずおずと口に含んだ。

舌の上に載せた途端、甘みを加えない小豆本来の濃厚な旨《うま》みが口一杯に広がる。

松吉は驚愕《きょうがく》の眼差しを真帆に向ける。

「こ、これは」

真帆は、黙って頷いてみせた。

――せや、せやったんや

菓子職人は、この小豆の味に、甘みを足してそれぞれの店の味を作り上げる。それが漉し餡なのだ。

水と砂糖が加えられた漉し餡では、後からどれほど水分を飛ばしたとしても、二層に分離するのは無理からぬことではないか。

松吉は、すばやく小鍋に水を張ると、へっついへと駆け戻った。戻してあった糸寒天を千切って、よく煮溶かす。そこへ晒し餡を加えた。真帆に分量を尋ねて砂糖を加え、火にかけながら木べらで混ぜていく。ほどなく、どろどろした感触になるも、へらに重みを覚えるまでしっかり練り上げる。これまでにはない兆《きざ》しがあった。落ち着かな、と一度息を整え、生地を流すための木箱を探す。

「松吉さん、これを使てください。杉箱に漆《うるし》を塗った物だす」

真帆が重箱を差し出した。味が馴染《なじ》む上に取り出し易《やす》いのだという。粗熱《あらねつ》を取った生地を、松吉はその重箱に流し込む。布巾を掛け、後は固まるのを待つだけだ。

松吉と真帆は、どちらからともなく、台所の板敷に並んで腰を下ろした。夜明けは、じきだろう。ふたりは、祈るような気持ちで待ち続けた。

何処《どこ》かから落ちる夢を見て、松吉は、はっと目覚めた。つい、うとうとと眠ってしまったようだった。傍らを見ると、真帆が柱に寄りかかって静かに眠っていた。

真帆を起こさぬように立ち上がると、台の傍へ行って、重箱の布巾をはずした。差し込んでくる朝陽に翳《かざ》すと、松吉は、ああ、と声を漏らした。餡と寒天は見事に混ざり合い、小豆色の鏡のようにつやつやと輝いている。真帆、と松吉は吼《ほ》えた。

真帆が目覚めて、松吉のもとへ駆け寄る。

重箱の中身をまな板の上にあける。包丁を入れ、切り分けた一切れを手に取った。艶《つや》やかに膜を張った、世にも美しい羊羹であった。そっと、口に入れて噛《か》む。苗村の大納言の濃厚な味が、口一杯に広がっていく。次いで品の良い砂糖の甘み。飲み込んだ後も口の中に小豆の余韻が残る。糸寒天が餡をしっかりとつなぎ、けれど決してでしゃばっていないのだ。松吉の脳裏に、嘉平の声が蘇《よみがえ》った。

〈寒天は、工夫次第で幾らでも化けるものなんや。けんど、もし今の倍の腰の強さがあったら、もっと料理の幅も広がる〉

真帆家の旦那さん、と松吉は呟いた。旦那さんの言うてはった通りだす、と。

真帆が後ろから松吉を抱き締め、その背に顔を埋めて泣いていた。


井川屋の奥座敷。

先刻から松吉と真帆は、二人並んで畏《かしこ》まり、目の前の和助と善次郎の様子を、固唾《かたず》を呑《の》んで見守っている。

店主も番頭も、羊羹を口にして瞠目《どうもく》したまま、口を利かない。

「ひとつ、確かめておかなならんことがある」

気の遠くなるほど長い沈黙の後、店主和助が、漸く口を開いた。

「この味に敵《かな》うもんを作れる店は、大坂中、否、この国中、探したかて無いやろ。この技があったら、お前はん、商人として天下を取れる」

善次郎が、瞼《まぶた》を拭《ぬぐ》っている。真帆が、潤んだ瞳を松吉に向けて、そっと頷いた。

主の言う、確かめておきたいこととは何か。松吉は、和助の目を見つめて、待った。

「松吉、お前はんがそれを望むなら、私はこの井川屋とは別に、菓子店としての暖簾《のれん》をあげさせようと思うが、どうや？」

和助の言葉に、松吉は畳に両手をついて、静かに、しかしきっぱりと頭《かぶり》を振った。

「旦那さん、私が羊羹作りにまで手ぇ出したんは、ただ寒天に潜む力を引きだしたい一心でおました。昔、この真帆の……真帆家の旦那さんが言わはった、料理の幅を広げるような腰の強い寒天、そんな寒天を作りたかっただけでおます」

「ほなら、お前はんはこの技、自分だけのもんにする気ぃは……」

おまへん、と即座に松吉は返答した。

松吉は菓子職人になるつもりも、菓子店をやるつもりもないのだ。餡自慢の菓子店が井川屋の糸寒天を使い、競い合って、日持ちの良い、美味しい羊羹を作るよう切磋《せっさ》琢磨《たくま》してくれるならそれで本望だった。

その気持ちを聞くと、ほうか、と和助は頷き、今度は真帆の方へ向き直る。

「真帆家の嬢さん、と今はこない呼ばして頂きまひょ。しくじってばっかりやった松吉が、この羊羹を作ることが出来たんは、お前はんの力添えが大きおます。嬢さんは、これを商いにするつもりはおまへんのか？　この技があったら、真帆家の看板をもう一遍あげることも夢やない」

旦那さん、と真帆は、膝《ひざ》に揃《そろ》えて載せていた両手を畳に移した。

「真帆家は父一代限り。私は、松吉さんが父の言葉を忘れず、糸寒天を生み出し、その使い道を探ってくれはったんが嬉《うれ》しおます。父もきっと同じやと思います」

ふたりの揺るぎのない気持ちを聞き、和助は感銘を受けた面持ちで、暫く考え込んだ。やがて意を決したように、善次郎を振り返る。

「善次郎、出かけますで。お前はんも、仕度しなはれ」

丁度、真っ赤な目をした善次郎が、三切れめの羊羹を頬張ったところだった。

和助は呆れて、泣くか食べるか、どっちかひとつにしなはれ、と呻くのだった。

黒羽二重《くろはぶたえ》の一張羅《いっちょうら》を着込んだ和助と、同じく一張羅の黒縮緬《ちりめん》を羽織った善次郎とが、いそいそと高麗橋通りを行く。

和助の黒羽二重は松葉屋の大旦那の形見分けの品、善次郎の黒縮緬に至っては山城屋の旦那に借りた古着である。二人が目指すのは、大店《おおだな》ばかりが並ぶ中、一際目を引く「桜」の文字を染め抜いた暖簾。菓子店の桜花堂であった。

「善次郎、行くで」

「へえ、旦那さん」

二人は頷き合って、その常磐《ときわ》色の暖簾を潜《くぐ》った。

おいでやす、と声が重なり、手代が飛んで来た。

「おいでやす、今日は何をご用意させて頂きまひょ」

「買い物と違う。ご主人にお目にかかりとうおますのや」

手代は驚いたように目を見張り、一礼すると慌てて奥へと走って行った。

暫くすると、桜花堂の店主が顔を出した。

「これは、まあ、井川屋の旦那さんに、番頭はんだしたな」

店主は、糸寒天で名を馳《は》せた井川屋を見知ってはいた。だが、たかが数年、巷《ちまた》で流行《はや》ったからといって、店としての格が違う。挨拶《あいさつ》に来られる覚えもない、ましてや商いの相談などあるはずもない。一体何ごとか、と老い二人を不気味に眺めながら、まあこちらへ、と控えの間へ通した。

「今日はまた、何のご用で？」

店主に問われると、和助は、善次郎に持たせていた風呂敷包みを解いて、重箱の中から漆塗りの皿を取り出した。

載っているのは、五分（一・五センチメートル）ほどの厚さに切られたあの羊羹である。

「井川屋自慢の、寒天を使うた試みの品でおます」

召し上がっておくれやす、と勧められて、店主は器を手に取り、その菓子をしげしげと眺めた。

餡と、それに井川屋の口振りからすると、糸寒天を用いているのだろう、表面は艶やかな膜に覆われ、切り口はあくまで瑞々《みずみず》しい。これまでに目にしたことのない、清々《すがすが》しい姿の菓子だ。

断るつもりだったが、桜花堂は、好奇心に勝てなかった。

「これは？」

「羊羹でおます。蒸したもんと違いますよって、まあ、練り羊羹とでも申しますか」

練り羊羹、と呟いて、店主は恐る恐る口に運んだ。そして咀嚼《そしやく》した瞬間、信じ難いという表情で和助を見た。

それは、桜花堂の看板でもある蒸し羊羹を遥《はる》かに凌《しの》ぐ味わいだった。

「餡と寒天で、ほんまにこないなもんが……」

絶句する桜花堂に、へえ、と和助が頷いてみせる。

「けんど、作った者はうちの丁稚でおますよって、最初は餡作りの基本も知りませなんだ。何遍も仕損じて、やっと作り上げた品でおます」

「何と……」

桜花堂は、夢中でもう一口、食べた。口に入れた時の涼味、噛んだ時に広がる小豆の深い味わいと砂糖の甘み。飲み込んだ後まで、心地よい小豆の余韻が舌に残る。寒天がその旨みを閉じ込めて逃がさないのだ。甘味の道を究めた桜花堂だからこそ、松吉の作り上げた練り羊羹の値打ちを誤らなかった。

これは負ける。桜花堂は負ける、完敗や――そんな怯えの色が桜花堂店主の顔に浮かぶ。

相手の動揺を見届けて、和助は徐に話を切り出した。

寛政十二年（一八〇〇年）、睦月《むつき》、十日。

えべっさん、の愛称で呼ばれる今宮《いまみや》の十日戎《えびす》のこの日。松吉は、真帆とふたり、早朝の天神橋に佇《たたず》んで、感慨深く大川を眺めていた。

「真帆、長いこと待たして、済まなんだなあ」

松吉の言葉に、真帆は黙って微笑《ほほえ》んだ。胸が一杯で言葉が出てこない様子だった。

二世を契って三年、今日、これから祝言《しゅうげん》を挙げる二人である。松吉は三十二歳、真帆は二十七歳になっていた。

練り羊羹の技法を独占せず、広く伝えたことが、井川屋の名を大坂中に広めた。あれから桜花堂を始めとして、名だたる大店がこぞって練り羊羹の売り出しにかかったのだ。その結果、菓子店から糸寒天の注文が殺到し、この三年で、井川屋は押しも押されもせぬ大店へと、生まれ変わったのであった。

「ほら、これ」

松吉が懐から取り出したものを、真帆に見せる。

「まあ、梅」

「せや。今朝、高津社でもろてきた。覚えてるか？」

松吉に問われて、真帆は、潤む瞳で頷いた。松吉は、初々しく綻《ほころ》んだ一枝の梅を、真帆の髪にそっと挿《さ》す。

花簪《はなかんざし》を挿してもらって、真帆は俯くと、目頭を指の先で押さえた。

おーい、と誰かの呼び声がする。声の方を見れば、梅吉が、右手に息子、左手に娘、背中と胸に双子の赤ん坊を振り分けて、天神橋の袂《たもと》に立っていた。

「二人とも、何を悠長に構えてんのや。まだ着替えもせんと。皆、待ってんのやで」

大声に驚いたのか、双子の息子たちが火がついたように泣き出した。

おおよしよし、と梅吉がうろたえる。その仕草がおかしくて、松吉と真帆は、顔を見合わせて吹き出した。

「さあ、ほな、そろそろ戻ろか」

松吉が、真帆を優しく促した。

橋を渡りながら、真帆が松吉に問う。

「大番頭はん、また泣きはるやろか？」

松吉が答える。

「もう朝から泣いてはった」

振り返れば、千草色のお仕着せ姿の少年が、寒天の荷を背負い、必死の形相で橋を渡ってくる。

士分を捨てて、寒天問屋の丁稚として生きるしか道はない——思い詰めた少年は、まだ鶴之輔だった頃の松吉自身に違いなかった。

松吉は立ち止まり、我が幻に、臆することなくその道を行け、と伝えるべく、大きくひとつ頷いてみせるのだった。

迷いなき蒼天のもと、井川屋主人和助は、大番頭善次郎と、正式に養子に迎えた松吉とに抱えられるようにして、天満宮に念願の寄進に出向いた。

三人の後を、花嫁行列が続く。

白無垢《しろむく》姿の真帆の手を取るのは、山城屋のご寮さんである。山城屋の主、原村から駆け付けた半兵衛、梅吉夫婦、それに奉公人たちも加わり、華やかなことこの上ない。

道行く人々が、何ごとかと足を止める。花嫁行列と知れると、あちこちから祝福の声がかかった。

天満宮には再建の槌音《つちおと》が響いていた。来年には見事な社殿が完成するだろう。普請中の社の前で拍手《かしわで》を打ち、和助は報告する。

「天神さん、えらい遅うなりました。お約束の銀二貫、確かに、寄進さして頂きましたで」

幼い鶴之輔を連れて、和助がここで誓いを立ててから、実に二十二年の歳月が流れていた。

この日を迎えるまで気の遠くなるほどに、長い、長い道程《みちのり》であった。

主の隣りで、善次郎が滂沱《ぼうだ》と涙を流す。松吉もまた、肩を震わせて泣いていた。

和助は万感の思いで、天満宮の空を見上げる。

幾たびもの大火で焼かれ、半分の丈になっていたあの老松から、真澄の空へ、思いがけず若々しい枝が伸びていた。

「どうや、お父はんの具合は」

手桶の水を取り替えるため隠居部屋を出てきた女房に、松吉が心配そうに尋ねる。

真帆は、少し悲しそうに、首を振った。

「今日は暑いさかい、一段と、しんどそうにしてはるの」

無事に銀二貫の寄進を終えて安心したためか、和助はここへきて急に寝込むことが多くなった。八十二歳という年齢もあって、医者からは数日前に「夏を越すのも難しい」と告げられている。善次郎など、それから食事も喉《のど》を通らず、ずっと和助の枕元《まくらもと》に詰めたままだった。

「今年一杯、何とかお元気で居てくれはったら」

重い息を吐いて、松吉が言った。

真帆は、少し目立ち始めたお腹《なか》に手を当てて、ほんまに何とか、と呟いた。暮れには、ふたりの間に、初めての子どもが生まれる予定だった。

「せめて天神祭りには、私が背負ってお連れしようと思てる」

「それまでに床離れしやはるように、あとで天神さんにお願いに参ります」

夫婦でそんな相談をしていると、店の方から丁稚が飛んで来た。

「旦那さん、ご寮さん、桜花堂の旦那さんが、ご挨拶にお見えでおます」

それは大変、とふたりして店へ急ぐ。

店の間《ま》は、盛夏を前に糸寒天を求める商人で溢れかえっていた。

その賑《にぎ》わいが、和助の隠居部屋にも届く。善次郎は、和助の枕元でその殷賑《いんしん》に耳を傾けて、ああ、今日も繁盛や、ありがたい、と安堵するのだった。

和助を見ると、何か楽しい夢でも見ているのか、口元が緩んで歯が覗いている。

ふっと、和助が瞳を開いた。

旦那さん、と善次郎が呼びかける。

夢現《ゆめうつつ》の眼差しで、和助が善次郎を見た。

「今、天神祭りのお囃子《はやし》が聞こえへんかったか？」

祭りの夢らしかった。

善次郎は、そうだすか、と応じて耳を澄ませる素振りをした。店からは奉公人たちの威勢の良い声が響いている。

ほれ、聞こえるやろ、と和助は密やかな笑みを零《こぼ》し、布団から手を出すと、善次郎に手招きしてみせた。

身を屈めた善次郎のその耳元に、和助は口を寄せて、内緒事のように囁いた。

「なあ、善次郎、私はええ買い物、したなあ」

二十二年前、銀二貫で仇討ちを買ったことを言っているのだ、と悟った善次郎は涙声で、こう返答した。

「へえ、旦那さん。ほんに安うて、ええ買い物でおました」

あとがき

本書をお手に取って頂き、ありがとうございます。

以前、他社でソフトカバー、そして文庫本で出版されたものを、この度、角川春樹事務所さんから改めて刊行させて頂くことになりました。今回、新たにあとがきを書かせて頂き、本編にも若干、手を入れておりますが、作品の内容自体に大幅な変更はございません。どうか、ご了承くださいませ。

思えば、「銀二貫」は不思議な作品です。執筆したのは確かに私なのですが、産声を上げた時から今日まで、作品自ら、さまざまなご縁を引き寄せ、道を切り拓《ひら》き続けているように思われてなりません。

一九九三年に漫画原作者としてデビューしていた私は、紆余曲折《うよきょくせつ》を経て、二〇〇七年、「出世花」という短編で小さな賞を受け、時代小説の世界へと転身しようとしていました。ところが、当時の時代小説は「江戸市中が舞台」「捕物などのミステリー要素」「剣豪もの」という三つの条件を備えなければ売れない、とされていました。

受賞後に付いた文芸の担当編集者から、

「髙田さんの書くものは、売れる条件を全《すべ》て、ことごとく外しています。難しいと思います」

と、厳しい指摘を受けました。

言外に、彼の「売れる条件を踏まえたものが書けなければ、この世界では到底やっていけない」という気持ちが、透けて見えました。

けれど、私には、どうしてもそれらの条件をかっちりと踏まえた物語を書くことが出来ませんでした。下落合の墓寺で湯灌《ゆかん》を生業《なりわい》とする少女を描いた「出世花」の続編にあたる短編を数本送ったところで、担当からの連絡がぷっつりと途絶えました。せっかくの助言に従わなかったのですから、無理もありません。

この先、どうすれば良いのか。「売れるものを書く」のか、「自身が書きたい、と思うものを書く」のか。心は振り子のように揺れます。しかし、実はこの時、私の中に「始末、才覚、神信心を大切にする、大阪商人の物語を手がけたい」との思いが芽生え、日に日に育つようになっていました。

作家としてデビューする方法には幾つかありますが、もっとも手堅いのは公募の新人賞を射止めることです。すでに「出世花」で奨励賞を受賞していた私に残されているのは、「プロ・アマ不問」の文学賞だけでした。新聞社主催のものを見つけて、寝食を忘れて書き上げた投稿作が「銀二貫」です。舞台は大坂天満の寒天問屋、登場人物に、母方の先祖の名前をもらいました。

江戸時代後期に生を享《う》けた高祖父、井川和助。明治生まれの祖父、井川善次郎。寒天とは無縁ながら、ともに大阪商人で、小商いで金銀が溜《た》まると寄進を欠かさなかった、と伝え聞いています。

応募締め切りの迫る中で、最後の四行、井川屋主従の遣《や》り取りを書き終えた時、初めて、パソコンのキーボードに突っ伏して泣きました。「たとえ売れるものを書けなくとも、この先も物語を書き続けていける」と思えたがゆえでした。執筆作業の最中に涙したことは、あとにもさきにもこれ一度きりです。

作品は最終選考に残ったものの、受賞には至りませんでした。しかし、これがきっかけとなって、見送られていた「出世花」の出版が急遽《きゅうきょ》決まりました。また、「銀二貫」は他社から刊行のお誘いを受けました。

寒天作りの現場を見ないまま書き上げた投稿作には、行き届かない点が多くありました。そのため、信州茅野《しんしゅうちの》の松木寒天産業さんに取材を申し込み、幸いにも、快くお許し頂きました。

寒天製造の手法は、江戸時代から殆《ほとん》ど変わりがありません。海藻を煮る匂《にお》いや立ちのぼる湯気、早朝の寒天場の凍《い》ての情景など、やはり現場で体験したからこそ表現できるものがあります。取材をもとに、全編を書き改めることが叶《かな》いました。全面的にご協力頂いた松木寒天産業さんには、どれほど感謝しても足りるものではありません。

また、地元では「天満の天神さん」として親しまれる大阪天満宮さんへご挨拶《あいさつ》に伺い、作中で取り上げることのお許しを頂戴《ちょうだい》しました。天満の天神さんにご加護とご縁を頂いて、「銀二貫」は二〇〇九年六月、丁度《ちょうど》「みをつくし料理帖《りょうりちょう》」シリーズ第一作「八朔《はっさく》の雪」のひと月後に、刊行される運びとなりました。

文庫化されたのは、翌二〇一〇年。そして、この文庫版が二〇一三年、大阪ブックワンプロジェクト（通称ＯＢＯＰ）の第一回選定本（現在の「大阪ほんま本大賞」）に選んで頂けたのです。大阪所縁《ゆかり》の作品を一冊選び、取次店さんと書店さんとが協力し合ってベストセラーに育て上げ、その収益の一部で、社会福祉施設を通じて大阪の子どもたちに本を贈る、というのがＯＢＯＰの取組でした。

本で受けた恩を、本で返したい。生き辛《づら》い中で育つ子どもたちが「読みたい」と望む本を、一冊でも多く贈りたい――そんな思いで、取次店さん、書店さんと心をひとつにして、およそ半年。お陰様で「銀二貫」はより多くのかたのお手に取って頂けるようになりました。

二〇一四年春、ＮＨＫの「木曜時代劇」で「銀二貫」がドラマ化され、翌冬、宝塚歌劇団によりバウホールにて舞台化、二〇一七年初夏には大阪松竹座で舞台化されました。脚本も演者もスタッフも全て異なるはずが、原作の世界を大切に扱って頂き、いずれも素晴らしい作品に仕上げて頂けました。

松吉役、真帆役の俳優さんたちはもちろん、脇を固める皆さんの何と魅力的だったことでしょうか。殊更《ことさら》に胸を打たれたのは、ドラマでは和助と善次郎のラストシーン、宝塚歌劇では「もう少し、少しだけ、生かさせてもらいまひょ」と歌い上げるふたり、大阪松竹座では急な代役にも拘《かか》わらず息の合った主従の演技でした。

テレビ画面の前で、あるいは劇場の客席で、高祖父や祖父の姿を間近に見せて頂いているようで、「感無量とは、このことだなあ」と深く感じ入りました。

作品が注目を集めるにつれて、さまざまな出版社からお声がけを頂くようになり、同時に、思いがけないトラブルに見舞われるようになります。

描《か》いた覚えのない絵本の予約受付をされたこともあれば、契約書も交わさず振込先も聞かれないまま、原作者時代の作品を半年近く電子書籍で販売されたこともあります。これまで私を真に支えてくださった出版社や漫画家さんたちを巻き込む形でのトラブルは、心底、応《こた》えました。

「銀二貫」の和助の台詞《せりふ》に、

「人でも花でも、育てるんやったら種から水やって育てなはれ」

というものがあります。

かつて、角川春樹さんは「みをつくし料理帖」シリーズ第一作「八朔の雪」のゲラを抱えて、自ら書店回りをしてくださいました。そして、同シリーズがどれほど人気が出ようと、「髙田さんの決めた通りで構わない」と仰《おっしゃ》って、引き延ばしを望まれませんでした。

種を蒔《ま》き、水を遣ればこそ、出版社と作家との間に「信」が生まれます。そして「信」あればこそ、作家も作品も、育つことが出来るのです。

二〇二〇年は、映画「みをつくし料理帖」が公開された年でした。監督の角川春樹さんは、自ら、映画の出資者を求めて東奔西走《とうほんせいそう》された、といいます。その中で、洩《も》れ聞こえてきた逸話がありました。

「角川さん、『みをつくし料理帖』は弊社の刊行物ではありません。それなのに出資を、と仰る理由は何ですか？　角川春樹事務所のためですか？　低迷する出版業界を盛り立てるためでしょうか？　それとも、髙田さんのためですか？」

出資を打診した際、双葉社社長の戸塚源久さんからそう問われた角川さんは「私は、髙田さんに恩返しがしたい」と答えられたとのこと。

その返答を受けて、戸塚さんは、

「髙田郁さんという作家を支えたい、と願うのは弊社も同じです。出資させて頂きます」

と、仰ったというのです。

居合わせたかたから事の次第を伺った時、思いがけない冥利に胸が一杯になり、すぐには言葉が出ませんでした。

書きたいと願うモチーフ、「書かずに筆を折ることは出来ない」と思う題材は幾つもあります。今後も作家として物語を紡《つむ》がせて頂けるならばこの二社で、との想《おも》いを深める出来事でした。

他社との「銀二貫」の出版契約が終了したのは、その年の暮れです。

先のような想いから、既刊の作品の版権を移そうと考えて、角川春樹事務所に相談し、受け容れて頂けました。今回、この本の出版に至るまで、二年ほど、ゆっくりと時をかけさせて頂きました。そうした巡り合わせが叶ったのも、「銀二貫」ならではのように思われてならないのです。

天満の天神さんの近くに、高祖父たちの眠る墓所があります。「銀二貫」に何か動きがある度に、墓参をして報告をするのですが、高祖父や祖父は、事の経緯にさぞ驚き、そしてきっと、面白がってくれていることでしょう。

「買うての幸い、売っての幸せ」を守り育てた大阪商人に倣い、「読んでの幸い、書いての幸せ」を作家の基《もとい》として、今後も精進を続けて参ります。末永いお付き合いのほど、お頼み申します。

お読みくださる皆々さまに、感謝、多謝。

著者　髙田　郁　拝

【参考文献】
『日本の民俗27　大阪』　高谷重夫（第一法規出版）
『大坂商人』　武光誠（ちくま新書）
『大坂見聞録―関宿藩士池田正樹の難波探訪』　渡邊忠司（東方出版）
『大阪建設史夜話・附大阪古地図集成解説』　玉置豊次郎（大阪都市協会）
『和菓子―人と土地と歴史をたずねる』　中島久枝（柴田ブックス）
『寒天の歴史地理学研究』　野村豊（大阪府経済部水産課）

【取材協力】
松木寒天産業株式会社

本書は、二〇一〇年八月に刊行された
幻冬舎時代小説文庫を底本として、
加筆修正を行い、「あとがき」を加え刊行しました。